浙江省哲学社会科学规划
后期资助课题成果文库

南方"旅居者"

卡森·麦卡勒斯小说研究

田　颖　著

ZHEJIANG UNIVERSITY PRESS
浙江大学出版社
·杭州·

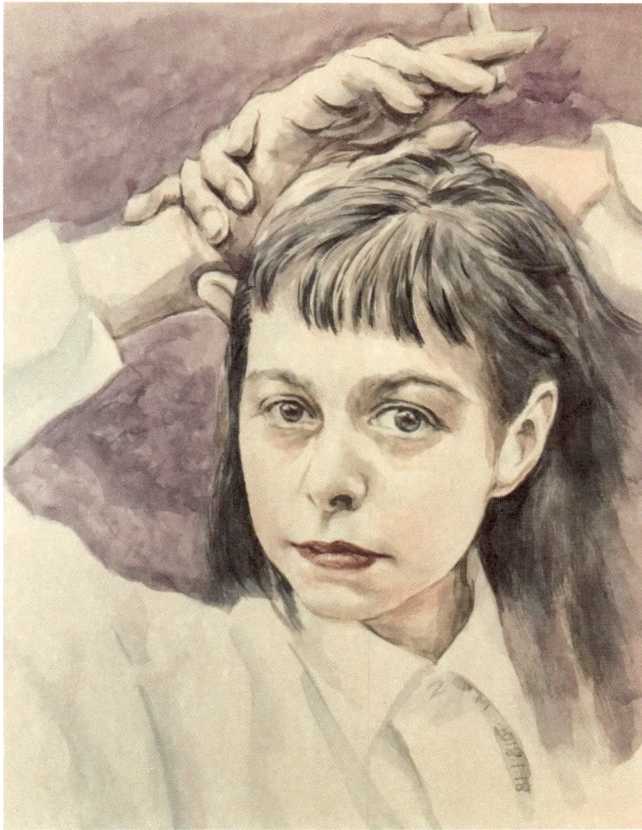

　　在我的书桌上一直摆放着一张卡森·麦卡勒斯的黑白照片。恩师浙江大学的张德明教授依据照片为我临摹了这张彩色小画。画中的麦卡勒斯额前留着花蕊般的刘海，带着几分孩童般的天真。她的双手举过头顶，右手夹着一支香烟，显得慵懒、不羁。她静静地凝视着画前的我，眼神冷峻又坚毅。这是我心中麦卡勒斯的模样：她是一直行走在路上的"旅居者"，她不属于任何地方，她只属于她自己。

序

　　正在英国剑桥大学访学的田颖发来了她即将出版的书稿，嘱我作序。作为她曾经的博士生导师，我很乐意写上几句。

　　算起来，田颖入我门下将近十年，这部书稿是在她的博士论文基础上形成的。其实读博之前，她已在国内核心期刊上发表过研究麦卡勒斯的论文多篇。读博期间，她又撰写和发表了与同一论题相关的系列论文，还因此获得浙江大学专为硕博研究生设立的"启真杯"学术奖，记得当年比较文学和世界文学专业就她一人获此殊荣。毕业工作后，她继续在这个研究领域精心耕耘，并不断开拓学术视野，提高自己的专业素养。此书最终得以出版，可谓瓜熟蒂落，水到渠成。借此机会，首先向她表示祝贺。

　　以麦卡勒斯为研究对象是需要一定的学术勇气的。因为这位特立独行的美国女作家实在难以定位，她虽因出生于南方小镇被归属于美国南方文学，但她本人拒绝这个标签。她并非福克纳那样的热门大家，而是一个相对小众甚至"边缘"的作家，参考资料少，研究难度大。国内学界对麦卡勒斯的译介与研究始于20世纪70年代末80年代初，大部分学术成果为论文，只出版过寥寥几本专著。但真正的学术研究从来就不是跟风追星的活动，而是一个借学术研究来寻求自我、理解他者、探索未知的过程。从这个意义上说，选题的过程倒是与婚恋有点类似，如老话所说，"合适的就是好的"。研究者从自己的学术兴趣出发，寻寻觅觅，找到"情投意合"的对象，持续关注，不断深入，直到完全与之契合，进入"相看两不厌"的境界。这个过程的终点呈现为物质形态，或许只是数篇论文，一本书稿，而其中探索的艰辛、打磨的甘苦，以及收获的欣喜，唯作者寸心自知。

　　有没有精准、清晰的问题意识，是一部学术著作是否成功的关键。田颖在细读作品、博览资料和爬梳剔抉的基础上，从当下文化语境中选择了"身份"和"空间"这两个最具学术能量和涵盖力的关键词，作为立论的根基，提出了三个既契合研究对象自身特征，又具有普遍意义的问题：第一，麦卡勒斯如何在逃离与回归南方的空间旅行和写作中，追问自身存在的意义，回答"我是谁"的困惑？第二，麦卡勒斯如何在文学创作的过程中找到自己的文学身份，将自己与同时代的南方作家区别开来？第三，麦卡勒斯运用了怎样的文学策略，在南方地域文学、美国民族文学乃至世界文学中给自己定位，找到自己创作的文学立场和时代意义？

这三个问题环环相扣，步步深入，贯穿了作者立论构思、逻辑推演和章节编排的全过程。书稿分为成长论、空间论、性别论和种族论等四章，每章逻辑相对独立，结构层层推进，犹如水面的涟漪，在研究者"投石问路"的过程中，漾开一圈圈水波，慢慢扩展，汇合，最终抵达结论的彼岸。

综观整个书稿，一方面作者广泛运用了生平传记研究、空间批评、文化地理学、性别研究、文化诗学、心理分析、狂欢诗学等多种理论和方法，来探寻麦卡勒斯的文学身份归属，以及小说中"南方性"的文学本质和意蕴。另一方面，作者在解读文本时，又始终能够做到大胆推理，小心求证，不放过任何一个看似不起眼的细节。比如，在论及麦卡勒斯长篇小说处女作《心是孤独的猎手》主人公的"恐惧感"时，作者除了运用传统的心理分析外，还专门对原文中与"恐惧感"相关的词作了小小的统计，terror出现了6次，fear出现了6次，fright出现了3次，afraid出现了14次，horror出现了4次，以此来证明无处不在的"恐惧感"。这种看似"笨拙"的统计法之所以令人信服，是因为小说创作说到底是一种语言的艺术，出现在文本中的每个词语、句式和修辞手法都是创作者精心选择、仔细打磨的结果，需要批评家和研究者反复研读，仔细辨析，方能从草蛇灰线中发现蛛丝马迹。所以，一个合格的文学研究工作者，必是一个"语文学"（philology）爱好者，正如萨义德在《回到语文学》一文中提出的："语文学，也就是对言词和修辞的一种详细、耐心的审查，一种终其一生的关注；正是通过这些言词和修辞，存在于历史中的人类才得以使用语言。"[1]脱离具

---

[1] 爱德华·萨义德：《人文主义与民主批评》，朱生坚译，北京：新星出版社，2006年，第72页。

体的词语和修辞手法，作高深的理论分析，或不接地气的无限引申，终究不是"科班出身"的学问正道。

在同一篇文章中，萨义德还提出了真正的语文学阅读法的两个层面，一是接受，二是抵抗。接受，就是让自己谙练地顺从文本，把自己放在作者的位置上，努力理解每一个词、每一个比喻、每一句话，把它们看成是作者有意识地优先于其他各种可能而挑选出来的。抵抗，就是在上述细读的基础上，逐渐把文本放置在它的时代，作为各种关系构成的整个网络的一部分。

综观这部书稿，我觉得作者对麦卡勒斯作品的解读既有"接受"，也有"抵抗"，即既能入乎其内，又能出乎其外，将文本细读和世事性关注结合起来。比如，在以空间批评视角探讨小说《心是孤独的猎手》时，作者首先从文本细读出发，借助小说人物哑巴闲逛小镇的视角，呈现了小镇的空间格局，之后从空间与权力的关系入手，逐一分析了咖啡馆、游乐场、南方小镇等公共空间背后折射出来的权力机制、社会身份和意识形态，认为这种空间格局反映了20世纪40年代美国南方社会边缘人群的普遍生存状态，作家对空间问题的关注实质上是对社会边缘人群生存困境与身份认同问题的探询，而这也正是这部小说空间叙事的意义之所在。诸如此类的分析和阐释还有不少，均能见人所未见，发人所未发，是书稿的一大亮点。

撰写学术著作最容易产生的毛病是自说自话，有意无意地避开国内外同行在同一研究领域中已有的观点，并与之展开学术对话。令我满意的是，田颖基本上没有这个毛病，她有着较为自觉的对话意识，有时还颇为积极主动。比如在第一章中，她专辟一节，就麦卡勒斯的小说《婚礼的成员》在被改编为戏剧后引发的一场争论，提出了自己的看法。这部小说中原有一个名叫"蓝月亮"的咖啡馆，但被改编成戏剧后，改编者未征得作者同意，自作主张地将其删去了，据说是为了戏剧场面的紧凑。那么，这个改动究竟是败笔抑或巧思？田颖通过引用第一手的原始资料，厘清和甄别了论辩各方的观点，并联系麦卡勒斯本人的说法和创作意图，最终就此问题提出了自己的见解。在我看来，对于半个多世纪前的这场学术讨论，后人作出的结论本身正确与否已经不那么重要了，重要的是如何在学术论争中，始终保持独立思考，既不预设立场，也不人云亦云，而是尽量做到心平气和，就事情本身的是非曲直作出自己客观、理性和中肯的判断。窃以为，这种态度和做法也是学术训练的最终意义和价值之所在，可以也应该运用到非学术领域的争论中。

　　写书是遗憾的艺术，永远有可修改的地方，可完善的空间。这部书稿也有一些不足之处。作者对麦卡勒斯作为"旅居者"的个人身份追寻和空间旅行之间的关系的论述应该说是非常到位的，但是涉及她的文学身份的定位，论述尚不够充分，还留下许多有待进一步阐释的空间，比方说，是否可将麦卡勒斯与同时代的其他南方作家作些比较，让书稿内容更扎实和丰富些？如何让理论阐释像盐溶于水般化入文本细读中，不着一字，尽得风流？当然，这些问题恐怕一时解决不了，只能留待时日慢慢打磨了。

　　拉拉杂杂写了这么多，该打住了。最后，祝田颖在学术探索的道路上踏实前行，勇猛精进，不断超越自我，探索新课题，多出新成果，以更出色的成绩回报自己多年的努力。

张德明

2022 年 6 月 5 日于杭州秋水苑寓所

目　录

绪　论　南方，非南方？ / 1

第一节　研究对象 / 3

第二节　研究价值与意义 / 9

第三节　研究思路和方法 / 11

第一章　成长论：一种自反性书写 / 15

第一节　恐惧之源：成长的阈限阶段 / 19

第二节　厨房之喻：在禁锢与开放之间 / 27

第三节　"蓝月亮"之争：败笔抑或巧思？ / 39

第二章　空间论：别样的南方景观 / 51

第一节　从"镜子"谈起：时间的空间化 / 55

第二节　咖啡馆与游乐场：另类空间的悖论 / 63

第三节　无名南方小镇：社会空间的隐喻 / 68

第三章　性别论："南方神话"的幻灭 / 75

第一节　潘德腾上尉："双性同体"的含混 / 79

第二节　利奥诺拉与艾莉森："南方淑女"形象的颠覆 / 85

第三节　爱密利亚小姐：南方小镇的"女强人" / 89

第四章　种族论："林勃"之地的放逐 / 101

　　第一节　舍曼·普友：黑白混血的"双重流放者" / 105

　　第二节　小菲佣安纳克莱托：南方军营的"小丑" / 120

　　第三节　犹太哑巴辛格：城镇里的"漫游者" / 125

结　语　南方"旅居者"的流亡 / 139

参考文献 / 149

附录一　国内外卡森·麦卡勒斯研究简评 / 164

附录二　新世纪以来国外卡森·麦卡勒斯研究的流变与走向 / 183

附录三　卡森·麦卡勒斯主要作品编年 / 197

索　引 / 200

后　记 / 213

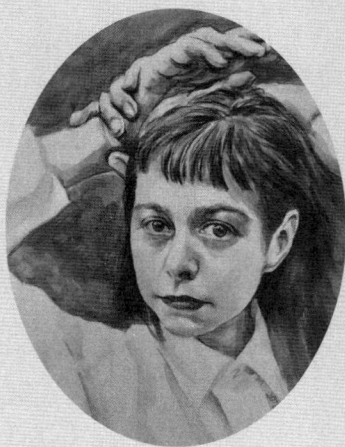

绪　论

南方，非南方？

然而，有些人说，［南方］文学或［南方］地域已经或正在迅速地丧失自己的身份，这种说法忽视了一些与之相反的醒目证据。①

——路易斯·鲁宾

　　人们问我为何不经常回到南方？但是，南方对我而言是一种非常情绪化的体验，它充满了我童年时期的所有回忆。②

——卡森·麦卡勒斯

第一节　研究对象

　　卡森·麦卡勒斯（Carson McCullers，1917—1967）是美国文学史上一位重要的女性作家，本书的研究对象是她的小说创作。

　　门肯（H. L. Mencken）在论文《艺术的撒哈拉》（"The Sahara of the Bozart"，1917）中声称，美国南方"在艺术上、心智上和文化上像撒哈拉沙漠一样，是一片不毛之地"③。美国南方是否真如门肯说的这般贫瘠、荒蛮？维拉德·索普（Willard Thorp）给出了不同的观点："在本世纪（20世纪），与任何其他地区相比，南方涌现出了更多更优秀的作家。"④事实上，南方特有的社会、政治、文化与历史孕育了别具一格的地域文学。巧合的是，恰在门肯发表《艺术的撒哈拉》一文不久，南方文学厚积薄发，异军突起，迎来了美国文学史上的"南方文艺

---

① Louis D. Rubin, Jr., *The Literary South*, New York: John Wiley & Sons, 1979, p. 621.

② Carson McCullers, "The Flowering Dream: Notes on Writing", Margarita G. Smith (ed.), *The Mortgaged Heart*, Boston and New York: Houghton Mifflin Company, 2005, p. 279.

③ H. L. Mencken, "The Sahara of the Bozart", *Prejudices* (Second Series), New York: Knopf, 1920, p. 136.

④ Willard Thorp, *American Writing in the Twentieth Century*, Cambridge: Harvard University Press, 1967, pp. 233-234.

复兴"①。它指的是美国南方"大约从20世纪20年代至40年代末这一时期的文学"②，这30年是南方文学最繁荣的时期，也是大批美国南方作家的"黄金时代"。

来自南方佐治亚州哥伦布小镇的卡森·麦卡勒斯就身处这样的"黄金时代"。1934年，年仅17岁的她离开家乡的南方小镇，独自乘船前往国际大都市纽约，追寻自己的文学梦想。时隔六年之后，她凭借长篇小说处女作《心是孤独的猎手》（*The Heart Is a Lonely Hunter*，1940）一跃成为"纽约文学界的新宠"③。麦卡勒斯一生总共创作了20余部长、中、短篇小说，2个剧本，20余篇随笔、散文和文学评论文章，1部儿童诗集，10余篇诗歌和1部未完成的自传。其中，她的代表作《心是孤独的猎手》、《金色眼睛的映像》（*Reflections in a Golden Eye*，1941）、《伤心咖啡馆之歌》（*The Ballad of Sad Café*，1943）和《婚礼的成员》（*The Member of the Wedding*，1946）大都在其创作巅峰时期——20世纪40年代完成，这4部小说先后被成功地改编为电影或百老汇戏剧。特别值得一提的是，1951年由麦卡勒斯本人根据自己的同名小说执笔改编的剧本《婚礼的成员》（*The Member of the Wedding*，1949）获得了巨大的成功。在短短一年的时间里（1950—1951），这部戏剧在百老汇连续演出501场，可谓盛况空前。

这些成就确立了麦卡勒斯的文学名声，为她在美国文学史上赢得了一席之地。她先后两次获"古根海姆奖"（Guggenheim Fellowship）；长篇小说处女作《心是孤独的猎手》被美国"现代文库"评为"20世纪百家英文小说"之一；剧作《婚礼的成员》斩获了多个百老汇的戏剧奖项——"最佳戏剧奖""最佳剧本处女作奖""最佳编剧奖"等。然而，与同时代的其他美国南方作家相比，如威廉·福克纳（William Faulkner）、弗兰纳里·奥康纳（Flannery O'Connor）、尤多拉·韦尔蒂（Eudora Welty）、杜鲁门·卡波特（Truman Capote）等，评论界

① "南方文艺复兴"的英文原文有两种通用的写法：the Southern Renascence/Renaissance。美国南方批评家艾伦·泰特（Allen Tate）对南方文学有很大的影响力，他对"复兴"一词持有异议，他用"renascence"来替代"renaissance"。详见李杨：《美国南方文学后现代时期的嬗变》，济南：山东大学出版社，2006年，第8页。

② Robert H. Brinkmeyer, Jr., "The Southern Literary Renaissance", Richard Gray and Owen Robinson (eds.), *A Companion to the Literature and Culture of the American South*, Malden: Blackwell Publishing, 2004, p. 148.

③ Virginia Spencer Carr, *The Lonely Hunter: A Biography of Carson McCullers*, Athens and London: The University of Georgia Press, 2003, p. 97.

对麦卡勒斯的文学地位却持有两种截然相反的观点。一方面，不少作家和评论家对她褒奖有加。玛格丽特·麦克道尔（Margaret McDowell）在传记《卡森·麦卡勒斯》（*Carson McCullers*，1980）的"前言"中写道：1955年，英国作家普里彻特（V. S. Pritchett）称麦卡勒斯是"同时代中最杰出的小说家"；美国评论家沃尔特·艾伦（Walter Allen）在《英国和美国的现代小说》（*The Modern Novel in Britain and the United States*，1964）一书中认为，除了福克纳之外，她是"在南方本土产生的最出色的小说家"；美国剧作家田纳西·威廉斯（Tennessee Williams）总是把她誉为"奇迹的缔造者"；美国作家兼评论家戈尔·维达尔（Gore Vidal）称她"在众多的南方作家中最伟大、最负持久盛名"。①但在获得众多美誉的同时，麦卡勒斯也遭人诟病。伊哈布·哈桑（Ihab Hassan）指出："麦卡勒斯夫人确实缺乏眼界、力量和福克纳的狂怒，缺乏像他那样对南方往昔的忧郁不安，缺乏如他一般对美国的荒野、对我们的罪恶与纯真的象征所具有的深入洞察力。"②哈罗德·布鲁姆（Harold Bloom）认为，麦卡勒斯的作品很难称为美国文学的经典之作，"甚至对最不吝赞美的评论家而言，对麦卡勒斯的小说进行经典性的评判是一个一筹莫展的过程"③。为此，麦卡勒斯传记作家弗吉尼亚·斯潘塞·卡尔（Virginia Spencer Carr）不由感叹："她是否是一位主要作家，评论家们仍在争论。"④麦卡勒斯难以界定的文学地位在国内外学界引发了文学身份之争⑤。何谓文学身份（literary identity）？齐格蒙特·鲍曼（Zygmunt Bauman）认为，英文identity一词具有双重含义，"表面上它是一个名词，但却表现为一个动词"⑥。具体说来，作为名词的identity指个人或群体确定自己在特定社会或团体之地位的依据，并以此区分自己与其他个人或群体的不同，即中文的"身份"

---

① Margret B. McDowell, "Preface", *Carson McCullers*, Boston: Twayne Publishers, 1980, n. p.

② Ihab Hassan, *Radical Innocence: Studies in the Contemporary American Novel*, Princeton: Princeton University Press, 1961, p. 206.

③ Harold Bloom, "Introduction", Harold Bloom (ed.), *Carson McCullers* (Old Edition), New York: Chelsea House Publishers, 1986, p. 5.

④ Virginia Spencer Carr, "Carson McCullers", Joseph M. Flora and Robert Bain (eds.), *Fifty Southern Writers after 1900: A Bio-Bibliographical Sourcebook*, Westport: Greenwood Press, 1987, p. 301.

⑤ 相关内容详见本书的"附录一：国内外卡森·麦卡勒斯研究简评"。

⑥ Zygmunt Bauman, "From Pilgrim to Tourist—or a Short History of Identity", Stuart Hall and Paul Du Gay (eds.), *Questions of Cultural Identity,* London: Sage Publications, 2003, p. 19.

之意，其中涉及种族、文化、阶级、性别、宗教等社会内涵；而具有动态含义的identity与identification同义，它是追寻、确认个人或群体"身份"的过程，即中文的"认同"之意。identity的双重含义意味着"它首先是个逻辑/哲学问题，所谓'同一性'问题"[①]。简而言之，"同一性"是"一个东西'是其所是'的特性"[②]。因此，"文学身份"问题就是探讨写作者在文学创作中的"同一性"——他在写作中独有的特质/本质。那么，"文学身份"的概念同样也具有双重内涵：一是追问作者在文学创作过程中是"谁"（关注"身份"），即他在写作中的"定位"（location）问题；二是如何并为何要追问他在文学创作中是"谁"（寻求"认同"），即他是如何被"定位"的（how to be placed）问题。由此可见，作家的文学身份并非一成不变的，而是处在流动不居却又不断被建构的动态之中。

在此需要说明的一点是，"文学身份"既非"社会身份"（social identity），亦非"文化身份"（cultural identity），但又与二者紧密相关。社会身份"强调人的社会属性，是社会学、文化人类学等研究的对象。个体身份认同和集体身份认同都可归入社会身份认同，但个体身份认同和集体身份认同也不排斥自我身份认同的心理和身体体验"[③]。而文化身份则注重身份认同过程中的文化语境与文化要素，根据斯图亚特·霍尔（Stuart Hall）在《文化身份与流散》（"Cultural Identity and Diaspora"，1990）一文中的观点，文化身份反映了"共同的历史经验及共有的文化符码"[④]，它是"一种集体的'真实自我'"[⑤]。不难看出，对写作者而言，这三种身份并非泾渭分明，而是相互角力、彼此映照的。因此，写作者在文学创作的过程中，其文学身份或多或少都会带有社会身份和文化身份的烙印。

在探究麦卡勒斯的文学身份时，"南方"始终是一个无法回避的问题，而麦卡勒斯对南方也一直抱有"一种矛盾情结"（an ambivalent pull）[⑥]，这种若即若离

---

① 赵汀阳：《没有世界观的世界》，北京：中国人民大学出版社，2003年，第58页。

② 赵汀阳：《没有世界观的世界》，北京：中国人民大学出版社，2003年，第59页。

③ 陶家俊：《身份认同导论》，《外国文学》2004年第2期，第38页。

④ Stuart Hall, "Cultural Identity and Diaspora", Jonathan Rutherford (ed.), *Identity: Community, Culture, Difference*, London: Lawrence & Wishart Limited, 1990, p.223.

⑤ Stuart Hall, "Cultural Identity and Diaspora", Jonathan Rutherford (ed.), *Identity: Community, Culture, Difference*, London: Lawrence & Wishart Limited, 1990, p.223.

⑥ Virginia Spencer Carr, *The Lonely Hunter: A Biography of Carson McCullers*, Athens and London: The University of Georgia Press, 2003, p. 56.

的情愫贯穿了她的整个写作生涯。因此，"南方"成了麦卡勒斯小说研究的关键词之一。大致说来，目前研究者们对此持有两派观点：一方面，麦卡勒斯被视为一名美国南方本土的地域作家，她被当作"南方文艺复兴"时期杰出的女性作家代表，其小说也因怪诞（grotesque）的风格而被冠以"南方哥特流派"（the Gothic school of Southern writing）①之名；另一方面，作者本人拒斥外界给予她的"南方"标签，因而不少学者提出了"去地域化"（de-regionalization）②的观点，他们认为麦卡勒斯"超越了南方地方主义和美国主义，成了孤独与孤绝人群的代言人"③。直到1996年，莉莎·洛根（Lisa Logan）还写道："他们（评论家们）无法确定她是一个主要作家还是次要作家，是一个现代派作家还是地域性作家，无法确定这个南方神童④的创作是枯竭衰败了，还是伴随着她的年纪、疾病以及对家乡佐治亚州的疏远而变得更加雄心勃勃。"⑤ 事实上，有关麦卡勒斯文学身份的"南方与非南方"之争至今尚无定论。

　　然而，麦卡勒斯本人对这样的争论却不以为然。当外界对她的作品冠以"南方哥特流派"之名时，她这样回应道："可是，这个标签不恰当。"⑥的确，麦卡勒斯一直想要摆脱美国"南方作家"的标签，努力让自己在写作之路上真正

---

① 1941年，美国剧作家田纳西·威廉斯为卡森·麦卡勒斯的第二部小说《金色眼睛的映像》作序。在序言中，威廉斯首次提出了"南方哥特流派"的概念。参见Tennessee Williams, "This Book: *Reflections in a Golden Eye*", Harold Bloom (ed.), *Carson McCullers* (Old Edition), New York: Chelsea House Publishers, 1986, pp. 11-16.

② Cynthia Wu, "Expanding Southern Whiteness: Reconceptualizing Ethnic Difference in the Short Fiction of Carson McCullers", Harold Bloom (ed.), *Carson McCullers* (New Edition), New York: Infobase Publishing, 2009, p. 55.

③ Virginia Spencer Carr, *The Lonely Hunter: A Biography of Carson McCullers*, Athens and London: The Univerisity of Georgia Press, 2003, p. 436.

④ 《神童》（*Wunderkind*，1936）是麦卡勒斯发表的第一个短篇小说，它讲述了一位自幼学习钢琴的女神童在重压之下音乐天赋丧失殆尽的故事。这个故事具有很强的自传色彩，麦卡勒斯自幼练习钢琴，并被自己的母亲称为"天才"。麦卡勒斯在15岁时生了一场重病，病愈之后，她突然决定放弃自己的音乐梦想，宣称未来她要成为一名作家。此处的"神童"一词显然一语双关，暗指麦卡勒斯本人与短篇小说中的主人公有某些相似之处。

⑤ Lisa Logan, "Introduction", Beverly Lyon Clark and Melvin J. Friedman (eds.), *Critical Essays on Carson McCullers*, New York: G. K. Hall & Co., 1996, p. 2.

⑥ Carson McCullers, "The Russian Realists and Southern Literature", Margarita G. Smith (ed.), *The Mortgaged Heart*, Boston and New York: Houghton Mifflin Company, 2005, p. 252.

地走出南方。为了更好地从事文学创作，她一边在小说的世界里徜徉，一边在现实的世界里游荡，曾在法国、意大利、英国、爱尔兰等国家留下了自己的足迹。她在散文《开花的梦：写作札记》（"The Flowering Dream: Notes on Writing"，1959）中写道："极少有南方作家是真正的世界性的。"[①] 在她看来，只有欧内斯特·海明威（Ernest Hemingway）是一个例外，"在所有美国作家中，海明威是最具世界性的……在情感上他是一个流浪者（wanderer）"[②]。尽管麦卡勒斯的海外经历不如海明威的那样丰富，但同为作家的他们在情感上却有共鸣：他们对故乡都存在一种若即若离的矛盾情愫。麦卡勒斯曾经创作了短篇小说《旅居者》（*The Sojourner*，1950），作品讲述了一位出生在美国佐治亚州却常驻法国巴黎的"旅居者"的故事[③]。对于美国南方而言，作家麦卡勒斯也是一个漂泊不定的"旅居者"，她不断地逃离南方，却又总是回归到南方。这种矛盾的南方情结让她与本土的南方作家有所不同，正如威尔·布兰特利（Will Brantley）所言："麦卡勒斯暗示，她曾是南方潮流的一部分，但这一潮流并非南方所独有。"[④] 南方与非南方的二律背反让她的文学身份呈现出一种张力，因而其作品所蕴含的"南方性"（Southernness）[⑤]是一个含混、复杂的矛盾体。

所谓"横看成岭侧成峰"，麦卡勒斯小说的多重主题让多维度、多视角的解读成为可能。这些观点相左的评介让她在饱受争议的同时，也让她的作品备受关注，经久不衰。据不完全统计，"她的小说被翻译成了35个国家的文字，相关

---

① Carson McCullers, "The Flowering Dream: Notes on Writing", Margarita G. Smith (ed.), *The Mortgaged Heart*, Boston and New York: Houghton Mifflin Company, 2005, p. 279.

② Carson McCullers, "The Flowering Dream: Notes on Writing", Margarita G. Smith (ed.), *The Mortgaged Heart*, Boston and New York: Houghton Mifflin Company, 2005, p. 280.

③ 详见Carson McCullers, "The Sojourner", *Collected Stories of Carson McCullers*, Boston and New York: Houghton Mifflin Company, 1998, pp. 138-147.

④ Will Brantley, "Carson McCullers and the Tradition of Southern Women's Nonfiction Prose", Jan Whitt (ed.), *Reflections in a Critical Eye: Essays on Carson McCullers*, Lanham: University Press of America, 2008, p. 2.

⑤ 根据约翰·谢尔顿·里德（John Shelton Reed）的定义，"南方性"是指"一个文化共同体的标签，在此地男人与女人可以得到相对肯定的理解"。详见Daniel E. Sutherland, "Southern Fraternal Organizations in the North", *The Journal of Southern History*, Vol. 53, No. 4 (Nov., 1987), p. 590.

的学术研究遍布法国、英国、加拿大和日本"①。 在21世纪新的文学语境与思想
范式中，麦卡勒斯的小说还有待清晰明了的评定与考察，其作品内涵的丰富性
和主题的多样性还须进一步挖掘。

第二节　研究价值与意义

在众多美国南方作家的盛名之下，卡森·麦卡勒斯的名字稍显黯淡。她的
小说多以不知名的南方小镇为背景，正如杰克·莫尔（Jack Moore）所言："她
（麦卡勒斯）的作品——譬如《金色眼睛的映像》《没有指针的钟》《心是孤独的
猎手》——是对美国当代生活的报道。她笔下的地理景观不是凋败、原始的荒
野，而是热气腾腾、苍蝇乱飞的咖啡馆，以及等待着失眠和种族暴力的南方小
镇的街道。"② 在她的小说中，咖啡馆、游乐场、疯人院、树屋、监狱、军营、小
酒馆、厨房等客观存在的物理空间意象在南方地域的背景下具有深刻的社会内
涵。然而，麦卡勒斯的写作视野并未囿于南方一隅，她一边在现实世界的南北
之间（从故乡哥伦布小镇到大都市纽约）辗转往复，一边在小说的世界里完成
了从南到北（从无名南方小镇到阿拉斯加州）的时空更迭与转换。事实上，麦
卡勒斯在南北之间的徘徊、穿梭体现的正是她对自己文学身份的困惑：在文学
创作过程中，她一直在追寻自己的写作定位，即她是谁。

带着这样的困惑，麦卡勒斯以写作的方式踏上了自我认知（self-knowledge）
之旅。在文学创作之路上，她一直致力于突破南方地域的局限，力求在真正意
义上走出南方。最终，贯穿其文学创作生涯的矛盾南方情结让她成为一名时而
逃离南方，时而又回归南方的"旅居者"。在别样的南方景观、空间与场景中，
麦卡勒斯擅长刻画被放逐到美国南方主流文化边缘地带的"他者"（the Other）

---

① 　Virginia Spencer Carr, *Understanding Carson McCullers*, Columbia: University of South Carolina Press, 1990, p. 4.

② 　Jack B. Moore, "Carson McCullers: *The Heart Is a Timeless Hunter*", *Twentieth Century Literature*, Vol. 11, No. 2 (July, 1965), p. 76.

形象。她把自己在小说中塑造的这些人物称为"畸零人"（freak）①，其中包括青春期的"假小子"少女、心理怪异的男性性无能者、放荡病态的南方女性、雌雄难辨的"女强人"（amazon）、行为乖张的黑人及其他少数族裔。这些人物试图在成长、空间、性别、种族等诸多层面上实施各自的越界行为（transgression）。然而，在极具南方地域特征的地理、景观、空间与场景中，麦卡勒斯笔下的这些人物又绝非美国南方所独有。她小说世界里的这些"畸零人"不仅是被主流南方社会边缘化的他者形象，而且是整个美国的政治、历史与文化的产物。

麦卡勒斯在谈及自己对人物的塑造时曾坦言："我颂扬拉丁诗人泰伦斯（Terence），他曾说过，'人类之事我都关心'。"② 哈罗德·布鲁姆把这句格言称为麦卡勒斯的"美学信条"（the aesthetic credo）③，而这一"美学信条"又与麦卡勒斯的文学身份不无关联。在写作过程中，麦卡勒斯一边着眼于南方的历史、文化与社会，一边也关注普遍意义上的"人生的卑微"（the cheapness of human life）④。如何让自己的作品在南方与非南方、地域特色与世界性之间保持微妙的平衡，这一直是麦卡勒斯在写作时面临的困境。一方面，她觉得"南方令人压抑"⑤，力图突破南方作家的地域局限，拓宽自己的写作视野；另一方面，"她必须不时地回到南方，以恢复她的'恐惧感'"⑥，因为只有回到这片熟悉的南方的

---

① Carson McCullers, *The Member of the Wedding*, Boston and New York: Houghton Mifflin Company, 2004, p. 20.

② Carson McCullers, "The Flowering Dream: Notes on Writing", Margarita G. Smith (ed.), *The Mortgaged Heart*, Boston and New York: Houghton Mifflin Company, 2005, p. 277. 这 句 话 出 自 泰伦斯（拉丁文全名是 Publius Terentius Afer，又译"忒伦底乌斯"）的喜剧《自我惩罚者》（*Heautontimorumenos*）中的第一幕第一场。此句的拉丁原文是 "humani nihil a me alienum puto"，英文翻译为 "Nothing human is alien to me"。此处所采用的中文译文详见谢大任主编：《拉丁语汉语词典》，北京：商务印书馆，1988年，第262页。

③ Harold Bloom, "Introduction", Harold Bloom (ed.), *Carson McCullers* (New Edition), New York: Infobase Publishing, 2009, p. 1.

④ Carson McCullers, "The Russian Realists and Southern Literature", Margarita G. Smith (ed.), *The Mortgaged Heart*, Boston and New York: Houghton Mifflin Company, 2005, p. 252.

⑤ Virginia Spencer Carr, *The Lonely Hunter: A Biography of Carson McCullers*, Athens and London: The University of Georgia Press, 2003, p. 94.

⑥ Virginia Spencer Carr, *The Lonely Hunter: A Biography of Carson McCullers*, Athens and London: The University of Georgia Press, 2003, p. 313.

土地，她才能找寻到写作的灵感与本源。事实上，在她创作的所有长篇小说中，除了处女作《心是孤独的猎手》之外，其他的长篇作品几乎都是在逃离与回归南方的路途中完成的。① 在"钟摆式"的犹疑、踟蹰中，麦卡勒斯的文学身份不断被建构、被重塑，并与其小说艺术美学形成映照。当麦卡勒斯深陷写作的困境时，她的文学身份之惑不时引发这样的焦虑：如何在文学创作的过程中给自己定位（how to be placed）？即她何以成为"她"，并与其他的南方作家区别开来？

　　然而，如上文所述，大多数的国内外学者对麦卡勒斯文学身份的分歧还是基于"南方与非南方"的争论，从而忽视了作家本人身为南方"旅居者"的立场和视角。有鉴于此，本书的研究价值和意义在于：全书以南方"旅居者"为切入点，追寻作家麦卡勒斯在逃离与回归南方的矛盾悖论中的写作历程，旨在揭示其小说创作独有的艺术张力——"旅居者"既能入乎其内，又能出乎其外的写作立场，让麦卡勒斯的作品从内外兼有的双重视角来书写南方，因此她的小说既勾勒了别样的南方社会全景图，又挑战了南方社会的主流意识形态，从而具有双重的"建构力和破坏力（her doing and her undoing）"。②

第三节　研究思路和方法

　　针对目前学界对麦卡勒斯的文学身份之争，笔者无意做出二选一的简单判断。简·惠特（Jan Whitt）认为："麦卡勒斯的写作是一种精神的探索，一种程式化的方式去努力获取她想要的答案。人皆是旅居者（'旅居者'是她最出色的一个短篇小说的标题），决不会停滞不前或过于风平浪静。"③ 据此说来，作家麦卡勒斯和她的短篇小说《旅居者》中的主人公一样，总是在故乡与异乡之间奔波、游走，成为一名南方"旅居者"。传记作家卡尔真实地记录了麦卡勒斯的写

① 参见 Delma Eugene Presley, "Carson McCullers and the South", Beverly Lyon Clark and Melvin J. Friedman (eds.), *Critical Essays on Carson McCullers*, New York: G. K. Hall & Co., 1996, p. 107.

② Sarah Schulman, "McCullers: Canon Fodder?", *The Nation* (June 26, 2000), p. 39.

③ Jan Whitt, "The Exiled Heir: An Introduction to Carson McCullers and Her Work", Jan Whitt (ed.), *Reflections in a Critical Eye: Essays on Carson McCullers*, Lanham: University Press of America, 2008, p. xxx.

作状态："当她（麦卡勒斯）待在哥伦布时，缺乏其手稿所必需的审美距离，尽管她有再次在家里写作的不错打算，但却陷入困境，举步维艰。"①这种矛盾重重的旅居生活渗透到麦卡勒斯的整个文学创作之中，从而形成了她独特的写作风格和小说艺术手法。

为此，本书的研究思路将围绕麦卡勒斯的文学身份问题逐一展开，集中讨论以下三个问题：第一，作家麦卡勒斯带着"我是谁？"的困惑，如何在逃离与回归南方的空间更替与悖论中从事写作；第二，为了追寻自己的文学身份，麦卡勒斯如何在文学创作的过程中给自己定位，从而让她区别于同时代的南方作家，以凸显其作品中"南方性"的特质；第三，麦卡勒斯运用了怎样的文学策略在南方地域文学、美国民族文学乃至世界文学中寻找到她的文学立场，进而让自己的作品具有时代的意义。

显然，要解决以上问题，不是一门学科、一种方法能够行之有效的，只能采取跨学科的研究方法。本书以文本细读为基础，广泛运用作者的生平传记研究、空间批评、文化地理学、性别研究、文化诗学、心理分析、狂欢诗学等理论和方法，来探寻麦卡勒斯的文学身份归属，以及小说中"南方性"的文学本质和意蕴。

诚然，这些理论如工具一般，各有所长，各有所短，既有亮点，亦有盲点。故而，笔者认为只有多视角、多维度地对问题进行阐述，才能取长补短，相得益彰。因此，本书的研究思路将既注重文本分析的内部研究，又重视社会文化语境的外部考察，既包括了对微观的场所、意象和人物的解析，又涵盖了对宏观的南方历史、文化的追溯，以期这些多方位、多维度的研究视角能够"在张力中保持势均力敌、相互对峙的力量"②。

为此，本书将从南方和身份这两个主题出发，以南方"旅居者"为研究的切入点，在美国社会、历史、文化的语境下，结合麦卡勒斯的书信、手稿、自传、传记等亚文本，分别从成长论、空间论、性别论和种族论这四个层面，来

---

① Virginia Spencer Carr, *The Lonely Hunter: A Biography of Carson McCullers*, Athens and London: The University of Georgia Press, 2003, pp. 232-233.

② Judith Giblin James, *Wunderkind: The Reputation of Carson McCullers, 1940-1990*, Columbia: Camden House, 1995, p. 190.

考察麦卡勒斯的文学身份，进而揭示其作品中"南方性"的文学内涵。

基于此，全书分为以下六个各自独立又彼此关联的部分。绪论主要对论文的研究对象、研究价值与意义、研究思路和方法作简要的综述。

第一章"成长论：一种自反性书写"以麦卡勒斯写作的动因——作者本人的"成长之惑"——为研究起点，通过分析两部自传色彩颇浓的成长小说中的两位少女人物，来揭示麦卡勒斯小说创作中的"自反性"特征。在以成长为主题的自反性书写（a writing of reflexivity）中，身为作家的麦卡勒斯带着自我身份的困惑，以写作的方式一直在寻找"我的我们"（we of me）①。从此，她踏上了发现自我、找寻自我的文学创作的旅途。这是本研究的开端。

第二章"空间论：别样的南方景观"主要以空间和南方为议题，聚焦于麦卡勒斯小说中典型的文学空间意象，譬如镜子、咖啡馆、游乐场、无名南方小镇等。本章集中探讨的问题是：麦卡勒斯如何通过空间叙事（the spatial narrative）来揭示美国南方社会的权力话语和意识形态，进而为我们勾勒了一幅怎样的南方景观图。空间性是界定个体生存状态的一个重要维度，本章通过分析麦卡勒斯小说创作中的空间意识，试图揭示作者本人的文学身份在写作过程中的"阈限"特质。

第三章"性别论：'南方神话'的幻灭"从美国南方文化的根基——"南方神话"（the Southern myth）出发，着重考察麦卡勒斯是如何打破神话光环下对两性人物的刻板印象——南方绅士（the Southern gentleman）和南方淑女（the Southern lady/belle）的。通过塑造一系列极具颠覆性的两性人物，譬如阴柔的男性性无能者、放荡病态的南方女性和雌雄难辨的"女强人"等，麦卡勒斯既对南方社会的历史变迁和现代文明进行了反思，也对其自我认知和身份认同（identity）进行了探寻。

---

① Carson McCullers, *The Member of the Wedding*, Boston and New York: Houghton Mifflin Company, 2004, p. 42.

第四章"种族论：'林勃'①之地的放逐"在美国南方的文化、历史、政治的语境中，探讨麦卡勒斯小说中的种族主题。本章通过分析三个少数族裔的形象——黑白混血儿、小菲佣和犹太人，考察身为白人女性作家的麦卡勒斯如何以一名南方"旅居者"内外兼有的双重视角，来审视南方由来已久的种族政治。通过塑造诸多被放逐在"林勃"之地的少数族裔形象，麦卡勒斯表明了她在写作中的道德立场，以及她在南方种族问题上所持有的客观、超然的态度。在追寻文学身份的道路上，麦卡勒斯对自我的定位逐渐变得清晰明了。

最后，结语"南方'旅居者'的流亡"将在世界文学的谱系中综合上述各章的观点，对本书的研究作结，旨在揭示在21世纪全球化语境下麦卡勒斯小说的时代意义、文化内涵和文学经典性。作为一名南方"旅居者"，麦卡勒斯在文学创作中逐渐建构起自己的写作范式，形成了独特的文风。在另一种形式的流亡中，她最终找寻到了自己的文学定位。

---

① 在《神曲·地狱篇》第四章中，但丁描述了一个名为"limbo"（在拉丁语中，意为"边缘"）的地方。它位于地狱的第一层，生于基督之前，未能接受洗礼的古代异教徒被囚禁于此。身处此地的鬼魂处于上不着天、下不着地的悬空状态，既不享天国之福，也不受地狱之苦。在中国学界，关于limbo的译法有很多，如"林勃""林菩狱""林卜""候判所""幽域""灵薄""灵泊"等。（详见林国华：《在灵泊深处：西洋文史发微》，北京：北京大学出版社，2014年，第7—12页。）在本书中，笔者采用了目前较为通用的田德望先生的译文"林勃"。

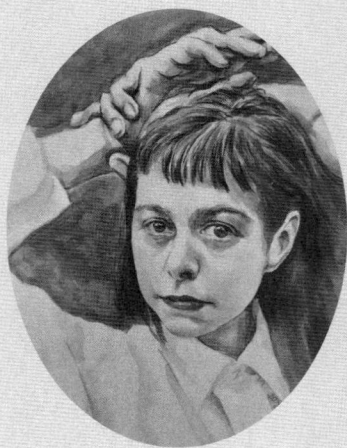

第一章

成长论：一种自反性书写

他知道有些事情结束了；如今恐惧离他而去，因爱而生的愤怒、害怕和内疚也远去。①

——卡森·麦卡勒斯

抬头凝视着黑暗，我发觉自己是受虚荣驱使和嘲弄的可怜虫；我的双眼燃烧着痛苦和愤怒。②

——詹姆斯·乔伊斯

在《开端：意图与方法》（*Beginnings: Intention and Method*）一书中，爱德华·萨义德（Edward Said）强调了作家的写作动机对文学研究者的重要性。萨义德如是说道："我感到一心搞'文学批评'的作家的专业困境基本上是由这个问题造成的：他缘何开始写作？"③他继而指出，"每个文学研究者都必须处理起源性，处理与之相关的影响和源泉的主题"④。

在《我如何开始写作》（"How I Began to Write"，1948）一文中，卡森·麦卡勒斯谈到，其写作的动因正是她对成长的困惑："在那个冬天，家里所有的房间、整个小镇似乎都在挤压、束缚我青春期的心灵。我渴望漫游。我非常想去纽约。"⑤带着这样的困惑，1934年，还处在迷茫青春期的麦卡勒斯创作了她真正意义上的文学处女作——短篇小说《傻瓜》（"Sucker"）。这个故事"紧张

---

① Carson McCullers, "The Haunted Boy", *Collected Stories of Carson McCullers*, Boston and New York: Houghton Mifflin Company, 1998, p. 170.

② James Joyce, "Araby", Robert Scholes and A. Walton Litz (eds.), *Dubliners: Text, Criticism, and Notes*, New York: Penguin Books, 1996, p. 35.

③ ［美］爱德华·W. 萨义德：《开端：意图与方法》，章乐天译，北京：生活·读书·新知三联书店，2014年，第23页。

④ ［美］爱德华·W. 萨义德：《开端：意图与方法》，章乐天译，北京：生活·读书·新知三联书店，2014年，第35页。

⑤ Carson McCullers, "How I Began to Write", Margarita G. Smith (ed.), *The Mortgaged Heart*, Boston and New York: Houghton Mifflin Company, 2005, p. 251.

又感伤"①，它以一个外号为"傻瓜"的小男孩的成长历程为主题，从表兄少年皮特（Pete）的第一人称视角，讲述了小男孩在努力获得皮特认同过程中的种种经历②。尽管这篇略显稚嫩的短篇处女作多年之后才得以发表③，但以青春期成长（initiation of adolescence）为主题的文学创作是麦卡勒斯在文学界初出茅庐的标志，它是这位美国南方女作家"缘何开始写作"之源起。随后，她的第一部长篇小说《心是孤独的猎手》、第三部长篇小说《婚礼的成员》以及最后一部长篇小说《没有指针的钟》都涉及这一主题。可以说，对麦卡勒斯的小说创作而言，成长主题既是起点，亦是终点。

基于此，笔者以"成长论"作为本书的开篇议题。

自20世纪50—60年代以来，随着成长小说研究的兴起，麦卡勒斯作品中的成长主题引发了文学评论界的热议。总体说来，在美国本土，以伊哈布·哈桑和莱斯利·费德勒（Leslie Fiedler）为代表的评论家多以美国的历史、精神、文化为参照，剖析了麦卡勒斯小说中青少年成长主题的隐喻意义。从作品里青少年人物成长受阻的经历中，他们得出如下结论：20世纪中叶是美国历史上"纯真时代的终结"（an end to innocence）④。在中国，以美国成长小说研究专家芮渝萍为代表的国内学者则从美国成长小说原型叙事的角度，探讨了麦卡勒斯笔下少男少女成长的原型经验，从而推导出青春期主人公的成长经验模式：启蒙、困惑、彷徨、选择和应对⑤。

综观目前国内外麦卡勒斯成长小说的研究现状，此类评论文章几乎达成一个共识：麦卡勒斯笔下的少男少女或多或少都存在越界行为，他们都是社会上的离经叛道者（outlaws/deviants）。然而，这些越界之举却无一例外地均以失败告终。他们成长受阻的背后隐藏着深层的社会权力机制与矛盾冲突，但这一点

---

① Virginia Spencer Carr, *The Lonely Hunter: A Biography of Carson McCullers*, Athens and London: The University of Georgia Press, 2003, p. 34.

② 详见 Carson McCullers, "Sucker", *Collected Stories of Carson McCullers*, Boston and New York: Houghton Mifflin Company, 1998, pp. 1-10.

③ 直至1963年9月，《傻瓜》（*Sucker*）才发表在《星期六晚邮报》（*The Saturday Evening Post*）上。

④ Ihab H. Hassan. "The Idea of Adolescence in American Fiction", *American Quarterly*, Vol. 10, No. 3 (Autumn, 1958), p. 312. 有关麦卡勒斯成长小说研究的相关文献综述，详见本书的"附录一：国内外卡森·麦卡勒斯研究现状述评"。

⑤ 详见芮渝萍：《美国成长小说研究》，北京：中国社会科学出版社，2004年，第110—155页。

却被大多数的成长小说研究者忽视了。

　　基于此，本章将从麦卡勒斯写作的缘由和起源入手，试图探讨其笔下青少年形象成长受阻的深层原因，进而揭示美国南方现代社会的权力机制与矛盾冲突。在带有作者强烈自传色彩的成长主题中，我们可以洞悉麦卡勒斯自反性书写的意义。

第一节　恐惧之源：成长的阈限阶段

　　1940年，年仅23岁的卡森·麦卡勒斯发表了她的长篇处女作《心是孤独的猎手》，一跃成为当时"纽约文学界的新宠"[①]。这部原名为《哑巴》（*The Mute*）的小说以聋哑人辛格（Singer）为中心，分别围绕美国南方小镇的咖啡馆老板比夫·布瑞农（Biff Brannon）、13岁少女米克·凯利（Mick Kelly）、白人工运分子杰克·布朗特（Jake Blount）和黑人医生马迪·考普兰德（Mady Copeland）这四个主要人物来展开故事情节。

　　在这部长篇小说处女作中，"恐惧感"贯穿作品始终。在英文原文中，与之相关的词频频出现，如terror出现了6次，fear出现了6次，fright出现了3次，afraid出现了14次，horror出现了4次。但恐惧之源却无处可寻，令人困惑不已。

　　在《心是孤独的猎手》中，几乎所有的小说人物都面临生存的困境，其中最典型的人物莫过于少女米克·凯利。评论家们大多从成长小说的视角，分别从身体、性别和怪诞等层面来解读假小子（tomboy）米克这一畸形的青少年形象（freakish adolescent）[②]。但笔者认为，米克模糊的性别身份不单源于她对青春期生理变化的困惑不解，还来自心理上她对成长的恐惧感（the adolescents' fear），这样的恐惧感与她的生活境况不无关联：

---

①　Virginia Spencer Carr, *The Lonely Hunter: A Biography of Carson McCullers*, Athens and London: The University of Georgia Press, 2003, p. 97.

②　参见 Sarah Gleeson-White, *Strange Bodies: Gender and Identity in the Novels of Carson McCullers*, Alabama: The University of Alabama Press, 2003, pp. 11-37.

奇怪的恐惧感来了。就像是天花板正在缓慢地向她脸上压下来。如果房子倒掉，会怎么样？有一次他们的爸爸说整个房子都应该被宣判死刑。他是不是说也许某个晚上他们睡着时，墙壁会裂开，房子会坍塌？他们埋在水泥、碎玻璃和稀巴烂的家具里？他们不能动，也不能呼吸？她清醒地躺着，肌肉僵硬。①

　　文本中的天花板、墙壁、家具都是与房间相关的意象。对女性而言，独立的个人空间尤为重要。英国女作家弗吉尼亚·吴尔夫（Virginia Woolf）在《一间自己的房间》（A Room of One's Own）中写道："女人要想写小说，必须有钱，再加一间自己的房间。"②稍加戏仿，我们倒也可以说，女性若要成长，也需要一间自己的房间，因为它象征着自由、梦想和希望。但是米克家境贫寒，她在现实生活中根本不可能拥有一间这样的房间，无处安身的她只能在狭小逼仄的夹缝（in-between）中求生存，后来她迫于生计向生活妥协，做出了无奈的选择，完成了青春期的"通过仪式"（rite of passage）③，最终迈入了成人的世界。

　　在小说中，米克"她不是任何小圈子里的人"（《心》：100），她身处在一个真实的现实世界之中，却又随时想逃遁，幻想躲进一个只属于自己的空间里。她觉得"在拥挤的房子里，一个人会如此的孤独。米克试图想出一个她可以去的隐蔽的好地方，一个人待着……她想了很久，其实一开始她就知道这个好地方不存在"（《心》：50）。显然，米克的个人空间是一个介于此岸与彼岸，存在与非存在之间的"夹缝"，这样的生存状态类似于巴赫金（M. M. Bahktin）所说的"门坎时空体"（chronotope theory）——"'门坎'一词本身在实际语言中，就获得了隐喻意义（与实际意义同时），并同下列因素结合在一起：生活的骤变、危机、改变生活的决定（或犹豫不决、害怕越过门坎）。在文学中，门坎时空体

---

① ［美］卡森·麦卡勒斯：《心是孤独的猎手》，陈笑黎译，上海：上海三联书店，2005年，第296页。（后文出自同一著作的引文，将随文在括号内标注出该著名称首字和引文出处页码，不另作注。）

② ［英］弗吉尼亚·吴尔夫：《一间自己的房间》，贾辉丰译，北京：人民文学出版社，2003年，第2页。

③ "通过仪式"这一术语由法国人类学家阿诺德·范·杰内普（Arnold van Gennep）提出。它指的是当人的生活状况、社会地位和年龄发生改变时所举行的仪式。"通过仪式"标志着个体生命中的过渡阶段，因而具有里程碑的意义。详见Arnold van Gennep, The Rites of Passage, trans. Monika B. Vizedom and Gabrielle L. Caffee, London and New York: Routledge, 1960, pp. 10-11.

总是表现一种隐喻义和象征义"。①

由此可见，身处"夹缝"的米克如同站在既不在此亦不在彼的门槛（threshold）之处，从而成为一个阈限人，因为"阈限的实体既不在这里，也不在那里"（neither here nor there）②，而"作为这样的一种存在，他们不清晰、不确定的特点被多种多样的象征手段在众多的社会之中表现了出来"③。米克的年龄就是一个阈限象征——她是一位13岁少女，"还有八个月她才满十四岁"（《心》：103）。西蒙·德·波伏娃（Simone de Beauvoir）在《第二性》（The Second Sex）中指出："大约在13岁，男孩子们经历了真正的暴力见习，他们的攻击性在增强，成为他们的权力意志和对竞争的爱好。而就在这时，女孩子放弃了粗野的游戏。"④ 参照波伏娃的描述，我们可以把13岁视作一个重要的年龄段，它是青春期与成年期的过渡阶段／阈限阶段（the liminal phase），也是少男少女的生理和心理逐渐走向成熟的标志。麦卡勒斯在手稿中曾坦言："在这个年龄，在她（米克）身上发生了很多重要的事情。起初，在迅速觉醒与成长的过渡时期（the threshold of a period），她是一个野孩子。"⑤ 因此，青春期的米克置身于一个定位模糊的阈限阶段之中。

对米克来说，阈限阶段的模糊性与不确定性（indeterminacy）大致体现在两个方面。首先，她对自己的性别身份摇摆不定。一方面，与同龄女孩相比，米克身上带有明显的男性气质（masculinity）。"她穿着卡其布短裤，蓝衬衫，网球鞋——第一眼看去像小男孩"（《心》：17—18），她个子高挑，"五英尺六英寸高"（《心》：106），这样的身高远远超过了同龄人；但另一方面，米克开始意识到，她的身体正发生着女孩子青春期应有的变化，她的个子一个劲儿地往上蹿，乳房开始发育。这样的变化让她惊恐万分，她试图抑制自己身体的改变："小女

---

① 钱中文主编：《巴赫金全集》第三卷，白春仁、晓河译，石家庄：河北教育出版社，1998年，第450页。（"门坎"现一般写作"门槛"。——编者注）

② ［英］维克多·特纳：《仪式过程：结构与反结构》，黄剑波、柳博赟译，北京：中国人民大学出版社，2006年，第95页。

③ ［英］维克多·特纳：《仪式过程：结构与反结构》，黄剑波、柳博赟译，北京：中国人民大学出版社，2006年，第95页。

④ ［法］西蒙娜·德·波伏娃：《第二性》，陶铁柱译，北京：中国书籍出版社，2004年，第308页。

⑤ Carson McCullers, *Illumination and Night Glare*, Carlos L. Dews (ed.), Madison: the University of Wisconsin Press, 1999, p. 166.

孩米克用指尖拉胸罩的前面，不让它磨擦刚刚钻出来的娇嫩的乳头。"（《心》：27—28）至于身高，"也许抽烟能阻止她再长高"（《心》：106）。波伏娃把这样的情形称为"骚动期"（disturbing moment）："在这骚动期发生的事情是，女孩子的身体开始变成女人的身体，开始有肉感……这是在暗示，在生存法则里的某种变化正在发生，它虽然不是一种病，但仍具有挣扎和撕裂的性质。"①夹杂着这种"挣扎和撕裂"，米克带着成长的恐惧感，游走于两性之间似是而非的中间地带。所以，波伏娃所说的"骚动期"与麦卡勒斯所言的"过渡时期"如出一辙，二者在实质上都是一个阈限阶段。

其次，米克的个人生存空间定位模糊不清。她假小子般的外形及个性与周边环境格格不入，一直被排斥在同龄人的社交圈之外。由于缺乏归属感和认同感，她对自己说，"我最想要的是属于我自己的地方"（《心》：48）。于是，米克试图从心理—物理的空间中找到一片专属于自己的栖息地：

> 她身上，被划分出两个地方——"里屋"和"外屋"。学校、家和每天发生的事放在"外屋"。辛格先生两个房间都有份。外国、她的计划和音乐藏在"里屋"……"里屋"是一个非常私密的地方。她可以站在人满为患的房子中间，却依然感觉自己一个人被锁在里面。（《心》：156）

在笔者看来，这两个对立的空间（"里屋"和"外屋"）分别代表了心理空间和物理空间。无论身处其中的哪一个"房间"，米克想要追寻的都是一个私密空间（the private space），因为"主人公只有进入自己的私密化空间才觉得自己是安全的，才是自己的主人，才能找到自我认同。而时间对主人公来说仿佛是可有可无的"②。在"外屋"，米克特别喜欢那些不起眼的角落（corners）。她会独自爬上屋顶，一个人吸烟，静静地思考；她悄悄潜入空房子，在墙上写上自己名字的缩写"M. K."，以此宣告自己对这个空间的所有权；她和两个姐姐共用一个房间，当姐姐们要把她赶出房间时，她"昂首阔步地从房间的一角走到

---

① ［法］西蒙娜·德·波伏娃：《第二性》，陶铁柱译，北京：中国书籍出版社，2004年，第287页。
② 张德明：《西方文学与现代性叙事的展开》，上海：华东师范大学出版社，2018年，第126页。

另一角，直到走了个遍"（《心》: 39）。加斯东·巴什拉（Gaston Bachelard）认为："角落首先是一个避难所，它为我们确保了存在一个基本性质：稳定性。"[①]这些角落一隅的空间如同"鸟巢"（nests）或"壳"（shells），它们给身居其中的米克以庇佑和保护，给她莫大的安全感。正如巴什拉所言，"角落是存在的小屋"[②]——它们是客观世界里真实的存在，是"外屋"的象征。

"里屋"则是另一番情形，它是米克的内心空间，而"一切内心空间都自我隐藏"[③]。它隐藏着米克的秘密和梦想：去国外旅行、音乐、钢琴以及她对哑巴辛格复杂的情感。在"外屋"，她时常沉默寡言，这些秘密"她守口如瓶，没有人知道"（《心》: 49）。然而一旦她走进"里屋"，紧闭的心门立马被打开。在"里屋"这个想象性的内心空间里，米克炽热的情感、灵动的思维和跳跃的灵感全部迸发出来：

> 她趴在冰冷的地上，思考。以后——当她二十岁时——她会成为世界著名的伟大作曲家。她会有一支完整的交响乐队，亲自指挥所有自己的作品。她会站在舞台上，面对一大群听众。指挥乐队时，她要穿真正的男式晚礼服或者饰有水晶的红裙子。舞台的幕布是红色的天鹅绒，上面印有M.K.的烫金字样。辛格先生会在那儿，之后他们一起到外面吃炸鸡。他会崇拜她，把她当成最好的朋友。（《心》: 228）

"空间呼唤行动，而先于行动运作的是想象力。"[④]"里屋"的米克是一个极富想象力的梦想家，一切不可能在"外屋"发生的事情都会在此实现。与"外屋"真实的、物质的、有限的物理空间不同，"里屋"是虚构的、想象的、无限的心理空间。这两个迥异的空间特质给予米克不同的空间体验："外屋"的她始终是一个局外人、边缘人和漫游者，而"里屋"的她却是一个梦想家、拥有者和主人。在整个青春期里，米克不断地从这两个"屋子"里进进出出，穿行其间，"白天，她在'外屋'忙着。但是晚上，她一个人在黑暗中"（《心》: 296），"她

---

① ［法］加斯东·巴什拉：《空间的诗学》，张逸婧译，上海：上海译文出版社，2013年，第174页。
② ［法］加斯东·巴什拉：《空间的诗学》，张逸婧译，上海：上海译文出版社，2013年，第175页。
③ ［法］加斯东·巴什拉：《空间的诗学》，张逸婧译，上海：上海译文出版社，2013年，第113页。
④ ［法］加斯东·巴什拉：《空间的诗学》，张逸婧译，上海：上海译文出版社，2013年，第13页。

躺倒在沙发上，闭上眼睛，走进'里屋'"（《心》：172）。米克在想象与真实的世界之间不断地游走、徘徊、纠结，她是一个名副其实的阈限人/门槛之处的人（threshold people）。

然而，成长历程上的阈限阶段不久就被破坏了。"'里屋'里的音乐和辛格先生并不是一切。很多事情发生在'外屋'"（《心》：231）。打破这个阈限状态的是发生在"外屋"的一件事情：当米克和少年哈里骑车郊游时，两人偷尝了禁果。初次的性体验是米克的成人礼，是她的"通过仪式"。对少女而言，失去童贞无疑是成长道路上的一个转折点。波伏娃对此进行了精辟的分析："这种对处女贞操的破坏，不是持续演变逐渐造成的结果，而是与过去的突然断裂，一个新的周期的开始。"①萨拉·格里森-怀特（Sarah Gleeson-White）也指出："对米克·凯利来说，她失去了童贞……她把它理解为这是她成为女人的一个明显标记。"②所以，事后米克才会向家中的黑人女仆问起："看看我。有没有什么不一样的地方？"（《心》：264）但女仆答非所问，不明其意。的确，此时的米克已经不同于往昔了，因为这个"通过仪式"成了她人生的分水岭。这既是一个结束，又是一个开端：她告别了自己的少女时代，开始进入成人的世界。至此，阈限空间被彻底地摧毁了。米克不可能像从前那样在两个"屋子"之间自由穿梭，她必须做出自己的选择，二选其一的难题摆在了面前。

随后家中发生的意外与辛格自杀身亡等一系列变故敦促米克做出了最后的决定："现在她无法待在'里屋'了。任何时候，她身边必须得有一个人。每分钟都要做点什么。如果一个人的时候，她就数数。"（《心》：291）为了贴补家用，她小小年纪去"一角钱店"当店员，向来都是一身男孩子装束的她开始考究地打扮起自己来："她穿上了海泽尔的绿丝绸裙，绿色的帽子，高跟鞋和长丝袜。她们给她的脸打上胭脂，抹了口红，拔了眉毛。"（《心》：303）脂粉味颇浓的女性气质（feminity）让她有了很大的变化，在小说接近尾声时，假小子米克"变成了正常的女士"（《心》：299）。这样的转变带有明显的反讽意味，这表明米克不再是一个徘徊不定的阈限人/门槛之处的人，而是变成一个典型的"南方

---

① ［法］西蒙娜·德·波伏娃：《第二性》，陶铁柱译，北京：中国书籍出版社，2004年，第346页。
② Sarah Gleeson-White, *Strange Bodies: Gender and Identity in the Novels of Carson McCullers*, Alabama: The University of Alabama Press, 2003, p. 16.

淑女"——"南方女性要在附属于男性活动的范围行事，矜持、约束自我，不能像男性那样自由表达自己的情感"[①]。

在这样的成长历程中，米克对恐惧的体验发生了微妙的变化。如前文所述，起初她感觉到"奇怪的恐惧感……正在缓慢地向她脸上压下来"（《心》：296），而此时此刻"她为起初的恐惧而羞耻"（《心》：301）。两相对照，我们可以发现，米克的恐惧感其实并未消失，它依然隐匿在她的内心深处。米克之所以对恐惧产生不同的感受，这是因为其个人的生存空间发生了重大改变。金莉认为，空间在麦卡勒斯的小说中发挥了至关重要的作用，"空间的幽闭使麦卡勒斯笔下的女性都失去了移动性，使得她的创作带有家庭叙事的特征"[②]。就米克而言，曾经喜欢独处的她渐渐地退出了"里屋"，并一点点地融入"外屋"的世界之中。这"一退一进"表明她已经向社会、生活和现实做出了让步和妥协。如果说起初米克还带有些许女性意识的反叛精神，那么最后她已全然归顺于美国南方社会的主流意识形态。她对"里屋"与"外屋"的空间选择实际上是她对生活的抉择，最终她放弃了私密的个人空间，融入公众的全新空间之中。此时，米克已经完全失去了空间上的"移动性"，回归到现实的家庭生活之中。

显然，米克对"外屋"世界的妥协与归顺带有悲剧性的色彩。麦卡勒斯曾写道："她（米克）的悲剧不是来自她自身的任何一个方面——她被一个毫无原则的、奢靡的社会剥夺了自由和能量。"[③] 在笔者看来，剥夺其自由和能量的最主要的方式就是攫取她原本就极为有限的个人生存空间。"里屋"与"外屋"的二元对立反映了她的个人生存困境，阈限空间映射了她悲剧性的成长历程。

那么，我们不妨回到本节开篇的问题：贯穿这部小说始终的恐惧感到底源自何处？

在此，有必要提及小说《心是孤独的猎手》的创作背景：1936年的冬天，19岁的麦卡勒斯来到纽约才不过两年多的时间，体弱多病的她此时身染重疾，不得不重返家乡的哥伦布小镇休养。但对她而言，重返南方却是身体与精神的

---

① 李杨：《美国南方文学后现代时期的嬗变》，济南：山东大学出版社，2006年，第146页。

② 金莉等：《20世纪美国女性小说研究》，北京：北京大学出版社，2010年，第161页。

③ Carson McCullers, *Illumination and Night Glare*, Carlos L. Dews, (ed.), Madison: The University of Wisconsin Press, 1999, p. 166.

双重囚禁，于是这部原名为《哑巴》的长篇小说处女作在她家中的病床上慢慢酝酿而成。传记作家卡尔还原了当时麦卡勒斯创作这部小说时的情形："1936—1937年的冬天，卡森几乎都待在床上或她的房间里。她躺在那里，听到自己小说里的各种声音在她身边诉说着，她不耐烦地站起身来，把他们说的话都记下来。"[1] 不难看出，处于创作状态中的麦卡勒斯正在经历着现实生活中的另一种恐惧：从纽约重返南方故土的各种不适，加之疾病缠身，这些都让她的小说创作进展得极其不顺。对于一位作家而言，没有比文思枯竭更令人恐惧的事情了，她本人如实地描述了当时的写作困境："整整一年，我都在写《心是孤独的猎手》，而我却根本不理解它……我陷入了绝望。"[2]

奥尔罕·帕慕克（Orhan Pamuk）认为："小说是第二生活……当此之际，我们会觉得我们遇到的并乐此不疲的虚构世界比现实世界还要真实。这种以幻作真的体验一般意味着我们混淆了虚构世界和现实生活之间的区别。"[3]一言以蔽之，小说的"第二生活"是现实的"第一生活"的化身和体现。在这样的写作环境中，麦卡勒斯着意刻画这部小说的恐惧氛围也就不足为奇了。在很大程度上，她把现实世界的"第一生活"的体验投射到了小说创作的"第二生活"中。年轻的麦卡勒斯怀揣着文学之梦，在故乡的南方小镇与大都市纽约之间来回奔波，此时的她正经历着与小说中少女米克类似的遭遇：一方面，麦卡勒斯向往故乡南方小镇之外的大千世界，那是"外屋"；但另一方面，当麦卡勒斯在异乡频频受挫之后，故乡的南方小镇却是她唯一的避难所，于她而言，这是"里屋"。因此，从这个意义上说，作者本人也和米克一样，她是一个站在门槛之处、辗转于故乡与异乡之间的阈限人。

《心是孤独的猎手》通常被当作一部自传体小说，作者本人的成长经历与人

---

① Virginia Spencer Carr, *The Lonely Hunter: A Biography of Carson McCullers*, Athens and London: The University of Georgia Press, 2003, p. 66.

② Carson McCullers, "The Flowering Dream: Notes on Writing", Margarita G. Smith (ed.), *The Mortgaged Heart*, Boston and New York: Houghton Mifflin Company, 2005, p. 275.

③ ［土耳其］奥尔罕·帕慕克：《天真的和感伤的小说家》，彭发胜译，上海：上海人民出版社，2012年，第3页。

物米克有许多相似之处①。萨拉·格里森－怀特认为，麦卡勒斯作品中的"畸形人物——巨人、侏儒、哑巴、双性人等等——映射了她（麦卡勒斯）本人自称的畸形状态，以及她在自己的生活中对社会性别和生理性别身份的探询"。② 在这部小说中，麦卡勒斯将现实世界里的自我化入小说世界里的人物之中，作品颇为浓厚的自传色彩也恰好印证了作者本人在真实（现实世界里的麦卡勒斯）与想象（其笔下虚构的小说人物）之间无缝过渡的阈限阶段的体验。

第二节　厨房之喻：在禁锢与开放之间

继《心是孤独的猎手》之后，卡森·麦卡勒斯的第三部小说《婚礼的成员》再次涉及青少年的成长话题。总体说来，在主人公形象、小说主题以及作品的自传色彩上，这两部作品的确有不少相似之处，因而评论家们总是将二者相提并论。然而，在小说《婚礼的成员》中，麦卡勒斯的创作手法和写作风格发生了很大的转变，这在评论界引发了极大的争议。

《婚礼的成员》以佐治亚州的一个南方小镇为背景，以十二岁少女弗兰淇·亚当斯（Frankie Addams）为中心人物，围绕她哥哥的一场婚礼，讲述了弗兰淇在八月夏日里的成长故事。三年之后，麦卡勒斯完成了根据同名小说改编的剧本《婚礼的成员》；次年，该剧在百老汇的帝国剧院一经上演便大获成功。在短短一年的时间里（1950—1951年），这部戏剧连续演出501场，可谓盛况空前。

与《心是孤独的猎手》相比，小说《婚礼的成员》的叙事节奏极其紧凑，时间跨度仅为短短的四天，故事始于1944年8月的最后一个星期五，终于次周的星期一；空间场景主要集中在厨房，三个主要人物——六岁的小表弟约

---

① 麦卡勒斯的少女时代在美国南方的佐治亚州度过，她创作的成长小说《心是孤独的猎手》和《婚礼的成员》影射了作者本人的成长经历。通常认为，她笔下的少女人物米克和弗兰淇都带有很强的自传色彩。详见 Virginia Spencer Carr, *The Lonely Hunter: A Biography of Carson McCullers*, Athens and London: The University of Georgia Press, 2003, pp. 1-40.

② Sarah Gleeson-White, "Revisiting the Southern Grotesque: Mikhail Bakhtin and the Case of Carson McCullers", *The Southern Literary Journal*, Vol.33, No.2 (Spring, 2001), p. 111.

翰·亨利（John Henry）、黑人厨娘贝丽尼斯（Berenice）和弗兰淇——围坐在厨房的餐桌边；故事情节基本上在三人之间天南地北的聊天中展开。笔墨如此集中的创作手法让麦卡勒斯在评论界饱受责难。在大西洋彼岸的英国，评论界认为，《婚礼的成员》"缺乏情感以及对细微之处的品鉴，缺乏南方言语的节奏"[①]；而在美国本土，这部小说也颇受争议，正如朱迪斯·吉布林·詹姆斯（Judith Giblin James）所言："在麦卡勒斯的作品中，几乎没有一部像讲述了弗兰淇·亚当斯青春期危机的这部小说这样，一开始就受到了如此多的误解。"[②] 总体说来，美国本土主流的评论观点基本聚焦在这部小说所展现的以厨房为界的"内/外世界、微观/宏观世界之间的主题和结构关系"[③]。

内/外、微观/宏观的两分法可能与作者本人对作品的评价有关。在谈及由同名小说改编的剧本时，麦卡勒斯曾说道："《婚礼的成员》是非传统的，因为它不是平淡无奇的戏剧。它是一部内向性戏剧（an inward play），所有的冲突都是内在冲突（inward conflicts）。"[④] 美国主流评论的代表人物理查德·M.库克（Richard M. Cook）引用了麦卡勒斯本人的这一说法。他认为，麦卡勒斯在创作这部小说时，"没有延续她在第一部小说中对社会、种族、政治等重大问题的关注……不再描述公共领域（public arena）的争斗"[⑤]。 在库克看来，与她的长篇小说处女作不同的是，《婚礼的成员》不过是一部"内向性小说"（an inward novel）[⑥]。继而，库克强调了小说中"厨房场景"的重要性，因为这一场景将"更加个人、私密的问题戏剧化"[⑦]。巧合的是，在戏剧《婚礼的成员》中，麦卡勒斯

---

① Virginia Spencer Carr, *The Lonely Hunter: A Biography of Carson McCullers*, Athens and London: The University of Georgia Press, 2003, p. 266.

② Judith Giblin James, *Wunderkind: The Reputation of Carson McCullers, 1940-1990*, Columbia: Camden House, 1995, p. 106.

③ Judith Giblin James, *Wunderkind: The Reputation of Carson McCullers, 1940-1990*, Columbia: Camden House, 1995, p. 113.

④ Virginia Spencer Carr, *The Lonely Hunter: A Biography of Carson McCullers*, Athens and London: The University of Georgia Press, 2003, p. 346.

⑤ Richard M. Cook, *Carson McCullers*, New York: Frederick Ungar Publishing Co., Inc., 1975, p. 80.

⑥ Richard M. Cook, *Carson McCullers*, New York: Frederick Ungar Publishing Co., Inc., 1975, p. 80.

⑦ Richard M. Cook, *Carson McCullers*, New York: Frederick Ungar Publishing Co., Inc., 1975, p. 80.

几乎将整个舞台都置于厨房之内和与之毗邻的院子里①。由此可见，无论是在小说中，还是在同名剧本里，"厨房场景"绝对是整个故事的重头戏。

"内向性小说"的观点在当今学界颇具影响力。2005年，在哈罗德·布鲁姆编撰的麦卡勒斯系列作品的论文集《卡森·麦卡勒斯之〈婚礼的成员〉》（*Carson McCullers' The Member of the Wedding*, 2005）中，库克的文章被收录其中②。此外，在这本论文集中，肯尼思·D.查米里（Kenneth D. Chamlee）再次强调了这部小说的"内向性"。他认为："内向性的人物，譬如比夫·布瑞农、弗兰淇·亚当斯和爱密利亚·依文斯③，进一步证实了[麦卡勒斯作品]封闭的倾向（tendency towards enclosure）。"④

显然，"内向性小说"的观点与小说中的"厨房场景"不无关联。依据朱迪斯·吉布林·詹姆斯的说法，"厨房场景"让"这部小说呈现出一分为二的结构"⑤。具体说来，"厨房是青春期少女的内在世界……而厨房之外是成人的外部世界"。⑥为此，不少评论家认为，麦卡勒斯着力描述的"厨房场景"贯穿小说始终，但对于厨房之外的世界，作者却着墨不多。两相对照，小说的重心向内偏转，这也是"内向性小说"观点的有力佐证之一。

弗雷德里克·R.卡尔（Frederick R. Karl）将具有内向性特征的文类称为"内封闭文学"。除了强调内封闭文学与自我意识的关联，卡尔还敏锐地捕捉到内封闭文学与社会文化之间存在着千丝万缕的联系："内封闭文学提供了一种全然不同于以往的透视生活的角度，变被动性和内向性为起点，认知那个更大的文化，

---

① 参见Carson McCullers, *The Member of the Wedding*, New York: New Directions Publishing Corporation, 1949.

② 参见Richard M. Cook, "On Identity and Coming-of-Age", Harold Bloom (ed.), *Carson McCullers' The Member of the Wedding*, Philadelphia: Chelsea House Publishers, 2005, pp. 70-75.

③ 比夫·布瑞农和爱密利亚·依文斯分别是麦卡勒斯的小说《心是孤独的猎手》（*The Heart Is a Lonely Hunter*, 1940）和《伤心咖啡馆之歌》（*The Ballad of Sad Café*, 1943）中的主要人物。

④ Kenneth D. Chamlee, "On the Function of the Café Setting in the Development of Character", Harold Bloom (ed.), *Carson McCullers' The Member of the Wedding*, Philadelphia: Chelsea House Publishers, 2005, p. 85.

⑤ Judith Giblin James, *Wunderkind: The Reputation of Carson McCullers, 1940-1990*, Columbia: Camden House, 1995, p. 111.

⑥ Judith Giblin James, *Wunderkind: The Reputation of Carson McCullers, 1940-1990*, Columbia: Camden House, 1995, p. 116.

并予以批判。"①

　　参照卡尔的以上观点,对小说《婚礼的成员》而言,从占据了大量篇幅的"厨房场景"来看,有关"内向性小说"的评论确实具有一定的说服力,但它又忽略了一个关键性的问题:在"内向性小说"的标签之下,以少女弗兰淇的成长经历为主题的小说《婚礼的成员》到底提供了一种怎样的"透视生活的角度"? 它又是如何揭示一个"更大的文化,并予以批判"的呢?

　　既然"厨房场景"是引发争端的源头,那么探究厨房之喻的本质内涵便是本节亟待解决的首要问题。乔治·丹杰菲尔德(George Dangerfield)用一句话概括了《婚礼的成员》的故事梗概:"这个故事的不同寻常之处在于,故事的大部分[情节]通过三个古怪之人在一个比较古怪的厨房(an even weirder kitchen)里东拉西扯地聊天来展开。"② 那么,这个南方小镇上的"厨房"到底有何古怪之处?

　　小说开篇交代了故事发生的地点、时间、人物这三大要素,压抑沉闷的氛围笼罩在厨房这个小小的空间里:

> 他们三个坐在厨房的餐桌边,把同样的话说上一遍又一遍,于是到了八月间,那些话变得有声有调,听起来怪里怪气的。每到下午,世界就如同死去一般,一切停滞不动。到最后,这个夏季就像是一个绿色的讨厌的梦,或是玻璃下一座死寂而荒谬的丛林。③

　　的确,在整部小说中,麦卡勒斯对反复出现的"厨房场景"有许多类似的描写,譬如:"这丑怪的厨房让人意气消沉"(《婚》:6);"厨房死气沉沉,怪异而阴郁"(《婚》:22);"寂静的小镇,寂静的厨房,只有钟声嘀嗒在响"(《婚》:88);"厨房的灰暗是一种没有生气的陈腐的灰暗,房间太呆板,太方整"(《婚》:89);"房间里的寂静与厨房里那种寂静类似:昏昏欲睡的下午,有时连

---

① ［美］弗雷德里克·R.卡尔:《现代与现代主义:艺术家的主权1885—1925》,陈永国、傅景川译,北京:中国人民大学出版社,2004年,第328页。

② George Dangerfield, "On the Thematic Structure and the Problem of Loneliness", Harold Bloom (ed.), *Carson McCullers' The Member of the Wedding*, Philadelphia: Chelsea House Publishers, 2005, p. 64.

③ ［美］卡森·麦卡勒斯:《婚礼的成员》,周玉军译,上海:上海三联书店,2005年,第3—4页。(后文出自同一著作的引文,将随文在括号内标注出该著名称首字和引文出处页码,不另作注。)

钟都停了下来"（《婚》：139）……文本中的相关例证不一而足。

　　或许正因为如此，众多评论家把小说中的厨房视为"禁锢之地"的譬喻。比如，罗伯特·S. 菲利普斯（Robert S. Phillips）认为，"对弗兰淇而言，亚当斯家中的厨房是一个幽闭、恐惧之地"[①]，并且"厨房是弗兰淇的私密地狱"[②]。弗吉尼亚·斯潘塞·卡尔把厨房场景与麦卡勒斯作品中常见的咖啡馆进行了比较，她认为二者具有相似的内涵："在《伤心咖啡馆之歌》中，爱密利亚小姐所在的小镇沉闷乏味，灵魂在腐烂，同样，在弗兰淇的厨房小天地里，她的灵魂也在夏季的三伏天里腐烂。"[③]朱迪斯·吉布林·詹姆斯则将黑人厨娘贝丽尼斯的厨房比作"令人窒息的子宫"[④]，而无形之中贝丽尼斯充当了弗兰淇缺席的母亲角色。

　　相形之下，在英国超现实主义诗人弗兰西斯·斯卡夫（Francis Scarfe）的诗歌《厨房诗——献给特里斯丹·查拉的挽歌》（"Kitchen Poem：An Elegy for Tristan Tzara"）[⑤]中，厨房却是另一番模样。在诗中，斯卡夫这样写道：

　　　　在我圣洁的厨房
　　　　我卷起夜的百叶窗
　　　　于睡意蒙眬的家园。
　　　　我将世界握在掌心。
　　　　我既垂垂老矣
　　　　便用语言丈量生命。
　　　　我的咖啡里栖息着一只夜莺。

---

① Robert S. Phillips, "On the Gothic Elements", Harold Bloom (ed.), *Carson McCullers' The Member of the Wedding*, Philadelphia: Chelsea House Publishers, 2005, p. 69.

② Robert S. Phillips, "On the Gothic Elements", Harold Bloom (ed.), *Carson McCullers' The Member of the Wedding*, Philadelphia: Chelsea House Publishers, 2005, p. 69.

③ Virginia Spencer Carr, "On the Biographical and Literary Contexts", Harold Bloom (ed.), *Carson McCullers' The Member of the Wedding*, Philadelphia: Chelsea House Publishers, 2005, p. 92.

④ Judith Giblin James, *Wunderkind: The Reputation of Carson McCullers, 1940-1990*, Columbia: Camden House, 1995, p. 107.

⑤ 特里斯丹·查拉（Tristan Tzara）是罗马尼亚艺术家，他是达达主义运动的创始人，弗兰西斯·斯卡夫的这首诗正是为了纪念他而作。详见张永义：《生死欲念：西方文学"永恒的主题"》，北京：文化艺术出版社，2010年，第137页。

　　　　　　我的面包被涂抹上了回忆。

　　　　　　自老妇已逝

　　　　　　我便有了两个灵魂。①

　　麦卡勒斯是否读过斯卡夫的这首诗并不得而知，但她笔下的厨房亦充满了无穷的魔力与诗意，但这一点却被小说"厨房场景"中前景化的封闭性遮蔽了。

　　事实上，在小说《婚礼的成员》问世之初，玛格丽特·扬（Marguerite Young）便在评论文章中探讨了这部作品的诗性特征。在她看来，《婚礼的成员》是一部"形而上的虚构作品"（Metaphysical Fiction）②，因为"这部作品没有低声啜泣、咬牙切齿、悲声恸哭、大呼小叫，它深藏不露。它就像一个棋类游戏（a chess game），每走一步都是象征，并要求读者有回应的对策。许多现代诗歌都遵循这样的规则"③。玛格丽特·扬把作者对作品的巧思与读者的阅读体验比作一场博弈，她在强调这部小说的诗性象征意义之时，也在提醒读者留意"棋盘"上的每个细微之处。显然，贯穿小说始终的"厨房场景"是这个"棋盘"上不可忽视的细节，它是一个内涵极为丰富的象征，若仅以"禁锢之地"的譬喻来解读，难免失之偏颇。那么，在小说《婚礼的成员》中，厨房之喻的诗性特征到底体现在何处呢？

　　约翰·亨利、贝丽尼斯和弗兰淇是"厨房场景"里的三个主要人物，查米里把这个组合称为"厨房之家"（the kitchen family）④。他认为："如果说咖啡馆在麦卡勒斯的小说里象征着共同体的失败（the failure of community），那么厨房通

---

① 此处所引诗句由笔者自译。英文全诗详见Francis Scarfe, "Kitchen Poem: An Elegy for Tristan Tzara",（2003-01-03）[2022-05-17]，http://www.poemhunter.com/poem/kitchen-poem/.

② Marguerite Young, "Metaphysical Fiction", Beverly Lyon Clark and Melvin J. Friedman (eds.), *Critical Essays on Carson McCullers*, New York: G. K. Hall&Co., 1996, p. 34.

③ Marguerite Young, "Metaphysical Fiction", Beverly Lyon Clark and Melvin J. Friedman (eds.), *Critical Essays on Carson McCullers*, New York: G. K. Hall&Co., 1996, p. 34.

④ Kenneth D. Chamlee, "On the Function of the Café Setting in the Development of Character", Harold Bloom (ed.), *Carson McCullers' The Member of the Wedding*, Philadelphia: Chelsea House Publishers, 2005, p. 86.

常是体现社交温暖的核心所在。"① 查米里敏锐地洞见到了"厨房场景"的社会属性，他把厨房看作一个居家空间，它是家宅中必不可少的一部分。

在《空间的诗学》（*The Poetics of Space*）中，巴什拉写道："因为家宅是我们在世界中的一角。我们常说，它是我们最初的宇宙。它确实是个宇宙。它包含了宇宙这个词的全部意义。"② 在小说《婚礼的成员》中，对"厨房之家"的三位成员而言，家宅里的厨房一隅便是这个"最初的宇宙"，而"宇宙"（universe）一词本身就具有包罗万象的开放性意义。莱斯特·波拉科夫（Lester Polakov）是戏剧《婚礼的成员》的舞台布景、服装及灯光的负责人。他向麦卡勒斯这样解释他对戏剧舞台的编排：故事中的"大部分活动都在厨房中进行，整个布景流露的感觉不仅是厨房的封闭性，还有开放性"③。尽管如此，但在同名小说中，"厨房场景"的开放性却被众多的评论家们忽视了。

小说中的厨房集多种功能于一身，它除了是烹饪的场所之外，还兼作餐厅、客厅之用，这里是约翰·亨利、贝丽尼斯和弗兰淇三个人物最主要的活动场所。我们来看看厨房之内的陈设："墙壁上约翰·亨利的胳膊够得着的地方，都被他涂满了稀奇古怪的儿童画，这给厨房蒙上一种异样的色彩，就像疯人院里的房间。"（《婚》：6）此处的"疯人院"是一个悖论式的譬喻，尽管其封闭性与排他性不言而喻，但它还有另一层深意。在《疯癫与文明》（*Madness and Civilization*）一书中，米歇尔·福柯（Michel Foucault）从谱系学的角度剖析了隔离疯人的大禁闭（the great confinement）制度。他指出，大禁闭的实质是"它划出一道界限，安放下一块基石。它选择了唯一的方案：放逐。在古典社会的具体空间里保留了一个中立区，一个中止了现实城市生活的空白地。在这里，秩序不再会随便地遇到混乱，理性也不用试着在那些会躲避它或力图拒绝它的

---

① Kenneth D. Chamlee, "On the Function of the Café Setting in the Development of Character", Harold Bloom (ed.), *Carson McCullers' The Member of the Wedding*, Philadelphia: Chelsea House Publishers, 2005, p. 88.

② ［法］加斯东·巴什拉：《空间的诗学》，张逸婧译，上海：上海译文出版社，2013年，第3页。

③ Virginia Spencer Carr, *The Lonely Hunter: A Biography of Carson McCullers*, Athens and London: The University of Georgia Press, 2003, p. 335.

事物之间拼杀出一条路来"①。福柯的观点十分明确，他认为作为禁闭场所的疯人院在远离主流社会的同时，却也脱离了日常生活的常规，它是现实社会之外的边缘世界。

在"厨房之家"里，三位成员——约翰·亨利、贝丽尼斯和弗兰淇——正是被放逐到美国南方主流社会之外的"他者"：六岁的小男孩约翰·亨利不谙世事，在弗兰淇眼里，他是个"蠢货"（《婚》：44），看起来"又丑又孤单"（《婚》：44）；弗兰淇性格孤僻，她"已经离群很久。她不属于任何一个团体，在这世上无所归附"（《婚》：3）；厨娘贝丽尼斯因自己的黑人身份不被南方的白人主流社会接纳，不由感叹"我们生来就各有各命，谁都不知道为什么。但每个人都被限定了"（《婚》：121）。一言以蔽之，这三个人物都无法在各自的社交圈中找到归属感，孤独让他们不约而同地躲进厨房，远离了残酷的现实世界。他们围坐在厨房的餐桌边，一起玩桥牌，亲密无间，无话不谈："他们三个在厨房桌子边，评判造物主及其成就。有时他们的声音彼此交错，三个世界便缠绕在一起。"（《婚》：99）此时此刻，这三个人自由自在，无拘无束，在厨房这个小天地里，他们天马行空地建构起各自的乌托邦王国。对约翰·亨利来说，"他的世界是美味和怪物的混合体，丝毫没有大局观：暴长的手臂，可以从这儿伸到加利福尼亚；巧克力的地面；柠檬水的雨；额外一只千里眼；折叠式尾巴，累的时候放下来支撑身体坐着；结糖果的花"（《婚》：98）。弗兰淇的世界更是荒诞不经，"她说世上要有一个'战争岛'，谁想打仗就去打，为之流血或献血。而她可能作为一名空军女兵去待上一段"（《婚》：99）。黑人厨娘贝丽尼斯则渴望一个消除了种族隔离的理想国："它完满一体，公正而又理性。首先，那儿没有肤色的差异，人类全体长着浅褐色皮肤，蓝眼黑发。没有黑人，也没有让黑人自觉卑贱，为此抱恨一生的白人。不存在什么有色人种，只有男人、女人和孩子，像地球上一个亲亲热热的大家庭。"（《婚》：98）

在嬉笑怒骂之间，这个疯人院般的厨房消除了三个人物之间原本存在的年龄、阶级、种族的差别，成为一个欢乐之所。在厨房里，约翰·亨利、贝丽尼斯和弗兰淇暂时从等级制度森严的南方社会现实中摆脱出来，他们跨越了各

---

① ［法］米歇尔·福柯：《疯癫与文明：理性时代的疯癫史（修订译本）》，刘北成、杨远婴译，北京：生活·读书·新知三联书店，2012年，第63页。

种屏障，建构了一个相对平等、自由的空间。于是，一个乌托邦王国在厨房诞生了。

然而，乌托邦是非现实性的，它带有理想国的色彩。对此，福柯有如下精辟的阐述："乌托邦是非真实场所的地方。它们是与社会的真实空间大体上保持直接或反向类比关系的地方。它们以完美的形式展示了社会本身或是社会截然相反的一面，但无论如何，乌托邦从根本上是非真实的空间（unreal spaces）。"[①]不仅如此，福柯还指出，乌托邦不是封闭的，而是开放的——"它（乌托邦）从身体中逃离"，[②] 并且"它们把身体置入另一个空间。它们把身体引入一个不直接地在世界上发生的地方"[③]。 换言之，带有理想国色彩的乌托邦不再囿于几何空间的物理存在，它是真实世界之外的别处空间。在小说中，这个被无限想象力、疯人院氛围、家宅气息浸润的"厨房场景"远远超越了几何学上的空间意义，它绝非封闭的"禁锢之地"，而是开放的广袤空间。

依据福柯的观点，乌托邦具有非现实性和开放性的空间特征。具体到这部小说中，"雪"的意向是厨房这个"乌托邦王国"的空间特征之表征（representation）。在"厨房场景"中，"雪"是出现频率极高的一个意象。十二岁少女弗兰淇从小到大一直待在南方小镇，美国南方天气酷热，她自然没见过真正的雪。在这个"绿色、疯狂的夏季"（《婚》: 3）里，随着哥哥婚礼的到来，弗兰淇有了一次出走的契机。哥哥贾维斯（Jarvis）远在寒冷的阿拉斯加州当兵，他与一个来自"冬山"（Winter Hill）的女孩订了婚，就在这个星期天，婚礼即将在冬山举行。顾名思义，"冬山"这个地方应该也是一个冰雪世界，因为"这个名字融入了阿拉斯加和冰天雪地的梦境"（《婚》: 7—8）。带着走出南方小镇的梦想和对未知北方的向往，"雪"在弗兰淇眼中是一切美好事物的象征：在她的想象中，哥哥的"婚礼明净而美好，如白雪一般"（《婚》: 17）；弗兰淇从不把六岁的小表弟约翰·亨利放在眼里，但因为他见过雪，她不由得对他刮目相

---

① Michel Foucault, "Texts/Contexts of Other Spaces", trans. Jay Miskowiec, *Diacritics*, Vol. 16, No. 1 (Spring, 1986), p. 24.

② ［法］米歇尔·福柯：《乌托邦身体》，载汪民安编：《声名狼藉者的生活：福柯文选 I》，尉光吉译，北京：北京大学出版社，2016年，189页。

③ ［法］米歇尔·福柯：《乌托邦身体》，载汪民安编：《声名狼藉者的生活：福柯文选 I》，尉光吉译，北京：北京大学出版社，2016年，193页。

看："约翰·亨利见过雪。他虽然只有六岁，但去年冬天到过伯明翰，在那儿看到了雪。弗兰淇还从来没有看见过。"（《婚》：9）在对北方无比神往的同时，弗兰淇极其厌恶南方，因为"小镇的夏天丑陋、孤寂而炎热。她想离开的心一天比一天炽烈"（《婚》：26）。于是，在厨房的乌托邦王国里，"她还重新安排了四季，将夏季整个儿删除，添加了更多的雪"（《婚》：99）。

显而易见，"雪"是弗兰淇对她从未涉足过的北方的具象化，而北方于她而言则是一个全然不同于南方的未知之地。因此，与其说弗兰淇对雪无比痴迷，倒不如说她向往南方小镇之外的世界。对于这一点，布鲁姆可谓一语中的："这些[有关雪的]想象与弗兰淇想要离开［南方小镇］并投身于另一个大千世界的愿望密切相关"[①]，而"雪花的意象……对弗兰淇而言象征着她目前所无法享受的自由度"[②]。布鲁姆道出了"雪"的意象在"厨房场景"频频出现的原因之所在。

以下这段文字是弗兰淇坐在厨房餐桌边时对北方之雪的遐想：

> 在弗兰淇面前有两样东西——一只淡紫色的贝壳，和一只里面有雪花的玻璃球，摇一摇能摇出一场暴风雪……把玻璃球举到眯缝的眼前，白雪飞舞，天地茫茫一片。她想到了阿拉斯加，她登上一座寒冷的白色山岗，俯瞰远处冰雪覆盖的荒原。她看到太阳在冰面上映照出七彩虹光，听到梦幻般的声音，看到如梦的景物。无处不是清凉、洁白、轻柔的雪。（《婚》：第11—12页）

笔者细细读来，发现这一段值得玩味。此处，雪花玻璃球是催化剂，它激发了弗兰淇对北方的异域想象。约瑟夫·布罗茨基（Joseph Brodsky）说："想象力的分量就等于并时而大于现实。"[③]透过这个雪花玻璃球，弗兰淇看到的是比现实中的小厨房大得多的世界——与北方有关的冰雪、阿拉斯加州、山岗、荒原、七彩虹光等各种景观统统浓缩在厨房餐桌上的这个小玻璃球里。原本毫不

---

① Harold Bloom (ed.), *Carson McCullers' The Member of the Wedding*, Philadelphia: Chelsea House Publishers, 2005, p. 27.

② Harold Bloom (ed.), *Carson McCullers' The Member of the Wedding*, Philadelphia: Chelsea House Publishers, 2005, pp. 32-33.

③ ［美］约瑟夫·布罗茨基：《悲伤与理智》，刘文飞译，上海：上海译文出版社，2015年，第12页。

起眼的小玻璃球顿时充满了神奇的梦幻色彩，这不由得让人联想起豪尔赫·路易斯·博尔赫斯（Jorge Luis Borges）笔下的"阿莱夫"。

阿莱夫原本是希伯来语字母表中的第一个字母，神秘哲学家们认为它意为"要学会说真话"[①]。在博尔赫斯的短篇小说《阿莱夫》（Aleph，1945）中，它隐藏在餐厅地下室的角落里："阿莱夫的直径大约为两三厘米，但宇宙空间都包罗其中，体积没有按比例缩小。"[②]在这个闪烁的小圆球阿莱夫中，世间万物都被囊括其中：海洋、黎明、黄昏、人群、金字塔、迷宫、房屋、葡萄、白雪、烟叶、金属矿脉、蒸汽、沙漠、女人的身体等等。[③]诚然，小圆球阿莱夫比麦卡勒斯笔下的雪花玻璃球具有更大的包容性，但两者之间的共通之处也是显而易见的：体积微小的球体之内都蕴藏着无限广袤的想象空间。在这个雪花玻璃球里，弗兰淇的大梦想隐匿其中，而"留在厨房里的弗兰淇不过是落在桌边的一具老旧躯壳"（《婚》: 30），她的思绪早已跟随哥哥和他的新娘飞到了遥远的北方：

> 弗兰淇绕着桌子走个不停，她能感觉到他们正在远去。列车北行，他们走了一里又一里，离镇子一远再远。北上带来的寒冷渗进空气，冬夜才有的黑暗也缓缓降临。列车蜿蜒向上隐没在山间，汽笛声大有冬天的肃杀之气，他们一里一里地远去了。他们俩传递一盒买来的糖果，打褶的纸托上面安放着一块块巧克力。他们看着窗外，一里一里驶入冬天。现在他们和镇子之间已经有了很长、很长的距离，很快就会到达冬山。（《婚》: 33）

不难看出，在弗兰淇的遐想中，原本局促的小厨房变成了一个被无限放大的雪花玻璃球，种种幻象充斥其间，北行的列车、萧瑟的冬夜、遥远的冬山

---

① ［阿根廷］豪·路·博尔赫斯：《阿莱夫》，王永年译，杭州：浙江文艺出版社，2008年，第133页。

② ［阿根廷］豪·路·博尔赫斯：《阿莱夫》，王永年译，杭州：浙江文艺出版社，2008年，第146页。

③ 参见［阿根廷］豪·路·博尔赫斯：《阿莱夫》，王永年译，杭州：浙江文艺出版社，2008年，第146—147页。

在家宅一隅的厨房里逐一闪现。美国地理学家爱德华·苏贾（Edward Soja）[①]认为，《阿莱夫》"是一次愉快冒险的邀请，亦是一个谦逊而警世的故事，一则关于空间与时间的无限复杂性的寓言"[②]。对身困厨房的弗兰淇而言，她对北方异域的想象又何尝不是"一次愉快冒险的邀请"？在雪花玻璃球的激发之下，小厨房将大千世界纳入其中，成为联结内部世界与外部世界、南方与北方、过去与未来的纽带，即一个中间地带（the middle space）。此时此刻，这个原本封闭、禁锢的居家角落变成了开放、自由的灵魂栖息地，而这也与巴什拉所说的家宅"它确实是个宇宙"[③]的说法完全契合。

由此，被众多评论家作为"内向性小说"标签之有力佐证的"厨房场景"便具有了悖论式的隐喻意义，因为"内封闭作为意象或场景的本质特征，是它自身游离日常现实的能力，当然，这不仅是地理上的而且是心理或精神上的游离。它存在于表达的中间地带"[④]。具体说来，在小说《婚礼的成员》中，厨房既困住了弗兰淇的肉身，又激发了她的想象力；它既是沉闷的疯人院，又是欢乐的乌托邦；它既是封闭的禁锢之地，又是开放的广袤世界。

在这一系列的悖论之喻中，正如本节开篇所引的弗雷德里克·R.卡尔的观点，厨房"提供了一种全然不同于以往的透视生活的角度"[⑤]。当若干矛盾的因素在厨房融合时，一种奇妙的"化学反应"便由此产生：这些既排斥又相融的矛盾混合体让原本单一乏味的"厨房场景"散发出不同的棱面光芒，果壳般的小空间里隐藏着一个神秘的大宇宙（cosmos）。如此透视生活的角度与威廉·布莱克（William Blake）的诗句有异曲同工之妙，真可谓"一粒沙中见世界，一朵花中窥天堂"。[⑥] 这既是厨房这一常见居家场所的诗性特征之所在，也是对本节开

---

① 爱德华·W.苏贾也被译作"索亚"或"索雅"。

② Edward W. Soja, *Thirdspace: Journeys to Los Angeles and Other Real-and-Imagined Places*, Massachusetts: Blackwell Publishers, 1996, p. 56.

③ ［法］加斯东·巴什拉：《空间的诗学》，张逸婧译，上海：上海译文出版社，2013年，第3页。

④ ［美］弗雷德里克·R.卡尔：《现代与现代主义：艺术家的主权1885—1925》，陈永国、傅景川译，北京：中国人民大学出版社，2004年，第328页。

⑤ ［美］弗雷德里克·R.卡尔：《现代与现代主义：艺术家的主权1885—1925》，陈永国、傅景川译，北京：中国人民大学出版社，2004年，第328页。

⑥ William Blake, "Auguries of Innocence", W. B. Yeats (ed.), *William Blake: Collected Poems*, London and New York: Routledge, 2002, p. 88.

头丹杰菲尔德的"古怪的厨房"之说最好的诠释。

第三节 "蓝月亮"之争：败笔抑或巧思？

继上文的分析之后，厨房悖论式的隐喻功能一目了然。带着对大千世界的想象和憧憬，弗兰淇终于鼓足勇气，走出了厨房，而"蓝月亮"咖啡馆是她在厨房之外遭遇到的第一个场景。

朱迪斯·吉布林·詹姆斯在谈及有关《婚礼的成员》的各类评论时，一针见血地指出了当时学界的诟病："20世纪40、50年代以及60年代初的评论家们几乎都避而不谈的问题正是那些震撼（tremors），它们预言并伴随了翻天覆地的社会巨变。"[①] 小说的故事发生在1944年8月，此时的美国早已卷入第二次世界大战的浪潮中[②]。正如哈罗德·布鲁姆所言，"在这部小说中，第二次世界大战是一个不可否认的存在"[③]，"蓝月亮"咖啡馆也从未摆脱这场战争的阴影。

尽管"蓝月亮咖啡馆"（the Blue Moon Café）这个名字带有几分浪漫的气息，但实际上"它不是镇上最好的，甚至连二流的也不是"（《婚》：52）。在小说中，"蓝月亮"是集咖啡馆、酒吧以及小旅馆于一身的娱乐场所。它在小说文本中反复出现，是除了厨房之外另一个重要的场景，并对故事情节的发展起到了极大的推动作用。然而，当小说改编为同名剧本时，麦卡勒斯对此却进行了大幅度的删减，"蓝月亮"仅在剧本中提及了4次[④]。即便如此，剧本中的"蓝月亮"场景还是受到了前所未有的责难。

1949年，同名戏剧《婚礼的成员》在费城的胡桃剧院演出了九天，这是它

[①] Judith Giblin James, *Wunderkind: The Reputation of Carson McCullers, 1940-1990*, Columbia: Camden House, 1995, p. 107.

[②] 1941年12月7日，日军突袭珍珠港，日美太平洋战争爆发。次日，美国总统罗斯福在国会发表演说，对日宣战，这标志着美国正式加入了第二次世界大战。详见李公昭：《美国战争小说史论》，北京：北京大学出版社，2012年，第274—275页。

[③] Harold Bloom (ed.), *Carson McCullers' The Member of the Wedding*, Philadelphia: Chelsea House Publishers, 2005, p. 26.

[④] 参见 Carson McCullers, *The Member of the Wedding*, New York: New Directions Publishing Corporation, 1949.

在百老汇上演之前的试演。演出过后，费城的主流媒体对剧中频繁的场景切换提出了质疑。亨利·默多克（Henry Murdock）在《探询者》（*Inquirer*）中发表了如下评论："它太冗长，它的外观策略太笨拙。它有令人印象深刻、氛围十足的布景，但它们都缺乏灵活性。"[①] 在《每日新闻》（*Daily News*）中，杰瑞·佳格翰（Jerry Gaghan）也认为："即便是对一出音乐剧来说，它也太长了……像大多数由小说改编而成的舞台剧一样，它需要太多的场景切换和舞台间歇。"[②]《快报》（*Bulletin*）的评论人朱莉·哈里斯（Julie Harris）的观点是，剧中"一些场景的切换有些拖沓"。[③]

具体说来，这些批评的声音主要针对的还是"厨房"与"蓝月亮"之间的场景切换。结果，费城主流媒体大量的负面报道导致"制作团队最后决定将整个酒吧场景[④]全部删除"。[⑤] 颇有戏剧性的是，"当这些场景被删除之后，关于试演部分苛刻的保留意见大多销声匿迹了"[⑥]。 果不其然，1950年1月，此剧在百老汇正式演出时，好评如潮，收获无数殊荣。然而，作为小说家和剧作者的麦卡勒斯却表现得极为愤怒。对于"蓝月亮"场景被删一事，"卡森很难同意，因为她在修改剧本时，这一场景是田纳西·威廉斯帮助她完成的，如今将它删掉，这似乎是最大的背叛"[⑦]。

那么，"蓝月亮"场景为何招致众多非议？作者麦卡勒斯所说的"最大的背叛"，除了出于维护她与剧作家威廉斯之间的友谊，其言外之意又是什么？

"蓝月亮咖啡馆"第一次出现在小说的第二部分，叙事时间推进到弗兰淇

---

① Virginia Spencer Carr, *The Lonely Hunter: A Biography of Carson McCullers*, Athens and London: The University of Georgia Press, 2003, p. 340.

② Virginia Spencer Carr, *The Lonely Hunter: A Biography of Carson McCullers*, Athens and London: The University of Georgia Press, 2003, p. 340.

③ Virginia Spencer Carr, *The Lonely Hunter: A Biography of Carson McCullers*, Athens and London: The University of Georgia Press, 2003, pp. 340-341.

④ 此处的"酒吧场景"即"蓝月亮"。

⑤ Virginia Spencer Carr, *The Lonely Hunter: A Biography of Carson McCullers*, Athens and London: The University of Georgia Press, 2003, p. 339.

⑥ Judith Giblin James, *Wunderkind: The Reputation of Carson McCullers, 1940-1990*, Columbia: Camden House, 1995, p. 127.

⑦ Virginia Spencer Carr, *The Lonely Hunter: A Biography of Carson McCullers*, Athens and London: The University of Georgia Press, 2003, p. 340.

哥哥婚礼的前一天。在这个周六的清晨，弗兰淇在"蓝月亮"邂逅了一位即将奔赴战场的士兵，"那个红头发士兵就在蓝月亮，他将以一种令人始料不及的方式，成为整个婚礼前日密不可分的一部分"（《婚》：59）。带着少女的天真烂漫，弗兰淇把这次偶遇当作是一次旅人（traveler）之间的邂逅："在弗·洁丝敏①看来，他们交换的是友好而不羁的旅人之间的眼神，他们在途中停留，有了短暂的交会。"（《婚》：61—62）然而，十分讽刺的是，所有的这些不过是她的美好想象，事实上这位红头发士兵并非"友好而不羁"。当天晚上，当弗兰淇孤身一人再次如约来到"蓝月亮"与士兵见面时，她有了一次意想不到的经历。红头发士兵在几杯酒下肚之后，主动邀请弗兰淇去"蓝月亮"楼上的小旅馆房间坐坐，不谙世事的她"不想上楼，但她不知道该如何谢绝"（《婚》：137）。在楼上凌乱、肮脏的小旅馆房间里，处处散发着诡异的气息，在一片寂静中，危险一触即发：

> 接下来的一分钟，就像发生在博览会的疯子展厅（Crazy-House），或者是米勒奇维尔真正的疯人院里。弗·洁丝敏已经向门口走去，因为她再也受不了那寂静。就在她经过士兵身边时，他攥住了她的裙子，将吓得发软的她拉着一起倒在床上。接着发生的事疯狂（crazy）到了极点。她感觉到他的双臂箍着自己，闻到了他衬衫上的汗酸气。他并不粗暴，但这比粗暴更疯狂（crazier）——有一刻她惊得失去了行动的能力。（《婚》：139。英文原文为笔者所加。）

行文至此，读者已经明白弗兰淇在"蓝月亮"到底遭遇到了什么。幸而弗兰淇拼命挣扎，用尽全力咬了红头发士兵的舌头，随后"她伸手拿起玻璃水罐，朝他当头砸下"（《婚》：139），最后逃出了房间。

毋庸置疑的一点是，发生在"蓝月亮"的性侵事件太过敏感，难怪同名剧本的导演哈罗德·克拉尔曼（Harold Clurman）对此顾虑重重。克拉尔曼告诉麦卡勒斯，"他理解她的剧本，但认为大众理解不了"②，甚至"对克拉尔曼来说，

---

① 弗·洁丝敏（F. Jasmine）是弗兰淇为自己取的新名字，更名意味着她试图彻底告别自己的过去。

② Virginia Spencer Carr, *The Lonely Hunter: A Biography of Carson McCullers*, Athens and London: The University of Georgia Press, 2003, p. 332.

它（"蓝月亮"场景）是阻止整部戏剧顺利进展的唯一因素，它破坏了心境，并不是戏剧有机整体的一部分"①。剧中黑人厨娘贝丽尼斯的扮演者伊塞尔·沃特斯（Ethel Waters）甚至声称，这是一部"肮脏的戏剧"②；乔舒亚·洛根（Joshua Logan）也直言自己对"蓝月亮"场景的厌恶："我不喜欢弗兰淇在旅馆③里与年轻士兵暧昧的那一幕……这一场景本身不如在房间里她与小男孩、老黑人女仆待在一起的那些场景感人。"④

通过上述分析，我们不难找出在评论界引发"蓝月亮"之争的两个原因：一是此场景涉及敏感的"性"话题；二是从小说的整体结构来看，"蓝月亮"似乎游离了作品的中心场景"厨房"。然而，仅仅以这两点为依据，"蓝月亮"场景便遭到口诛笔伐，最后甚至整个场景被全部删除，如此做法是否又令人信服呢？肯尼思·D. 查米里认为："与比夫·布瑞农的小餐馆⑤相比，《婚礼的成员》中的'蓝月亮咖啡馆'具有的功能略有不同。"⑥那么，"蓝月亮"在这部小说中到底发挥了怎样的特殊功能？

特别值得留意的是，在小说的英文原文中，麦卡勒斯在描述"蓝月亮"场景的性侵事件时，她连续三次使用了"crazy"一词⑦。福柯认为，人类所表现出的疯狂/疯癫并不是自然的病态形式，而是具有明显的社会属性，它与历史、文

---

① Virginia Spencer Carr, *The Lonely Hunter: A Biography of Carson McCullers*, Athens and London: The University of Georgia Press, 2003, p. 340.

② Virginia Spencer Carr, *The Lonely Hunter: A Biography of Carson McCullers*, Athens and London: The University of Georgia Press, 2003, p. 330.

③ 此处的"旅馆"即"蓝月亮"。

④ Virginia Spencer Carr, *The Lonely Hunter: A Biography of Carson McCullers*, Athens and London: The University of Georgia Press, 2003, p. 331.

⑤ 比夫·布瑞农是《心是孤独的猎手》中的主要人物之一，他经营的小餐馆叫"纽约咖啡馆"（New York Café）。

⑥ Kenneth D. Chamlee, "On the Function of the Café Setting in the Development of Character", Harold Bloom (ed.), *Carson McCullers' The Member of the Wedding*, Philadelphia: Chelsea House Publishers, 2005, p. 86.

⑦ 详见 Carson McCullers, *The Member of the Wedding*, Boston and New York: Houghton Mifflin Company, 2004, p. 136.

明息息相关，因此"在荒蛮状态不可能发现疯癫。疯癫只能存在于社会之中"①。为此，我们不由发问，在"蓝月亮"场景中，红头发士兵为何不顾伦理道德的规训，让自己陷入非理性的疯狂之中？

若要剖析士兵疯狂举动背后的动因，我们就不得不考察这部小说的历史内涵。美国南方文学研究者麦凯·詹金斯（Mckay Jenkins）结合小说《婚礼的成员》的时代背景，挖掘了这部作品的历史意义。他指出："刚步入20世纪40年代，当然让南方神话岌岌可危的不仅仅是经济和种族危机。第二次世界大战的爆发是带来焦虑的另一个重要原因，这也在南方文学中有所体现。"② 细读小说文本，我们不难发现，由第二次世界大战引发的焦虑正笼罩着厨房之外的现实世界，而"蓝月亮"正是这个社会现实的缩影：

> 顾客，大部分是士兵，有的坐在火车座里，有的在柜台边站着喝东西，还有的挤在点唱机周围。这儿有时候会突然发生骚乱。有一天下午较晚的时候，她（弗兰淇）经过蓝月亮，听到粗野的吼叫，还有类似酒瓶飞出的声音。她驻足不前，这时一个警察推推搡搡地押着一个人走了出来，那人一副狼狈相，双腿晃荡，鬼哭狼嚎，撕烂的衬衣上沾了血迹，脏兮兮的眼泪从脸上往下淌……不久囚车呼啸而来，可怜的犯人被扔进囚笼送往监狱。（《婚》: 59）

欢乐的氛围充斥着廉价又粗俗的"蓝月亮"，但稍纵即逝的欢愉背后却隐藏着这些士兵们难以遏制的焦躁不安。红头发士兵便是众多士兵顾客中的一员，他来自阿肯色州，趁着三天假期，他"随便逛逛……出来放松一下"（《婚》: 71），但假期过后，恐怕连他自己都不知道"作为一个士兵，他将会被派往世界上的哪个国家"（《婚》: 71）。

无独有偶，早在1941年，麦卡勒斯就发表了一篇题为《我们举起我们的旗帜——我们也是和平主义者》（"We Carried Our Banners—We Were Pacifists,

---

① ［法］米歇尔·福柯：《疯癫与文明：理性时代的疯癫史（修订译本）》，刘北成、杨远婴译，北京：生活·读书·新知三联书店，2012年，第276页。

② McKay Jenkins, *The South in Black and White: Race, Sex and Literature in the 1940s*, Chapel Hill and London: The University of North Carolina Press, 1999, p. 28.

Too", 1941）的短文。在这篇文章中，她也刻画了一个第二天即将奔赴二战前线的士兵形象①。在人物塑造上，短文里这位名叫麦克（Mac）的士兵与小说《婚礼的成员》中的红头发士兵形成了一定的互文性（intertextuality），相似的人生境遇让这两个人物有了共通之处。在这篇短文中，麦卡勒斯写道：当战争爆发时，"我们都专注于由分离和巨变引起的内心纠结"②，因此"我们不得不面对一场道德危机，但我们对此却并未准备充分"③。从互文性的角度看，小说《婚礼的成员》中的红头发士兵也陷入了同样的恐慌之中。

恰如麦卡勒斯所言，"战争是邪恶的"④，它是死亡与灾难的缔造者。残酷的战争给人们带来了莫大的精神创伤，"战斗麻痹与战争疯狂是惨烈战斗的副产品，是部分作战官兵在经历了断肢残臂、尸横遍野、血流成河的惨烈战争后产生的心理变态"⑤。在小说《婚礼的成员》中，对红头发士兵而言，未来充满各种变数，死亡随时可能来临。带着对未知命运的焦虑和死亡的恐惧，红头发士兵内心深处最原始的欲望被激发出来，及时行乐的冲动蒙蔽了心智。一方面，他对周遭的一切显得麻痹大意，反应迟钝，以至于当弗兰淇和他聊天时，他"好像没有听进去"（《婚》：74），他甚至未察觉弗兰淇还没到法定的饮酒年龄（18岁）；另一方面，在焦虑、恐惧、欲望等复杂心理的驱使下，红头发士兵渐渐失去了理智，他不可避免地遭遇到"一场道德危机"，于是便有了之后的疯狂行为。

"蓝月亮"的暧昧氛围是这场"道德危机"的诱因。从某种程度上说，红头发士兵把他与弗兰淇的不期而遇当作一次释放压力、缓解焦虑的契机，而"蓝月亮"这个名字似乎也暗示了这一点。根据《新牛津英语词典》（*The New Oxford Dictionary of English*）的解释，"blue moon"一词有"千载难逢"（"once

①　参见 Carson McCullers, "We Carried Our Banners—We Were Pacifists, Too", Margarita G. Smith (ed.), *The Mortgaged Heart*, Boston and New York: Houghton Mifflin Company, 2005, pp. 221-226.

②　Carson McCullers, "We Carried Our Banners—We Were Pacifists, Too", Margarita G. Smith (ed.), *The Mortgaged Heart*, Boston and New York: Houghton Mifflin Company, 2005, p. 221.

③　Carson McCullers, "We Carried Our Banners—We Were Pacifists, Too", Margarita G. Smith (ed.), *The Mortgaged Heart*, Boston and New York: Houghton Mifflin Company, 2005, p. 224.

④　Carson McCullers, "We Carried Our Banners—We Were Pacifists, Too", Margarita G. Smith (ed.), *The Mortgaged Heart*, Boston and New York: Houghton Mifflin Company, 2005, p. 222.

⑤　李公昭：《美国战争小说史论》，北京：北京大学出版社，2012年，第291页。

in a blue moon"）之意，"因为蓝月亮的现象从未发生过"①。对于即将上前线的红头发士兵来说，今日不知明日事，来"蓝月亮"寻欢作乐的确是一个千载难逢的机会，因为这或许是他此生最后一次恣意放纵。在战争的阴霾之下，红头发士兵的怪诞举止看似有悖常理，但若从当时的历史背景来考量的话，这种非理性的疯狂倒也在情理之中。

评论家约翰·里蒙（John Limon）曾经说过："美国是'一个战争造就的国家'……对一个美国小说家来说，回避战争显然就是回避了美国。"②麦卡勒斯向来关注战争对美国社会的影响，她在文学创作中也时常涉及战争这一主题③。关于这一点，威尔·布兰特利点评得十分到位："麦卡勒斯大部分出色的作品都是在战争时期创作的。她毫不费力地把战争与她作品的主题联系起来……"④在这部小说中，"蓝月亮"场景是与战争直接相关的空间场所，它是厨房之外的现实世界，并与作品的主题有着千丝万缕的联系。如果说对红头发士兵来说，"蓝月亮"是一个千载难逢的契机，那么对弗兰淇而言，"蓝月亮"则是一次冒险，是她成长道路上的"通过仪式"。

"通过仪式"的概念由法国人类学家阿诺德·范·杰内普（Arnold van Gennep）提出来，它指的是当人的生活状况、社会地位和年龄发生改变时所举行的仪式。按照时间先后次序，杰内普将"通过仪式"分为以下三个阶段——前阈限仪式（preliminal rites）、阈限仪式（liminal rites）和后阈限仪式（postliminal rites），这三个阶段的特点依次为分离（separation）、过渡（transition）和融合

---

① Judy Pearsall (ed.), *The New Oxford Dictionary of English*, Oxford and New York: Oxford University Press, 1998, p. 193.

② John Limon, "Introduction", *Writing after War: American War Fiction from Realism to Postmodernism*, New York and Oxford: Oxford University Press, 1994, p. 7.

③ 二战期间，麦卡勒斯写了大量反映美国及南方社会现状的文章，详见Carson McCullers, "The War Years", Margarita G. Smith (ed.), *The Mortgaged Heart*, Boston and New York: Houghton Mifflin Company, 2005, pp.207-229; 有关麦卡勒斯二战期间的其他文学创作及未发表的作品，详见Josyane Savigneau, "A War Wife", *Carson McCullers: A Life*, trans. Joan E. Howard, Boston and New York: Houghton Mifflin Company, 2001, pp. 99-148.

④ Will Brantley, "Carson McCullers and the Tradition of Southern Women's Nonfiction Prose", Jan Whitt (ed.), *Reflections in a Critical Eye: Essays on Carson McCullers*, Lanham: University Press of America, 2008, p. 12.

（incorporation）[1]。

在小说《婚礼的成员》中，少女弗兰淇的"前阈限仪式"阶段是在厨房里完成的，厨房沉闷压抑的氛围让她迫不及待地想要"从先前的世界中分离出来"[2]。在婚礼举行的前一天，弗兰淇决定开始改变自己，"在这个星期六，她是以一个突如其来的成员的身份，在镇里四处走动"（《婚》：51），"而这个早晨一切迥然不同，她开始涉足一些此前做梦都想不到要进去的地方"（《婚》：52）。于是，弗兰淇迈出了厨房，满怀期待地踏进了她从未涉足过的"蓝月亮"，并且"在一个叫蓝月亮的地方她第一次向人说起这个婚礼"（《婚》：57）。可是，在面对厨房之外的世界时，弗兰淇为何偏偏选择了"蓝月亮"，而非别处呢？下面的这段文字为我们作出了解答：

> 蓝月亮在前街的尽头，老弗兰淇常常在路边扒着纱门，压扁了手掌和鼻子朝里观望……老弗兰淇对蓝月亮熟知底细，尽管从来没进去过。并没有明文规定禁止她踏入，纱门上也没有锁或铁链。但她不须言传便知道那儿是孩子的禁区。蓝月亮是度假士兵和没人管的成年人的地盘。（《婚》：59）

无疑，一旦弗兰淇踏进了"孩子的禁区"——"蓝月亮"，她便抵达了"成年人的地盘"，因此"蓝月亮"是她成长历程中的一个转折点。当弗兰淇迈出厨房的那一刻起，"蓝月亮"便成为通往成人世界的一道"门槛"，倘若她顺利地跨过了这道门槛，便完成了从少女（adolescent）向成人（adult）的"过渡"阶段，即"阈限仪式"。事实上，英文的"阈限"（liminality）一词来自拉丁文"limen"，它确有"门槛"之意，而"阈限的实体既不在这里，也不在那里"，它是门槛般的过渡状态。从空间上说，这是一个模糊不清的中间地带，一切都显得似是而非，摇摆不定，"因而门槛仪式不是'交融'礼仪（'union'

---

[1]　详见 Arnold van Gennep, *The Rites of Passage*, trans. Monika B. Vizedom and Gabrielle L. Caffee, London and New York: Routledge, 1960, pp. 10-11.

[2]　Arnold van Gennep, *The Rites of Passage*, trans. Monika B. Vizedom and Gabrielle L. Caffee, London and New York: Routledge, 1960, p. 21.

ceremonies），确切地说，而是准备交融的仪式"①。

所以，尽管弗兰淇鼓足勇气踏进了"蓝月亮"，但这并不意味着她已经融入其中，"蓝月亮"不过是她准备进入成人世界的前奏而已。但随后发生的事情证明弗兰淇对此并未准备充分，这场前奏戛然而止，最后不得不草草了事。在楼上小旅馆的房间里，当红头发士兵欲图谋不轨时，弗兰淇奋力反抗，跌跌撞撞地逃离了"蓝月亮"：

> 弗·洁丝敏对自己说：快走！她朝门口迈了一步，然后又转回身，从太平梯攀援而下，很快就落到了巷子里。
> 她像刚从米勒奇维尔疯人院逃出来，身后被人追赶着，头也不回地向前猛跑。（《婚》：140）

逃离标志着阈限仪式中的"过渡"失败，弗兰淇最终并没能跨过"蓝月亮"这道门槛。于是，她退出了"成年人的地盘"，重回到自己的世界里，而她在成长道路上的"阈限仪式"也随之匆匆结束，这为小说的结局埋下了伏笔。

由此可见，的确如查米里所言，小说中的"蓝月亮"具有特殊的功能。对"蓝月亮"场景中的两个主要人物红头发士兵和弗兰淇来说，它具有双重的含义。一方面，它影射了第二次世界大战对美国民众造成的巨大冲击，而举止疯狂的红头发士兵不过是万千民众的一个缩影。爱德华·萨义德认为，任何文学文本不是自足的、封闭的，而是产生于特定的情景之中，"每一文学文本都在某种程度上负载着它的场合（occasion）的重负，负载着产生它那普通的经验论现实的重负"②。在小说《婚礼的成员》中，"蓝月亮"场景便是负载现实重负的载体。它不仅是作者麦卡勒斯对战争的控诉，也是作品对二战期间美国社会的现实关照，由此小说便具有了沉重的历史感。

另一方面，"蓝月亮"场景是小说故事情节的一个重要节点，它是主人公

---

① Arnold van Gennep, *The Rites of Passage*, trans. Monika B. Vizedom and Gabrielle L. Caffee, London and New York: Routledge, 1960, pp. 20-21.

② ［美］爱德华·W. 萨义德：《世界·文本·批评家》，李自修译，北京：生活·读书·新知三联书店，2009年，第56页。

少女弗兰淇成长历程中的"阈限仪式"。英国人类学家维克多·特纳（Victor Turner）在杰内普的"通过仪式"理论的基础上，从社会、文化的角度进一步强调了阈限阶段的重要性。特纳指出："在部落社会里，原本大致'处于既定的文化和社会之间'具有过渡性特征的体系，渐渐地就发生了自身的变化，进入了制度化、固定化的状态之中。"[①]换言之，阈限状态是过渡到制度化、固定化状态的必经阶段。因此，在整个"通过仪式"的前阈限仪式、阈限仪式和后阈限仪式的三个阶段中，阈限仪式的状态最不稳定，它具有动态的特质。因此，在"蓝月亮"场景中，弗兰淇始终踌躇不定，不知何去何从："她对自己说要行动起来，抬起脚离开这里，但还是站在原地"（《婚》：156），最后她陷入了"在各种被否决的可能性纠结成的一团乱麻之中"（《婚》：156）。此刻，身处阈限阶段的弗兰淇正站在成长道路上的"门槛处"，到底是选择退回到天真的孩童世界，还是迈入复杂的成人社会？这对十二岁的她来说是一道人生难题。在面对重大抉择时，她举棋不定，彷徨迷茫，而这一切均源自她对未来的恐惧。在这个意义上说，象征阈限阶段的"蓝月亮"是整个故事的高潮所在。

据此说来，当年费城主流媒体对"蓝月亮"场景的批评确实有失公允，而作者麦卡勒斯将此场景被删视为"最大的背叛"的说法似有弦外之音。如前文所述，这不仅伤害了麦卡勒斯与剧作家威廉斯之间的友谊，更是对作品所负载的历史现实的背叛，也是对作者创作动机的背叛。因此，麦卡勒斯对"蓝月亮"场景的安排绝非败笔，而是巧思之所在，它在整部作品中不可或缺。

综上所述，我们不难发现，麦卡勒斯笔下的米克·凯利和弗兰淇·亚当斯有不少共通之处——她们年纪相仿，家境相近，经历相似。特别值得留意的是，在各自的成长道路上，这两位少女人物最终都不约而同地选择了遁隐或倒退：米克退出了私密的"里屋"，慢慢融入"外屋"的世界；而弗兰淇鼓足勇气，走出厨房，踏进了"蓝月亮"，却又在重压之下再次回到厨房。

然而，遁隐、倒退的举动又绝非逃离、回避那么简单。"遁隐或倒退可以提供一个藏身之所，远离那个更大的世界和行动的涡流，但这个藏身避难之所本身就伏有圈套和罗网。在藏匿与圈套所造成的这种张力中，我们看到了整个文

---

① ［英］维克多·特纳：《仪式过程：结构与反结构》，黄剑波、柳博赟译，北京：中国人民大学出版社，2006年，第108页。

化，其中不啻有从物质的'游离'，还有与更大的文化相对立的另一文化。"①尽管曾经的离经叛道者米克和弗兰淇最终越界失败，但她们成长受阻的原因不仅与青春期的个人心理和经验有关，而且还与社会的权力机制和文化历史密切关联。她们曲折的成长历程为我们提供一个透视生活的独特视角，读者从中可以窥见现代美国社会的众生相——黑与白、老与少、男与女、南与北、主流与边缘等多元文化要素汇聚于此，它们既相互冲突又彼此融合。

在冲突与融合的张力之间，这两部成长小说体现了两位少女对自我身份认同的困惑与焦虑，关于这一点，我们可以在作者的一次访谈中得到印证。1949年底，当戏剧《婚礼的成员》在费城试演结束之后，麦卡勒斯在接受采访时坦言："这个剧本（小说亦是如此）与青春期相关，但那并不是它真正的主题。它是一部关于身份认同与归属之愿（identity and the will to belong）的戏剧。"②巧合的是，在《心是孤独的猎手》和《婚礼的成员》这两部小说中，米克和弗兰淇对成长都充满了同样的困惑：米克总在思考，"我要——我要——我要，这就是她所能想到的，但她不知道自己真正想要什么"（《心》：49）；弗兰淇则一次次地自问，"她是谁，她在世上会成为什么人，为什么这一刻她会站在这里"（《婚》：47）。但可惜的是，最终米克与弗兰淇都没有找到各自的答案。

如前文所述，《心是孤独的猎手》和《婚礼的成员》具有极其浓厚的自传色彩。在麦卡勒斯去世之后，妹妹玛格丽塔·史密斯（Margarita Smith）为她编辑并出版了作品集《抵押出去的心》（The Mortgaged Heart, 1971）。玛格丽塔亲自为此书作序，她在《序言》中写下的第一句话便是："在卡森·麦卡勒斯作品里的所有人物中，对她的家人和朋友而言，与作者本人最相像的是弗兰淇·亚当斯：在《婚礼的成员》中，这个青春期的少女脆弱易伤，令人恼怒又讨人喜欢，她一直在寻找'我的我们'。"③不仅如此，麦卡勒斯本人也曾直言不讳地说道："我是如此地沉浸在他们（小说人物）之中，因而他们的动机就是我自己的

---

① ［美］弗雷德里克·R.卡尔：《现代与现代主义：艺术家的主权1885—1925》，陈永国、傅景川译，北京：中国人民大学出版社，2004年，第328—329页。

② Virginia Spencer Carr, *The Lonely Hunter: A Biography of Carson McCullers*, Athens and London: The University of Georgia Press, 2003, p. 341.

③ Margarita G. Smith, "Introduction", Margarita G. Smith (ed.), *The Mortgaged Heart*, Boston and New York: Houghton Mifflin Company, 2005, p. xix.

动机……我成了我笔下的人物。"①因此，在很大程度上，这两部以成长为主题的自传体小说是作者的自反性书写。

在美国南方女作家中，这种自反性书写并不少见。威尔·布兰特利认为："作为写作的主力军，20世纪南方女作家的非虚构性散文带有强烈的自反性——这以作家需要面对她艺术中丰富而复杂的维度为特征。"②如果说成长之惑是麦卡勒斯写作的源起，那么在以成长为主题的自反性书写中，身为作家的她踏上了发现自我、找寻自我的艰难旅程。自17岁离开故乡的南方小镇开始，麦卡勒斯成为一个名副其实的"旅居者"，在南北之间的奔波辗转中，她一直都在苦苦追寻"我的我们"③。如她笔下青春期的主人公一样，麦卡勒斯时而遁隐，时而倒退，时而回归，时而远离，这也注定其文学创作必将如布兰特利所说的那般具有"丰富而复杂的维度"④。

---

① Carson McCullers, "The Flowering Dream: Notes on Writing", Margarita G. Smith (ed.), *The Mortgaged Heart*, Boston and New York: Houghton Mifflin Company, 2005, p. 277.

② Will Brantley, "Carson McCullers and the Tradition of Southern Women's Nonfiction Prose", Jan Whitt (ed.)., *Reflections in a Critical Eye: Essays on Carson McCullers,* Lanham: University Press of America, 2008, p. 1.

③ Carson McCullers, *The Member of the Wedding*, Boston and New York: Houghton Mifflin Company, 2004, p. 42.

④ Will Brantley, "Carson McCullers and the Tradition of Southern Women's Nonfiction Prose", Jan Whitt (ed.), *Reflections in a Critical Eye: Essays on Carson McCullers,* Lanham: University Press of America, 2008, p. 1.

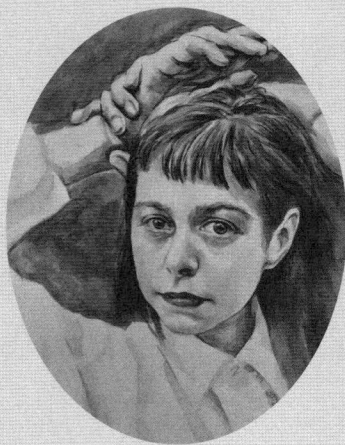

第二章

空间论：别样的南方景观

上帝啊！倘不是因为我总做噩梦，那么即使把我关在一个果壳里，我也会把自己当做一个拥有着无限空间的君王的。①

——威廉·莎士比亚

写作，就是投身到时间不在场的诱惑中去。②

——莫里斯·布朗肖

以"成长小说"作为写作的起点，卡森·麦卡勒斯踏上了文学创作之路。但作为一名南方"旅居者"，"南方"是她在写作中永远无法回避的问题。她曾经说过："作家的创作不仅取决于他的个性，而且也与他的出生地相关。"③换言之，作家的生存空间、写作场所对其创作有着深远的影响。身为作家的麦卡勒斯对空间一直表现得极为敏感，自称患有"广场恐惧症"（agoraphobia）④，而空间意识也贯穿于她的整个文学创作生涯。

与其他久居"南方腹地"（the Deep South）⑤的作家不同，身为"旅居者"的麦卡勒斯以"既能入乎其内，又能出乎其外"的视角审视了南方，她在小说中用独特的笔触呈现了别样的南方景观。与同时代的南方女作家——譬如，尤多拉·韦尔蒂、弗兰纳里·奥康纳——相比，麦卡勒斯极少描写南方的自然景观

---

① ［英］莎士比亚：《哈姆莱特》，朱生豪译，北京：商务印书馆，2012年，第93页。

② ［法］莫里斯·布朗肖：《文学空间》，顾嘉琛译，北京：商务印书馆，2003年，第12页。

③ Carson McCullers, "The Flowering Dream: Notes on Writing", Margarita G. Smith (ed.), *The Mortgaged Heart*, Boston and New York: Houghton Mifflin Company, 2005, p. 281.

④ Virginia Spencer Carr, *The Lonely Hunter: A Biography of Carson McCullers*, Athens and London: The University of Georgia Press, 2003, p. 213.

⑤ "南方腹地"（the Deep South）通常指的是"美国东南地区最南部诸州，即亚拉巴马州（Alabama）、佛罗里达州（Florida）、佐治亚州（Georgia）、路易斯安那州（Louisiana）、密西西比州（Mississippi）、南卡罗来纳州（South Carolina）以及得克萨斯州（Texas）的东部。这些州曾经蓄奴并在南北战争（Civil War）中脱离联邦（the Union），那里仍存在种族问题，居民在政治和宗教观点上也多趋于保守"。Jonathan Crowther (ed.), *Oxford Guide to British and American Culture*, trans. Huang Mei, Lu Jiande, et al., Hong kong: Oxford University Press, Beijing: The Commercial Press, 2007, p. 400.

（natural landscape），而是多着眼于日常生活中较为常见的空间场所（place），如咖啡馆、游乐场、小酒吧、卧室、小旅馆等。因此，简·惠特认为，麦卡勒斯的小说具有空间意义上的"场所感"（a sense of place）[①]。

那么，何谓"景观"？奥尔罕·帕慕克在《天真的和感伤的小说家》（*The Naïve and the Sentimental Novelist*，2011）中以"景观之喻"（the analogy of the landscape）[②]揭示了文学与景观之间密不可分的关联。对于"景观"一词，帕慕克给出如下定义："停留在我们心里的通常是小说的总体布局或综合世界，我把这称为小说的'景观'。"[③]具体说来，"在一部小说里，物品、家具、房间、街道、景观、树木、森林、天气、窗外的风景——每一样呈现给我们的事物都具有主人公的思想和情感的功能，并从小说的整个景观中产生"[④]。由此可见，文学作品呈现的景观与空间又存在千丝万缕的联系。

在文化地理学中，"景观"（landscape）是一个非常重要的概念。从词源上看，这个词直到15世纪才出现，它源自荷兰语中的"landschap"，在英文中它由"土地"（land）和"景色"（scape）两个词根组成。这一术语最初的意义为"用斧子和犁开辟的一片区域，它属于开垦了这一区域的人们。它表明这是一片带有文化身份的区域，无论这样的身份多么松散，文化身份都以部落和/或血缘关系为基础"[⑤]。追本溯源，"景观"以地为景，以文化身份、权力机制和社会关系等为建构方式，而这些都与社会空间的布局、编码息息相关，因为"特定的空间和地理始终密切涉及维系文化。这些文化不仅与外显的象征意义相关，而且也和人们的生活方式相关"[⑥]。由此可见，对景观的研究应该置于特定的空间和文

---

① Jan Whitt, "The Exiled Heir: An introduction to Carson McCullers and Her Work", Jan Whitt (ed.), *Reflections in a Critical Eye: Essays on Carson McCullers*, Lanham: University Press of America, 2008, p. xiv.

② Orhan Pamuk, *The Naïve and the Sentimental Novelist*, trans. Nazim Dikbas, New York: Vintage Books, 2011, p.18.

③ Orhan Pamuk, *The Naïve and the Sentimental Novelist*, trans. Nazim Dikbas, New York: Vintage Books, 2011, p.73.

④ Orhan Pamuk, *The Naïve and the Sentimental Novelist*, trans. Nazim Dikbas, New York: Vintage Books, 2011, p. 85.

⑤ Don Mitchell, "Landscape", David Atkinson, Peter Jackson, et al. (eds.), *Cultural Geography: A Critical Dictionary of Key Concepts*, London and New York: I. B. Tauris & Co Ltd., 2005, p. 51.

⑥ Mike Crang, *Cultural Geography*, London and New York: Routledge, 1998, p. 6.

化中进行。

基于此，本章将从麦卡勒斯小说的文学空间意象入手，从空间诗学的视角，在微观和宏观两个层面上，探讨麦卡勒斯如何通过空间叙事来揭示美国南方社会的权力话语和意识形态，进而又为我们勾勒了一幅怎样的南方景观图。

第一节 从"镜子"谈起：时间的空间化

卡森·麦卡勒斯向来关注时间与空间问题。在诗歌《当我们迷失时》（"When We Are Lost"，1952）中，她比较了时间与空间这两个意象。她认为，对于迷途的人来说，空间尤为重要，若失去了空间，那将"是凝固的痛苦"①，并戏谑"时间/这个没完没了的傻瓜"②。在这首诗中，麦卡勒斯这样发问："恐惧。它关乎空间，还是时间？/抑或是这两个构想的合谋伎俩？"③

时间与空间是人类存在的两种基本形式，二者亦是小说叙事艺术最原始的层面。"时间和空间的问题之所以重要，是因为无论是小说的外部形式还是内在体验，都离不开时间和空间这一带有终极性的根本问题。"④ 在《心是孤独的猎手》中，我们可以发现两条叙事线索：一为文本表层的"时间性的万能叙事"⑤

---

① Carson McCullers, "When We Are Lost", Margarita G. Smith (ed.), *The Mortgaged Heart*, Boston and New York: Houghton Mifflin Company, 2005, Yp. 287.

② Carson McCullers, "When We Are Lost", Margarita G. Smith (ed.), *The Mortgaged Heart*, Boston and New York: Houghton Mifflin Company, 2005,p. 287.

③ Carson McCullers, "When We Are Lost", Margarita G. Smith (ed.), *The Mortgaged Heart*, Boston and New York: Houghton Mifflin Company, 2005, p. 287.

④ 吴晓东：《从卡夫卡到昆德拉：20世纪的小说和小说家》，北京：生活·读书·新知三联书店，2003年，第163页。

⑤ 爱德华·W.苏贾（Edward W. Soja）认为，历史决定论导致了空间的贬值，并扼杀了人们对社会空间的批评性和敏感性。他略带讽刺地把以线性的、逻辑的、因果的历史决定论为主导的现代性历史时间观称为"时间性的万能叙事"。详见［美］爱德华·W.苏贾：《后现代地理学——重申批判社会理论中的空间》，王文斌译，北京：商务印书馆，2004年，第16页。

（a temporal master-narrative）；二为文本里层的空间叙事①。

20世纪末叶，当代西方文化思想的范式（paradigm）发生了一系列的转换，其中"空间转向"（the spatial turn）是当代学界的热点问题之一，特别是"在文学和文化研究中……已经发生了明显的空间转向，尽管确认它所发生的确切日期或时刻会很困难，也会具有误导性"②。伴随着空间转向，"空间批评"（spatial criticism）开始进入文学评论家们的视野。近来，国外已有评论家以空间意象为切入点，探讨了麦卡勒斯小说中文学空间的内涵。他们从虚构的层面，考察了文学空间所蕴含的"乌托邦式的幻想"③和"童话故事的特征"④。然而，此类评论仅仅关注小说中的一元虚构空间，却忽视了文本中频频出现的介于真实与想象之间的"阈限空间"意象。"阈限的实体既不在这里，也不在那里"，这正是《心是孤独的猎手》中小说人物的普遍生存状态。

因此，本节将要进一步探讨的问题是：在这部小说中，通过两种不同空间体验（真实/想象）之间的互动和转换，阈限空间如何突破线性的时间意识来发挥空间叙事的功能？作为生存体验的内在形式，阈限空间又引发了怎样的个人生存困境？

按照戴维·洛奇（David Lodge）的说法，小说的时间跨度"是通过比较事件真实发生所需的时间和阅读它们所需的时间来衡量的。这个因素影响到叙述的节奏，即我们所说的小说是快节奏的还是慢节奏的那种感觉"⑤。《心是孤独的猎手》的时间跨度较短，前后持续一年左右（1938年5月至1939年7月）。通过表层阅读（the surface reading），我们可以发现，线性的时间跨度是小说"时间性的万能叙事"线索，但当我们深入文本内部进行"症候式阅读"（the symptomatic reading）时，便可挖掘出潜藏在表层之下的另一条空间叙事线索。通过空间叙

---

① 空间叙事指的是"叙事的空间化成为小说叙述方式的构成主体，它的变化必然带动小说叙事结构、叙事视角等的革新，使小说叙事艺术获得空间转向的可能"。详见谢纳：《空间生产与文化表征：空间转向视阈中的文学研究》，北京：中国人民大学出版社，2010年，第166页。

② Robert T. Tally Jr., *Spatiality*, London and New York: Routledge, 2013, pp. 11-12.

③ Darren Millar, "The Utopian Function of Affect in Carson McCullers's *The Member of the Wedding* and *The Ballad of the Sad Café*", *The Southern Literary Journal*, Vol. 41, No. 2 (Spring, 2009), p. 89.

④ Jennifer Murray, "Approaching Community in Carson McCullers's *The Heart Is a Lonely Hunter*", *Southern Quarterly*, Vol. 42, No. 4 (Summer, 2004), p. 108.

⑤ ［英］戴维·洛奇：《小说的艺术》，王峻岩等译，北京：作家出版社，1998年，第206页。

事，文本的线性时间被极大地空间化（to be spatialized），其连续性、整体性和统一性被打破，原本持续连贯的时间叙事被分割成各个断裂的空间片段。

在小说开篇不久，麦卡勒斯通过描述咖啡馆老板比夫·布瑞农的时空体验点明了时间与空间的问题："比夫靠在墙上。进进出出——进进出出。无论如何，这和他没关系。屋子变得空旷和安静。时间在苟延残喘。他的脑袋倦怠地向前垂着。一切的喧哗正在缓慢地向这屋子告别。柜台、面孔、隔间和桌子，角落里的收音机，天花板上的吊扇——所有的东西都模糊不堪，停滞不前。"（《心》：25）在这一瞬间，时间慢慢静止、凝固，但空间却在柜台、隔间、桌子、角落和天花板等微观意象之间不停地移动和转换。

约瑟夫·弗兰克（Joseph Frank）把这种瞬间的感觉称为"纯粹时间"（pure time）。他认为："显而易见，'纯粹时间'根本就不是时间——它是瞬间的感觉，也就是说，它是空间。"[①] 对此，国内学者吴晓东作了如下解读："之所以说'它（纯粹时间）是空间'，是因为从时间的意义上看，'纯粹时间'几乎是静止的，是在片刻的时间内包容的记忆、意象、人物甚至细节造成了一种空间性并置。时间则差不多是凝固的。而从叙事的意义上说，则是一种'叙述的时间流的中止'……这时，小说进行的似乎不再是叙事，而是大量的细节的片段的呈现。这些细部呈现，表现出的就是一种空间形态。"[②] 换言之，强调瞬间感受的"纯粹时间"所呈现的细节片段是碎片式的"断章"，它们无法形成连贯的叙事，于是线性的时间叙事被中止，"纯粹时间"被这些碎片和片段"空间化"。正如巴赫金所言，"时间的标志要展现在空间里，而空间则要通过时间来理解和衡量"[③]。在文学作品中，时间与空间会在某一个节点上相互交叉与融合。依照弗兰克的观点，我们可以说，二者交融的节点正是被空间化的"纯粹时间"。

具体到《心是孤独的猎手》这部小说，"镜子"是体现"纯粹时间"的节点所在。在福柯看来，镜子是一个"异托邦"（heterotopia），它与"乌托邦"

① ［美］约瑟夫·弗兰克等：《现代小说中的空间形式》，秦林芳编译，北京：北京大学出版社，1991年，第15页。

② 吴晓东：《从卡夫卡到昆德拉：20世纪的小说和小说家》，北京：生活·读书·新知三联书店，2003年，第182—183页。

③ 钱中文主编：《巴赫金全集》第三卷，白春仁、晓河译，石家庄：河北教育出版社，1998年，第275页。

（utopia）（非真实的/想象的空间）相对，既是一个真实（real）的客观物理存在，但由于需要借助于想象力来理解，它又是一个想象（imagined）的主观虚构存在。参照"异托邦"的概念，福柯对镜子作了如下描述："当我在镜中看到自己的那一刻，我所占据的地方是绝对真实的，它将周围所有的空间都关联起来，但它又绝对是不真实的，因为为了能够被人感知，它必须通过存在于另一边的这个虚拟点。"① 由此可见，镜子是一个真实与想象相互渗透的阈限空间。"阈限"一词在拉丁文中意为"门槛"，镜子实际上建构了一个门槛般的过渡空间。

在小说中，"照镜子"是一个非常重要的场景，它曾多次出现。综观整部小说，麦卡勒斯将镜子场景聚焦在主要人物之一的咖啡馆老板比夫身上。全书对此共有两处详尽的描写，它第一次出现在小说的第一章第二节。初夏的午夜时分②，比夫与妻子艾莉斯（Alice）发生了争执，比夫感到厌倦，躲进了卫生间：

> 比夫进了卫生间……他站在镜子前，搓着脸沉思。他后悔和艾莉斯说话。和她相处，最好沉默。和那女人相处，老让他感觉离真实的自我很远，使他变得和她一样粗糙、渺小和平庸……身后的门开着，从镜子里他看见艾莉斯躺在床上。
>
> ……
>
> 艾莉斯又要睡着了，透过镜子他事不关己地望着她。她身上没有能吸引他注意力的特征……他的视线离开她时，脑海里没有能呼之欲出的特写。她在他的记忆中一直是一个整体的形象。（《心》: 15）

此场景第二次出现在小说的第二章第八节。此时已是1939年2月，妻子艾莉斯因肿瘤病发已去世近四个月。比夫走进卫生间清点她的遗物，在卫生间的储藏室里，他发现了一瓶香水：

---

① Michel Foucault, "Texts/Contexts of Other Spaces", trans. Jay Miskowiec, *Diacritics*, Vol. 16, No. 1 (Spring, 1986), p. 24. 依笔者之见，英译标题中的"Other Spaces"具有三重含义：一为"另类空间"，二为"他者空间"，三为"其他空间"。

② 根据小说上下文，笔者推断该场景发生的时间应为1938年5月左右。

比夫拔掉瓶塞。他光着上身站在镜子前，在乌黑多毛的腋窝处洒了一点香水。气味让他僵硬了。他用一种非常隐晦的目光注视镜中的自己，一动不动。他被香水唤起的记忆击中了，不是因为记忆的清晰，而是因为它们汇总了漫长的岁月，是一个完全的整体。比夫搓搓鼻子，斜眼看自己。死亡的边界。他感觉到和她（艾莉斯）在一起的每时每刻。现在他们在一起的生活是完整的，只要过去的岁月可以完整。比夫突然转过脸去。

卧室都收拾干净了。现在完全是他的了。（《心》: 213）

上述两个场景描述了比夫在镜前的瞬间感受，显然这是一个"纯粹时间"。在此，小说的时间叙事——1938年5月至1939年2月的线性时间——几乎停滞不前，或进展得极其缓慢。在"叙述的时间流的中止"中，我们可以感受到在某一瞬间中不断转换的空间（the changing spaces）。在第一场景中，空间转换的次序为：卫生间—比夫内心世界—卧室—记忆；第二场景的空间转换更加丰富，空间组合依次为：卫生间—记忆—死亡边界—过去岁月—卧室。这些不同的空间意象在日常生活中往往"互不兼容"，连续性的时间叙事让这些不同时段的空间意象无法并存在同一个场所中。较之时间叙事，空间叙事则完全不同。在这两个场景中，透过这面"魔镜"，我们看到的不仅是客观真实的物理空间（卫生间、卧室），还有主观虚构的想象空间（比夫的内心世界、记忆、死亡边界和过去岁月）。于是，这些原本互不相关的多元空间具有了某种关联，它们彼此角力，相互依存，建构了一个想象与真实相互交织的阈限空间"场域"（field）。

依笔者之见，在叙事学上这种以"镜子"为媒介的空间叙事模式与电影的"蒙太奇"手法类似。蒙太奇理论的奠基人之一谢尔盖·爱森斯坦（Sergei Eisenstein）指出："每一蒙太奇片段就不再是某种互不相关的东西，而是贯穿所有片段统一的总主题的局部图像。这样的局部细节按一定蒙太奇结构对列起来，就能在人们感受中引发、唤起那个既产生了每一个别细节，又把它们联结成一个整体的那个总的东西，也就是概括性形象，使作者和观众从中获得对主题的体验。"[1] 此时，身为作家的麦卡勒斯如同一位电影摄影师，她借助这面"魔镜"，

---

[1] ［俄］C. M. 爱森斯坦：《蒙太奇论》，富澜译，北京：中国电影出版社，2003年，第282页。

不断切换手中的"镜头"，通过多元异质空间的重组、并置与转换，建构了一个阈限空间，进而打破了以时间意识为主的传统叙事模式的窠臼，突显了空间叙事模式的非连续性、并置性与流动性。

在蒙太奇式的空间叙事模式中，"镜子王国"所呈现的"既非此亦非彼"的阈限状态极具电影画面感，给读者带来强烈的视觉冲击。顷刻之间，比夫对人生产生的恍惚感、梦幻感和孤独感跃然纸上，与其说他透过镜子看到了自己的镜像，倒不如说我们读者透过镜子看到了这个人物完整的生活状态——比夫的过去、现在和未来全部浓缩在了这面"魔镜"之中。我们可以发现，上述两个镜子场景向读者传递了两个信息：其一，比夫与艾莉斯的夫妻关系紧张；其二，比夫喷洒女式香水的举动体现了他的女性特质。事实上，引发这两个问题的根本原因正是比夫模糊的性别身份。维克多·特纳认为："阈限中无彼此差别这一特点，也反映在性关系的中止，以及标识性的性别两极的消失上。"[1] 小说中的比夫是一个性无能者，小指上一直带着母亲留给他的一枚女式戒指，他对自己的男性特征表现得极为厌恶：

> 比夫注意到了。他在想每个人身上都有一个特定的部位，一直被牢牢地保护着……那他自己呢？
>
> 比夫慢腾腾地转动小指上的戒指。不管怎么说，他知道哪里不是。不是。不再是。一道深深的皱纹刻在他的额头。插在裤袋里的手紧张地移向生殖器。（《心》：27—28）

显然，比夫身上兼有男性与女性的双重特征，"'一体双身'（two bodies in one）让人想到双性同体（androgyny）的人物"[2]。在性别身份上，他成了一个难以界定的"阈限或阈限人（'门槛之处的人'）"[3]，这导致了其身份认同的危机：

---

① ［英］维克多·特纳：《仪式过程：结构与反结构》，黄剑波、柳博赟译，北京：中国人民大学出版社，2006年，第104—105页。

② Sarah Gleeson-White, *Strange Bodies: Gender and Identity in the Novels of Carson McCullers*, Alabama: The University of Alabama Press, 2003, p. 96.

③ ［英］维克多·特纳：《仪式过程：结构与反结构》，黄剑波、柳博赟译，北京：中国人民大学出版社，2006年，第95页。

> 他（比夫）吊在两个世界里。他意识到自己正望着面前柜台玻璃
> 里的脸。太阳穴上的汗水闪闪发光，他的脸扭曲了。一只眼大，一只
> 眼小。狭窄的左眼追忆过去，睁大的右眼害怕地凝望着未来——黑暗
> 的、错误的、破灭的未来。他吊在光明和黑暗之间。在尖酸的嘲讽和
> 信仰之间。（《心》：342页）

在这个场景里，"柜台玻璃"实际上是镜子的变体。其中，连续两次出现的
动词"吊"（to be suspended）十分形象地刻画了比夫"既不在此亦不在彼"——
在两个世界、过去和未来、光明和黑暗、嘲讽和信仰之间——的生存困境，"因
为这种情况和这些人员会从类别（即正常情况下，在文化空间里为状况和位置
进行定位的类别）的网状结构中躲避或逃逸出去"①。生存空间的阈限性形成了
比夫社会身份的张力与悖论，进而引发了他的恐惧感。直至小说最后，比夫的
恐惧仍是一个未解之谜，始终挥之不去："谜还在他心里，他无法平静。关于这
一切，有一种不自然的气息——像一个丑陋的玩笑。他一想到它，就会感到不
安和无名的恐惧。"（《心》：341）

我们不妨回到本节开篇所提及的麦卡勒斯的诗句："恐惧。它关乎空间，还
是时间？"②

福柯指出："无论如何，我认为我们时代的焦虑与空间根本相关，毫无疑
问，它比时间带来的焦虑更甚。"③ 据此说来，麦卡勒斯以空间场景的转换代替
了线性时间的描述，借助镜子这个介于真实与想象之间的阈限空间意象，揭示
了比夫的孤独感、危机感和迷茫感。阈限空间的体验是生存体验的内在形式，
它与个体的生存状态息息相关。比夫身处亦真亦幻、亦虚亦实的阈限空间中，
个人世界的不稳定性与不确定性导致了他对现实的焦虑与恐惧。

---

① ［英］维克多·特纳：《仪式过程：结构与反结构》，黄剑波、柳博赟译，北京：中国人民大学出
版社，2006年，第95页。

② Carson McCullers, "When We Are Lost", Margarita G. Smith (ed.), *The Mortgaged Heart*, Boston
and New York: Houghton Mifflin Company, 2005, p. 287.

③ Michel Foucault, "Texts/Contexts of Other Spaces", trans. Jay Miskowiec, *Diacritics*, Vol. 16, No. 1
(Spring, 1986), p. 23.

法国批评家莫里斯·布朗肖（Maurice Blanchot）认为，写作的本质在于体验空间而非时间："写作，就是投身到时间不在场的诱惑中去。"① 在他看来，真正的作家"不应流连于时间表象的流淌之流中，其天命在于体验深度的生存空间，在文学空间的体验中沉入生存的渊薮之中，展示生存空间的幽深境界"②，而麦卡勒斯正是这样一位作家。如前文所述，她曾坦言自己写作的动因与其生存空间息息相关，并道出了这样的心声："我渴望漫游。"③ 从某种意义上说，写作成为一种特殊的漫游方式，它将麦卡勒斯从其幽闭的生存空间中解脱出来。所以，麦卡勒斯认为"就本质而言，作家的职业是一个梦想家，一个意识清醒的梦想家"④。在创作小说《心是孤独的猎手》时，她凭借一个"梦想家"的理性思维和超凡想象力，通过镜子这一微观的空间意象，将时间空间化，把连续的线性时间分割成各个异质空间的片段，将真实与想象在阈限空间的节点上合二为一。

在《心是孤独的猎手》中，咖啡馆老板比夫面临的阈限空间困境反映了20世纪40年代美国南方社会边缘人群的普遍生存状态：等级制度森严的美国南方社会无法提供良好的生存空间，比夫这样的小人物只能游走在远离中心的边缘地带和边界线上，成为美国南方社会的"他者"。由此可见，麦卡勒斯对空间问题的关注也是她对社会边缘人群生存困境与身份认同问题的探询。于是，这部小说的空间叙事便具有了普遍永恒的意义，正如梅·萨顿（May Sarton）所言："这个故事讲述了南方小镇上的人群以及他们的生活。它或许发生在任何地方。它或许发生在身边的角落。"⑤

---

① ［法］莫里斯·布朗肖：《文学空间》，顾嘉琛译，北京：商务印书馆，2003年，第12页。

② 谢纳：《空间生产与文化表征：空间转向视阈中的文学研究》，北京：中国人民大学出版社，2010年，第29页。

③ Carson McCullers, "How I Began to Write", Margarita G. Smith (ed.), *The Mortgaged Heart*. Boston and New York: Houghton Mifflin Company, 2005, p. 251.

④ Carson McCullers, "The Flowering Dream: Notes on Writing", Margarita G. Smith (ed.), *The Mortgaged Heart*. Boston and New York: Houghton Mifflin Company, 2005, p. 280.

⑤ May Sarton, "Pitiful Hunt for Security: Tragedy of Unfulfillment Theme of Story That Will Rank High in American Letters", Beverly Lyon Clark and Melvin J. Friedman (eds.), *Critical Essays on Carson McCullers*, New York: G. K. Hall&Co., 1996, p. 19.

第二节　咖啡馆与游乐场：另类空间的悖论

　　不少评论家立足于美国南方文学的怪诞风格和哥特传统，将小说《心是孤独的猎手》中的空间意象解读为"幽禁""封闭""狭隘""有限"的场所，他们认为正是这些局促、隔离的空间为作品营造了哥特式的恐怖气氛，并据此给它贴上了"南方哥特流派"的标签。比如，萨拉·格里森－怀特指出，在这部小说中处处弥漫着与空间密切相关的"幽闭恐惧的氛围"[1]；肯尼思·D.查米里认为，麦卡勒斯笔下的空间具有"封闭的倾向"[2]；路易丝·威斯特林（Louise Westling）则声称："麦卡勒斯笔下的景观很狭隘……因为活动几乎总在有限的一个或至多几个内景中展开……"[3]国内学者金莉等人也认为，空间对麦卡勒斯小说中的女性人物尤为重要，因为"她们都生活在哥特式的空间之中（狭窄的房屋，咖啡馆，军营等），鲜明地体现了幽闭主题"[4]。

　　然而，正如麦卡勒斯本人所言："这个标签不恰当。"[5]就《心是孤独的猎手》这部小说而言，哥特文学的解读视角因过度强调这些空间意象幽闭、单一的客观存在形式而忽视了其中的社会内涵，因为"在某种程度上，空间总是社会性的空间。空间的构造，以及体验空间、形成空间概念的方式，极大地塑造了个人生活和社会关系"[6]。而在空间的社会属性中，由于"权力场是各种因素和

---

[1]　Sarah Gleeson-White, *Strange Bodies: Gender and Identity in the Novels of Carson McCullers*, Alabama: The University of Alabama Press, 2003, p. 18.

[2]　Kenneth D. Chamlee, "On the Function of the Café Setting in the Development of Character", Harold Bloom (ed.), *Carson McCullers' The Member of the Wedding*, Philadelphia: Chelsea House Publishers, 2005, p. 85.

[3]　Louise Westling, *Sacred Groves and Ravaged Gardens: The Fiction of Eudora Welty, Carson McCullers and Flannery O'Connor*, Athens: The University of Georgia Press, 1985, p. 6.

[4]　金莉等：《20世纪美国女性小说研究》，北京：北京大学出版社，2010年，第161页。

[5]　Carson McCullers, "The Russian Realists and Southern Literature", Margarita G. Smith (ed.), *The Mortgaged Heart*, Boston and New York: Houghton Mifflin Company, 2005, p. 252.

[6]　［英］丹尼·卡瓦拉罗：《文化理论关键词》，张卫东、张生、赵顺宏译，南京：江苏人民出版社，2006年，第164页。

机制之间的力量关系空间"①，因此权力机制是其中不可或缺的要素，它又与社会身份、意识形态息息相关。

在前人研究的基础上，本节不再囿于哥特式的空间解读视角，试图从空间与权力的关系入手，探讨小说《心是孤独的猎手》中咖啡馆、游乐场、南方小镇等公共空间所折射出来的权力机制、社会身份和意识形态。

如上文所述，在《心是孤独的猎手》中，当"纯粹时间"被空间化之后，"时间性的万能叙事"的窠臼也随之被打破，空间意识逐渐渗透到整部作品中。麦卡勒斯不仅着眼于小型的私密空间，而且也善于描述大型的公共空间，如咖啡馆、游乐场、南方小镇等。对此，杰克·莫尔点评得十分到位："她[麦卡勒斯]的作品——譬如《金色眼睛的映像》《没有指针的钟》《心是孤独的猎手》——是对美国当代生活的报道。她笔下的景观刻画的不是凋败、原始的荒野，而是描绘了热气腾腾、苍蝇乱飞的咖啡馆，以及等待失眠和种族暴力的南方小镇的街道。"② 国内学者林斌表达了类似的观点，她认为："麦卡勒斯笔下的咖啡馆既承载着西方社会的现代性体验，又浓缩了南方小镇对北方都市生活的全部文化想象；与旅馆、酒店等都市空间意象类似，它可被看作美国南方社会转型期的新兴文化空间的具体例证。"③ 由此可见，在多方位的空间叙事中，麦卡勒斯的小说呈现了美国南方社会的别样景观。

小说《心是孤独的猎手》的背景是一个无名的美国南方小镇。在《看不见的城市》（Invisible Cities，1972）中，伊塔洛·卡尔维诺（Italo Calvino）写道："地图册具有这样一种品质：它能披露尚未形成、尚无名称的城市的形态。"④ 在无名南方小镇这张由各个色块拼装而成的地图中，特别引起我们关注的是两处最具娱乐性的游戏领域："纽约咖啡馆"（New York Café）和"阳光南部"游乐场（Sunny Dixie Show）。

---

① ［法］皮埃尔·布迪厄：《艺术的法则：文学场的生成和结构》，刘晖译，北京：中央编译出版社，2001年，第263页。

② Jack B. Moore, "Carson McCullers: The Heart Is a Timeless Hunter", *Twentieth Century Literature*, Vol. 11, No. 2 (July, 1965), p. 76.

③ 林斌：《美国南方小镇上的"文化飞地"：麦卡勒斯小说的咖啡馆空间》，《外国文学评论》2019年第2期，第100页。

④ ［意］伊塔洛·卡尔维诺：《看不见的城市》，张宓译，南京：译林出版社，2012年，第140页。

珍妮弗·莫莉（Jennifer Murray）认为，在小说《心是孤独的猎手》中，空间意象是非现实的、想象的，它们是"一种童话故事里'在很久很久以前'（once upon a time）的空间"①。诚然，小说里的咖啡馆和游乐场带有童话般的梦幻色彩，但仅以童话故事的"虚构空间"来阐释其内涵，难免失之偏颇。细读文本，笔者发现，在无名南方小镇的景观中，咖啡馆和游乐场形成了空间意义上的多重悖论，二者是福柯所说的"另类空间"（other spaces）。

何谓"另类空间"？福柯认为它兼有排外性和开放性的双重特征：它"似乎是完全彻底地开放的，但通常隐藏了奇特的排外性……我们以为我们进入了所在之地，但事实是我们虽入其内，却被排斥在外"②。换言之，另类空间具有阈限性，它介于排外与开放之间，时而被编码，时而又未被编码。

首先，在咖啡馆与游乐场，黑白种族矛盾进入了白热化阶段，一幕幕的社会政治与意识形态的权力之争在这里上演。形形色色的人群让咖啡馆和游乐场好比一个以"混杂性"（hybridity）为特征的"巴别塔"（the Tower of Babel），而"巴别塔"一词本身就意味着矛盾与冲突。在咖啡馆，当黑人医生考普兰德跟随杰克·布朗特走进来时，店内立马有白人顾客抗议："你不知道吗，白人喝酒的地方，不许带黑鬼进来。"（《心》：22）在游乐场，"时常有打架和争吵……杰克总是警觉的。在游乐场绚丽的热闹、明亮的灯光和懒洋洋的笑声深处，他触到了某种阴郁和危险的气息"（《心》：272）。最终这种气息被点燃，游乐场接连发生了好几起暴力事件。第一个事件发生在旋转木马的售票处，为了争夺一张门票，"一个白人女孩正在和一个黑人女孩打架……人群分成派别，闹哄哄的"（《心》：267）；第二个事件是一个年轻的黑人在游乐场附近被谋杀，"黑人的喉咙被割开了，他的脑袋向后滚动成一个古怪的角度"（《心》：271）；第三个事件发生在小说的尾声，这一次是黑白族群的集体斗殴，伤亡惨重，但"没人能阻止这场战斗。它像是从虚无中产生，熊熊燃烧"（《心》：322）。在这一系列的矛盾冲突中，暴力事件愈演愈烈，咖啡馆和游乐场不是游离于真实世界之外，而

①　Jennifer Murray, "Approaching Community in Carson McCullers's *The Heart Is a Lonely Hunter*", *Southern Quarterly*, Vol. 42, No. 4 (Summer, 2004), p. 108.

②　Michel Foucault, "Texts/Contexts of Other Spaces", trans. Jay Miskowiec, *Diacritics*, Vol.16, No. 1 (Spring, 1986), p. 26.

是对现实世界的融合和观照，这里是黑人的受难所。在这种情形下，咖啡馆和游乐场是已被编码的空间，二者在空间上的排外性不言而喻。

然而，"福柯多次强调，权力不是压制性的，而是生产性的，它不是压抑着什么，而是不停地造就着什么"①。权力是一双隐形的魔术手，处处操纵着咖啡馆与游乐场的空间政治。它在不断地激化小镇阶级种族矛盾的同时，却又不停地生产、造就了一个带有乌托邦色彩的理想王国。依据巴赫金的狂欢化理论，咖啡馆和游乐场是狂欢广场（carnival square）的变体，"文学作品中情节上一切可能出现的场所，只要能成为形形色色的人们相聚和交际的地方，诸如大街、小酒馆、澡堂、船上甲板甚至客厅……都会增添一种狂欢广场的意味"②。咖啡馆和游乐场一直营业到深夜，它们是小镇居民找乐子的好去处，具有全民参与性。光顾的客人来自美国南方社会中不同的群体、阶层和等级，各自带有不同的种族身份、文化身份和社会身份，其中包括犹太人、希腊人、白人、黑人、残疾人、妓女、少男少女等。这些顾客相聚于此，形成了一个开放的狂欢空间，而全民参与性从一定程度上对抗、颠覆了小镇森严的社会等级制度和阶级划分。比如，咖啡馆老板比夫对所有的顾客一视同仁，尤其善待弱势人群，他甚至宣称"我喜欢怪物"（《心》：14）——这是一句典型的述行语（performative utterance）③。比夫以这样的方式公然表达了他对社会现实的不满和抗议，他以言行事，用实际行动表明了自己的道德立场。"他对病人和残疾人抱有特殊的情感。如果碰巧进来一个长着兔唇或得了肺结核的家伙，他准会请他喝啤酒。如果是一个罗锅或残疾得很厉害的人，那就换成了免费的威士忌。"（《心》：21）游乐场的情形亦是如此。各色人群在此聚众狂欢，游乐场人满为患，"夜晚的游乐场点起彩灯，显得俗丽不堪。木马跟着机械的音乐转着圈子。秋千在飞舞，掷币游戏的围栏处总是挤满了人"（《心》：145）。游乐场的旋转木马是最受欢迎的项目，所有人都喜欢这里的欢快气氛，一旦音乐响起，"周围的

---

① 汪民安：《权力》，载赵一凡、张中载、李德恩主编：《西方文论关键词》，北京：外语教学与研究出版社，2006年，第443页。

② 夏忠宪：《巴赫金狂欢化诗学研究》，北京：北京师范大学出版社，2000年，第75页。

③ J. L. 奥斯汀（John Langshaw Austin）提出了"述行语"的概念，意为不是描述而是实行它所指的行为，即说话就是做事。详见 J. L. Austin, *How to Do Things with Words: The William James Lectures Delivered at Harvard University in 1955*, Oxford and New York: Oxford University Press, 1962, pp. 1-11.

木马队似乎把他们与世界隔绝了"(《心》：60)。无论是咖啡馆还是游乐场，它们都呈现出一派全民狂欢的景象。从狂欢化诗学的角度，二者建构的空间暂时脱离了小镇日常生活的常规，具有颠覆性和对抗性的因素。在一定程度上，咖啡馆与游乐场模糊了阶级差别，缓和了种族矛盾，成为小镇边缘人群的避难所。在这个层面上说，咖啡馆和游乐场是一个未被编码的"越界空间"(a space of transgression)[①]，具有开放性。

福柯把这种既具排外性又具开放性的另类空间称为"异托邦"。异托邦与乌托邦非真实的、想象的空间相对，它是"我们生活在其中的空间，让我们脱离自身的空间，我们的生活、我们的时间、我们的历史都在其中发生腐蚀的空间，这个抓挠、啃咬我们的空间本身也是一个异质空间"[②]。一言以蔽之，异托邦是一个既能入乎其内又能出乎其外的空间。在这个异托邦式的另类空间里，咖啡馆与游乐场是美国南方社会意识形态的符号象征，即亨利·列斐伏尔(Henri Lefebvre)所说的"表征空间"(representational spaces)，"表征空间包含复杂的符号象征，时而被编码，时而未被编码，它与私密的或地下的社会生活有关"[③]。

在这张无名南方小镇的地图上，咖啡馆和游乐场是独具特色的两个公共空间场所。在一系列的悖论中(排外/开放、编码/未编码、入乎其内/出乎其外、受难所/避难所)，咖啡馆与游乐场既嵌入南方小镇之中，隶属小镇的社会空间，却又具有另类空间的特征，呈现出空间意义上的张力。在这种张力的作用下，另类空间里的各种社会力量互不相容，互为冲突，从而影响了整个南方小镇的社会生活。

接下来，我们不妨从更加宏观的视角来考察这张南方小镇的地图。继上文分析了地图上的两个独特色块——咖啡馆和游乐场之后，笔者将视角转向整个南方小镇的地理景观，对小镇这一大型的社会空间进行更为细致的剖析。

---

① 林斌：《精神隔绝与文本越界：卡森·麦卡勒斯四十年代小说哥特主题之后女性主义研究》，天津：天津人民出版社，2006年，第97页。

② Michel Foucault, "Texts/Contexts of Other Spaces", trans. Jay Miskowiec, *Diacritics*, Vol.16, No. 1 (Spring, 1986), p. 23.

③ Henri Lefebvre, *The Production of Space*, trans. Donald Nicholson-Smith, MA: Blackwell Publishing, 1991, p.33.

第三节　无名南方小镇：社会空间的隐喻

在《心是孤独的猎手》中，小说的故事发生在美国的一个无名南方小镇上，小镇居民在此工作、生活、娱乐。毋庸置疑，这个小镇是一个社会关系复杂的空间场所。福柯说："写一部有关空间的历史——这也就是权力的历史。"[①]那么，谁占据这空间？谁主宰这空间？这个空间又如何成为权力运作的场所？这是本节试图回答的问题。

小说开篇描述了这个南方小镇的地理全貌。"小镇在南部的纵深处……小镇还是相当大的。在那条主街上，有好几个商业街区，由两三层楼的商店和办公楼组成。但镇上最大的建筑是工厂，雇佣了小镇大部分的人口。这些棉纺厂很大，生意兴隆；大部分工人都很穷。街上行人的脸上往往是饥饿孤独的绝望表情。"（《心》：6）在小说手稿中，麦卡勒斯对小镇的地理方位、规模和布局进行了更为详尽的表述："小镇位于佐治亚州的正西部，毗邻查塔胡奇河，正好跨越亚拉巴马州的边界线。小镇的人口约有40,000——镇上大约1/3的居民是黑人。这是一个典型的工厂社区，几乎所有的商业机构都集中在棉纺厂和小型零售店的周围。"[②]棉纺厂既是小镇的经济支柱，也是小镇地理景观的中心地带，镇上的大部分居民都是棉纺厂工人，因而城镇空间的布局和各种社会关系都与棉纺厂密切相关。借用列斐伏尔的观点，这个以棉纺厂为中心的城镇景观是对现实世界的"空间实践"（spatial practice），它"包括生产与再生产、特殊的场所和每个社会结构的空间布景特征。空间实践保证了连续性和一定程度的凝聚性"[③]。镇上居民在这个特定的空间里从事各种涉及生产和再生产的空间实践活动：小镇的营生是"四个大棉纺厂——主要就是它们了。一个针织厂。一些轧棉厂和锯木厂"（《心》：57—58），至于工资"平均每周十到十一块钱吧——当然还会

---

① ［法］米歇尔·福柯：《权力的眼睛——福柯访谈录》，严锋译，上海：上海人民出版社，1997年，第152页。

② Carson McCullers, *Illumination and Night Glare*, Carlos L. Dews (ed.), Madison: The University of Wisconsin Press, 1999, p. 182.

③ Henri Lefebvre, *The Production of Space*, trans. Donald Nicholson-Smith, MA: Blackwell Publishing, 1991, p.33.

经常被解雇"（《心》: 58）。

　　然而，"场域是行动者争夺有价值的支配性资源的空间场所，这是场域最本质的特征"[①]。在小镇的地理景观中，社会资源的分配是不公正的。小说中的黑人医生考普兰德是一个马克思主义者，他提出了自己的疑问："土地、泥土、树木——这些东西都叫做天然资源。人类并不制造这些天然资源——人类只是开发它们，用于劳动中。因此任何人或集团有权占有它们吗？一个人怎么能占有庄稼需要的土地、空间、阳光和雨水？"（《心》: 181）的确，作为天然资源的空间不应该隶属任何集团或个人，但现实情况却远非如此。小说中存在一个自相矛盾的事实：棉纺厂生意红火，但工厂的工人却一贫如洗，只有孤独、饥饿和绝望与之相伴。到底谁主宰这一空间？答案一目了然。工运分子杰克一针见血地道明了真相："拥有工厂的这些杂种是百万富翁。落纱工、梳棉工和所有那些在机器后忙着纺啊织啊的人们却填不饱肚子。"（《心》: 63）在一定程度上，杰克的这番话回应了考普兰德的疑问。在这一问一答之间，小镇空间背后的权力运作机制昭然若揭：正是在空间实践的作用下，南方小镇的社会格局逐渐发生了变化，掌握经济命脉和政治权力的支配者（百万富翁）处于社会空间的顶层，而没有任何社会资源的受支配者（棉纺厂工人）却处于社会空间的底层。最后，考普兰德不得不感叹："这间屋子里的我们没有私有财产……我们所拥有的只有我们的身体。我们活着的一天，就要出卖身体。"（《心》: 181）由此可见，无名南方小镇是一个被生产出来的社会空间，它是一种社会关系，一种人为的景观建构。在空间实践中，这个小镇不仅是权力争夺和资源相争的场所，也是贫富差距不断加剧以及阶级对立一再激化的社会空间。从这个层面上说，"被建构的景观蕴含并具象在众多社会关系中，这些社会关系造就并利用了景观"[②]。

　　社会资源分配的不公导致了社会空间里的种族隔离、等级制度等问题，由此引发的矛盾冲突也在小镇的空间规划中彰显。通过空间秩序的想象、规划和设计，小镇被编码（encoded）、被构想（conceived）、被建构（constructed）。

---

① 汪民安：《文化研究关键词》，南京：江苏人民出版社，2007年，第22页。

② Don Mitchell, "Landscape", David Atkinson, Peter Jackson, et al. (eds.), *Cultural Geography: A Critical Dictionary of Key Concepts*, London and New York: I. B. Tauris & Co Ltd., 2005, p. 50.

在完成了现实世界里的空间实践之后，无名南方小镇成了一个"空间表征"
（representation of space）。空间表征"与生产关系和那些关系置于其中的'秩
序'紧密相关，因而与知识、符号、编码和'前面'的关系密切关联"①。在以
棉纺业为中心的生产关系和社会关系中，小镇的社会空间成为一种"生存体验"
（lived experience），镇上所有的居民都参与其中。"这个表征包含一个空间的概
念，'相关团体'、个人或群体居住并生存在这个空间里。"②依据不同的团体、个
人和群体，小镇的社会空间被划分成不同的区间。在小说中，南方小镇的"空
间表征"通过哑巴辛格的视角来展开：

> 辛格走过黑人聚集的街区，它们分散在小镇四处，散发出难闻的
> 气味。这里有更多的乐子和暴力。巷子里往往飘荡着杜松子酒强烈的
> 香气。温暖、催人欲睡的炉火染红了窗子。几乎每天晚上教堂都有堂
> 会。褐色的草坪上点缀着舒适的小屋——辛格也走过这里。这里的孩
> 子更健康，对生人更友好。他走过富人区，雄伟老式的房屋，有白色
> 的圆柱和锻铁编的繁复的篱笆。他走过高大的砖房，汽车停在车道上，
> 喇叭撳得很响，烟囱里慷慨地冒出一缕缕浓烟。他走向从小镇通向杂
> 货铺的马路尽头，农民们星期六晚上聚在杂货铺，围坐在火炉边。他
> 经常漫步在四个主要商业区，那里灯火通明，然后穿过商业区后面荒
> 芜黑暗的巷子。小镇的每一个角落，辛格都清清楚楚。他看过几千扇
> 被灯火照亮的窗户。（《心》: 190）

哑巴辛格一路漫游，逛遍了镇上的每个角落，他以心灵之眼作画，为我
们勾勒了一个被编码、被规划之后的小镇景观里的"地图空间"（the mapped
space）。在这张地图上，我们可以清晰地分辨出小镇各个区间的组成、方位和格
局：黑人区、教堂、富人区、工厂、商业区。这些区间严格按照等级制度和社

---

① Henri Lefebvre, *The Production of Space*, trans. Donald Nicholson-Smith, MA: Blackwell Publishing, 1991, p.33.

② Henri Lefebvre, *The Production of Space*, trans. Donald Nicholson-Smith, MA: Blackwell Publishing, 1991, p.190.

会功能来划分，彼此泾渭分明。"地图是特殊的意识形态纲领的产物"①，南方小镇原本完整、统一的自然空间（the natural space）被人为地进行了分割，最后形成了一个井然有序的社会空间"大拼图"——空间表征，而"这种分割是特定的历史和地理的编排，彰显了一种文化地理学，其中不同空间内的活动被赋予了不同的地位和经济价值"②。

　　漫游成为哑巴辛格在南方小镇的日常活动。正如列斐伏尔所言，"实际上，日常生活与城市，是不可分割地联系在一起的"③。哑巴辛格的漫游看似漫不经心，实则耐人寻味，它与南方小镇密切相关。"漫游往往涉及场所的缺失（不在某处）"④，它关乎空间、场所与身份。哑巴辛格之所以整日无所事事地四处晃荡，正是因为他在南方小镇的社会空间里丧失了生存感、归属感和家园感（a sense of home），结果不可避免地遭遇到了身份认同的危机。⑤

　　那么，南方小镇的"空间表征"为何要通过哑巴辛格，而非他人来呈现？依笔者之见，这正是麦卡勒斯的匠心之所在。小说《心是孤独的猎手》原名为《哑巴》，作者本人将作品里的人物关系概括为"车辐—车轴"（the spokes of a wheel）的图示，而"辛格是这个图示的核心"⑥。因此，哑巴辛格的境遇极具代表性，他是整个小镇居民生存状态的缩影。在权力操纵下的小镇空间里，其他的四个主要人物——咖啡馆老板比夫·布瑞农、少女米克·凯利、白人工运分子杰克·布朗特、黑人医生马迪·考普兰德——都无一例外地陷入了各自的困境中：性无能者比夫与妻子闹翻，正在经历一场家庭危机；处在青春期的假小子米克对成长抱有巨大的恐惧；杰克胸怀大志却怀才不遇，终日借酒消愁；善良的黑人医生考普兰德因自己的肤色问题而四处碰壁。可以说，从典型的核心

---

① ［英］丹尼·卡瓦拉罗：《文化理论关键词》，张卫东、张生、赵顺宏译，南京：江苏人民出版社，2006年，第162页。

② Mike Crang, *Cultural Geography*, London and New York: Routledge, 1998, p. 28.

③ ［法］亨利·列斐伏尔：《空间与政治》，李春译，上海：上海人民出版社，2015年，第1页。

④ Steve Pile, *The Body and the City: Psychoanalysis, Space and Subjectivity*, London and New York: Routledge, 1996, p. 226.

⑤ 在本书第四章，笔者将对哑巴辛格这一人物进行更为详细的剖析，详见第四章第三节"犹太哑巴辛格：城镇里的'漫游者'"。

⑥ Carson McCullers, *Illumination and Night Glare*, Carlos L. Dews (ed.), Madison: the University of Wisconsin Press, 1999, p. 179.

人物到普通的小镇居民，由空间政治引发的生存危机逐渐在整个小镇扩散开来。如此说来，以哑巴辛格之眼来审视南方小镇的"空间表征"可谓点睛之笔。

由此可见，无名南方小镇除了具有地理学上的意义之外，它还被赋予了文化、阶级、种族、权力等内涵。小镇在被人为地建构、编码和构想的过程中，各种社会力量和矛盾隐匿其中，它们互不相容，互相冲突。于是，这个无名小镇被打上了南方社会意识形态的烙印，它是"社会空间"的隐喻。

《心是孤独的猎手》是一部典型的美国南方小说。正如德尔玛·尤金·普雷斯利（Delma Eugene Presley）所言："在她（麦卡勒斯）所有的作品中，《心是孤独的猎手》最为巧妙地体现了她如何运用自己生活在南方的感受。"① 在这部小说的创作中，麦卡勒斯首先借助"镜子"这一微型空间意象，通过真实与想象的互动与转换，刻画了"既不在此亦不在彼"的私密"阈限空间"。由此，她将时间空间化，以空间叙事的形式打破了"时间性的万能叙事"的窠臼，进而展示了以咖啡馆老板比夫为代表的美国南方社会边缘人群的普遍生存状态。当"纯粹时间"被空间化之后，麦卡勒斯以空间叙事为主线，建构了两类规模不同、内涵相悖，却又互依互存的公共空间：咖啡馆与游乐场是既激化矛盾又缓和矛盾、既观照现实又颠覆现实的"另类空间"；无名南方小镇则是等级制度森严、贫富分化严重的"社会空间"。这两类空间既相互补充又相互抵牾，既相互融合又相互对抗，形成了一种张力结构，从而构成了动态的"套嵌式"（embedded）的空间建构模式。在错综复杂的社会关系中，这些多元空间渗入小说文本的肌理之内，建构了一个光怪陆离的权力场域。

"作为一种文学形式，小说具有固有的地理学属性。地点和背景、活动场所和边界、视角和眼界组成了小说的世界。各种各样的场所和空间被小说的人物、叙述者和阅读小说的读者占据或想象。从场所的感官意识到区域和民族系统化的认识，任何一部小说都可以表现地理知识与经验的领域，其形式不尽相同，它们时而相左。"② 因此，在《心是孤独的猎手》中，美国南方的地域特征不仅反映了物质的地理地貌，而且还展现了南方社会的矛盾与文化冲突。在此，需要

---

① Delma Eugene Presley, "Carson McCullers and the South", Beverly Lyon Clark and Melvin J. Friedman (eds.), *Critical Essays on Carson McCuller*, New York: G. K. Hall, 1996, p. 106.

② Stephen Daniels and Simon Rycroft, "Mapping the Modern City: Alan Sillitoe's Nottingham Novels", *Transactions of the Institute of British Geographers*, New Series, Vol. 18, No. 4 (1993), p. 460.

强调的是，"南方"（the South）不仅仅是一个地域空间的名词，亦是一个富含文化深意的综合概念。尽管它与空间、地域有关，但又不受制于地方主义和地志学意义的束缚，所以"'南方'是一个综合概念，既包括地理和政治因素，更强调历史的、文化的和经济的渊源"①。

作为一名在逃离与回归之间不断辗转往复的南方"旅居者"，麦卡勒斯对南方持有自己独到的见解。她认为："在社会学意义上，美国南方与旧俄国有很多共同之处……在南方和旧俄国，处处都体现了人生的卑微（the cheapness of human life）。"② 行文至此，我们可以得出这样的结论：长篇小说处女作《心是孤独的猎手》所展示的南方景观映射了美国南方社会的权力机制、文化身份以及各种社会关系，景观中的阈限空间、另类空间以及社会空间淋漓尽致地诠释了作者所言的"人生的卑微"——以"镜子"为典型意象的私密阈限空间揭示了美国南方社会边缘人群"既不在此亦不在彼"的生存困境以及个体身份认同的焦虑；作为"另类空间"的咖啡馆与游乐场既拒斥现实世界又融合现实世界；而在无名南方小镇所建构的"社会空间"里，等级制度森严，贫富分化严重，各种社会矛盾一触即发。一言以蔽之，20世纪40年代的美国南方社会岌岌可危，它既无法提供良好的私密空间，也无法保障和谐的公共空间。

难怪《心是孤独的猎手》刚一问世，美国非裔作家理查德·赖特（Richard Wright）就撰文指出，这部小说展现的是"内部景观"（inner landscape）。他认为："以萧条作为昏暗的背景幕布（backdrop），这部长篇小说处女作描绘了梅森—狄克逊线（Mason–Dixon line）③以南的美国意识的荒凉景观。"④ 在此，理查德·赖特巧妙地将这部作品比作一幅风景画（a landscape painting），画作以"萧条、昏暗、荒凉"为主色调，它所勾勒的正是别样的南方景观。

---

① 虞建华等：《美国文学的第二次繁荣：20世纪二三十年代的美国文化思潮和文学表达》，上海：上海外语教育出版社，2004年，第461页。

② Carson McCullers, "The Russian Realists and Southern Literature", Margarita G. Smith (ed.), *The Mortgaged Heart*, Boston and New York: Houghton Mifflin Company, 2005, p. 254.

③ 在地理学上，美国南方通常指"北起梅森—狄克逊线，南至墨西哥湾，西起得克萨斯州，东至大西洋"的区域。参见 Charles W. Moore, "Southernness", *Perspecta*, Vol. 15, (1975), p. 8.

④ Richard Wright, "*The Heart Is a Lonely Hunter*: Inner Landscape", Beverly Lyon Clark and Melvin J. Friedman (eds.), *Critical Essays on Carson McCullers*, New York: G. K. Hall&Co., 1996, p. 17.

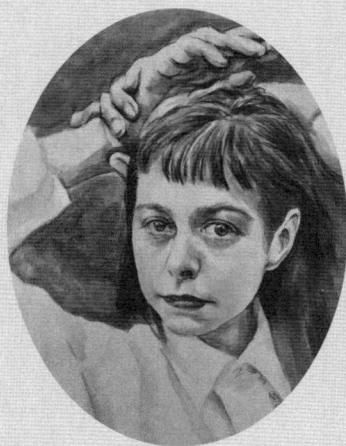

第三章

性别论："南方神话"的幻灭

此处，我们再次陷入两难的境地。因为性别虽有不同，男女两性却是混杂的，每个人身上，都发生从一性向另一性摇摆的情况……①

——弗吉尼亚·吴尔夫

她们（女性）在所给予她们的客体即他者角色和坚持自由之间犹豫不决。②

——西蒙娜·德·波伏娃

正如第二章所述，"南方"首先是地理空间的概念，继而是地域文化、历史、经济的概念。在《书写南方历史》（"Writing Southern Cultures"，2004）一文中，理查德·格雷（Richard Gray）这样来定义"南方"："南方被当作是一块文化巨石（a cultural monolith），这块巨石岌岌可危，或许顷刻就会坍塌。"③格雷隐喻式的定义暗示了美国南方社会潜在的危机以及即将面临的巨变。

理查德·格雷的担忧并非空穴来风。在美国南北战争（the Civil War, 1861—1865）之后，旧南方危机四伏，而在重建时期（Reconstruction），新南方又面临着全新的挑战。在新旧更替之间，整个南方的社会意识形态也在悄然改变。综观美国历史，南方独有的地域文化在于"南方最终以奴隶制和种植园经济体制区别于美国其他地区"④。奴隶制和种植园经济孕育了这片由白人主宰的南方乐土，并缔造了带有浓厚怀旧气息的"南方神话"："在茂盛的木兰树下屹立着崇尚礼仪、荣誉、勇敢的南方绅士和美丽、优雅、贤惠、坚贞的南方淑女，侍奉其左右的是恭顺、忠诚的黑人仆人，背景里是广袤的棉花种植

---

① ［英］弗吉尼亚·吴尔夫：《奥兰多》，林燕译，北京：人民文学出版社，2003年，第108页。

② ［法］西蒙娜·德·波伏娃：《第二性》，陶铁柱译，北京：中国书籍出版社，2004年，第46页。

③ Richard Gray, "Writing Southern Cultures", Richard Gray and Owen Robinson (eds.), *A Companion to the Literature and Culture of the American South*, Malden: Blackwell Publishing, 2004, p. 18.

④ 陈永国：《美国南方文化》，长春：吉林大学出版社，1996年，第9页。

园。"①"南方神话"根植于旧南方上流社会的意识形态，并"由此逐渐演化成了以家庭为核心的南方主流文化的框架，也衍生了旧南方根深蒂固的传统观念，家庭和亲戚意识是定位个人身份、建立秩序的强大力量和可靠保证"②。毋庸置疑，在神话光环笼罩下的南方主流文化中，传统家庭观的核心人物是白皮肤的男女主人，而南方绅士和南方淑女则是他们各自在性别上的刻板印象（stereotype）。

理查德·H. 金（Richard H. King）把这样的传统南方家庭观称为"南方家庭罗曼司"（the Southern family romance）。在剖析了其渊源、语境、结构和功能之后，他给出如下定义："南方家庭罗曼司"指的是"个人和地域身份、自我价值以及地位由家庭关系来决定。真实的家庭即命运；南方地域被当作是一个隐喻意义上的大家庭，（冒充的）血缘关系将它按照等级来组织，并有机地把它联合起来"③。"南方家庭罗曼司"是"南方神话"的衍生物，"它与美国南北战争之前通俗小说里的'种植园传奇'（plantation legend）④以及重建时期之后通俗小说中的类似说法有关"⑤。因此，它在美国南方文化的地位举足轻重，"'南方家庭罗曼司'是南方之梦……可以说，人们必须在南方文学和南方生活的'字里行间'中寻找它，因为它是集体想象（the collective fantasy），这构成了南方文化的'情感结构'（structure of feeling）"⑥。

显而易见，若要在美国南方文学中追寻真正的南方，则不可不谈"南方家庭罗曼司"。如果说奴隶制是美国南方种族问题的历史渊源，那么以种植园经

---

① 李杨：《美国"南方文艺复兴"——一个文学运动的阶级视角》，北京：商务印书馆，2011年，第81页。

② 李杨：《美国南方文学后现代时期的嬗变》，济南：山东大学出版社，2006年，第81页。

③ Richard H. King, *A Southern Renaissance: The Cultural Awakening of the American South, 1930-1955*, Oxford and New York: Oxford University Press, 1980, p. 27.

④ 笔者认为，此处的"种植园传奇"是"南方神话"的同义词。依据美国南方文学研究者李杨的观点，追本溯源，"所谓的'南方神话'实际上也就是'种植园神话'，或者更准确地说，是南方种植园主的神话"。详见李杨：《美国"南方文艺复兴"——一个文学运动的阶级视角》，北京：商务印书馆，2011年，第81页。

⑤ Richard H. King, *A Southern Renaissance: the Cultural Awakening of the American South, 1930-1955*, Oxford and New York: Oxford University press, 1980, p. 27.

⑥ Richard H. King, *A Southern Renaissance: The Cultural Awakening of the American South, 1930-1955*, Oxford and New York: Oxford University press, 1980, pp. 26-27.

济和旧南方上流社会的意识形态为根基的"南方神话"则催生了"南方家庭罗曼司"，而与之相关的主题在美国南方文学中屡见不鲜。譬如，威廉·福克纳的"约克纳帕塔法世系"（Yoknapatawpha）小说堪称"南方家庭罗曼司"的典范，大家族的兴衰史便是一部生动的南方史话。而作为"南方文艺复兴"的第二代作家，身为南方"旅居者"的卡森·麦卡勒斯又是如何展现她笔下的"南方家庭罗曼司"的呢？在她的小说中，"南方神话"光环下的两性人物——"南方绅士"和"南方淑女"——到底发生怎样的变化？以及产生这些变化的真正动因又是什么？

带着这样的疑问，本章试图从性别研究（gender studies）的视角，来解读麦卡勒斯小说中典型的两性人物。他们不仅与"南方绅士""南方淑女"的刻板印象背道而驰，而且还带有一种畸形的病态（freakish morbidity）。在他们怪诞的身体（grotesque body）与模糊难辨的性别身份（gender identity）中，麦卡勒斯为我们呈现了一个在神话幻灭之后支离破碎的南方世界。

第一节　潘德腾上尉："双性同体"的含混

继长篇小说处女作《心是孤独的猎手》一举成名之后，麦卡勒斯仅用了两个月时间完成了她的第二部小说《金色眼睛的映像》。这部小说以军营为背景，围绕"两名军官，一位士兵，两个女人，一个菲律宾人和一匹马"[1]之间的情感纷争，讲述了一起发生在军事基地的谋杀案。由于作品涉及敏感的"同性恋"主题，小说一经发表便在文坛引起了不小的轰动，时至今日，它仍颇受争议。1966年，即麦卡勒斯去世的前一年，小说《金色眼睛的映像》被改编成了电影，主演是好莱坞的当红影星马龙·白兰度（Marlon Brando）和伊丽莎白·泰勒（Elizabeth Taylor）[2]。影片强大的演员阵容和精良的制作班底再度引发了评论

---

① ［美］卡森·麦卡勒斯：《金色眼睛的映像》，陈黎译，上海：上海三联书店，2007年，第2页。（后文出自同一著作的引文，将随文在括号内标注出该著名称首字和引文出处页码，不另作注。）

② 参见 Virginia Spencer Carr, *The Lonely Hunter: A Biography of Carson McCullers*, Athens and London: The University of Georgia Press, 2003, p. 527.

界对这部小说的热议。

早期的大多数评论家认为，麦卡勒斯的这部作品远远逊色于她的长篇小说处女作。评论的中心大都聚焦在小说中以"怪诞"为特征的哥特流派风格，并把它归类于"南方哥特小说"。随着酷儿理论（queer theory）的发展，越来越多的评论家们开始关注这部小说中的同性恋主题，在被主流文化边缘化的酷儿文化背景下，评论的焦点仍然是作品的怪诞风格。较之于早期的评论，同性恋主题的阐释从另一个全新的视角挖掘了怪诞的深层含义，从事麦卡勒斯研究的国内学者林斌指出："在一个视同性恋为残疾的文化语境中，怪诞恰当地反映了边缘人隔绝的生存状态。"① 不可否认，酷儿理论拓展了麦卡勒斯小说研究的视野，但在探讨潘德腾上尉（Captain Penderton）同性恋情结的基础上，此类评论仍以怪诞为基调，并未彻底跳出"哥特"标签的窠臼。

麦卡勒斯自称《金色眼睛的映像》是"她的'童话故事'"②，她认为"南方哥特小说""这个标签不恰当"③。的确，近几十年来，以怪诞、哥特为关键词的文学评论不仅让小说的主题显得单一化，而且还极大地限制了作品阐释的空间，正如弗吉尼亚·斯潘塞·卡尔所言："有必要重新界定麦卡勒斯的作品了。尽管麦卡勒斯的很多小说充满了哥特和怪诞的成分，但评论家们已经把此类研究重复到了无以复加的程度。"④ 萨拉·格里森-怀特也认为："对怪诞风格不厌其烦的解读让麦卡勒斯的作品颇受困扰；而其颠覆的本质（the subversive nature）必然被忽视了。"⑤那么，麦卡勒斯作品中"颠覆的本质"到底是什么呢？格里森-怀特对此却语焉不详。

在笔者看来，文学评论不应该脱离作品特定的语境，有关《金色眼睛的映

---

① 林斌：《卡森·麦卡勒斯20世纪四十年代小说研究述评》，《外国文学研究》2005年第2期，第163页。

② Virginia Spencer Carr, *The Lonely Hunter: A Biography of Carson McCullers*, Athens and London: The University of Georgia Press, 2003, p. 91.

③ Carson McCullers, "The Russian Realists and Southern Literature", Margarita G. Smith (ed.), *The Mortgaged Heart*, Boston and New York: Houghton Mifflin Company, 2005, p. 252.

④ Virginia Spencer Carr, "Carson McCullers", Joseph M. Flora and Robert Bain (eds.), *Fifty Southern Writers after 1900: A Bio-Bibliographical Sourcebook*, Westport: Greenwood Press, 1987, p. 310.

⑤ Sarah Gleeson-White, *Strange Bodies: Gender and Identity in the Novels of Carson McCullers*, Alabama: The University of Alabama Press, 2003, p. 1.

像》哥特流派的长篇累牍正是忽视了其历史和社会背景。这部小说的创作始于1939年，它是20世纪30—40年代美国南方社会的真实写照，城市化、工业化的进程带来了剧烈的社会变迁和文化震荡，南方社会的传统逐渐被现代文明瓦解，田园牧歌式的旧南方一去不复返。作为美国"南方文艺复兴"的第二代作家，麦卡勒斯敏锐地感受到了南方社会正在发生的变化，在这部原名为《军营》（*Army Post*）的小说中，"军营浓缩了麦卡勒斯对当时无从逃脱的生活困境的全部感受"①。置于作品特定的社会和历史背景中，格里森–怀特未能言说的"颠覆的本质"在这部小说中得以充分地体现。在《金色眼睛的映像》中，麦卡勒斯塑造了一系列与众不同的两性人物，他们彻底颠覆了"南方家庭罗曼司"中有关"南方绅士""南方淑女"的刻板印象，而颠覆背后是麦卡勒斯对传统的旧南方文学的挑战，以及她对伊甸园式的"南方神话"的质疑。

首先，小说中的家庭观念被瓦解。"南方家庭罗曼司"是传统的核心家庭模式："其主宰是有绅士风度、高尚可敬、勇敢的父亲，母亲则是圣洁、坚忍、没有欲望的完美女性形象。每个成员都清楚自己在家庭里的位置。"②这样的传统观念深入美国南方文化的根基，"人们乐于谈论邻里和家族；三百年来，这个庞大的亲缘关系网在荒野的红土地上自己编织着（白色大网！）③，细细思量这些，回忆绵长，愉悦持久"④。与之相比，对于小说的男主人公潘德腾上尉而言，他的成长环境显然是不正常的，他自小由五个老处女姨妈抚养成人，"上尉从来都不知道真正的爱是什么。他的姨妈们在他身上倾注了极度夸张的感情，却不明白他也用同样虚假的热情来回报她们"（《金》：81）。这样的家庭既没有绅士气度的父亲，也没有温柔贤淑的母亲，五个老处女姨妈性格古怪，"她们把这个小男孩当成某种撑起她们本人沉重十字架的支轴"（《金》：81）。潘德腾上尉从小生活在一个男性缺位、病态的家庭环境中，因而他的性格也带有女性化的倾向，以致后来他对莫里斯·兰顿少校（Major Morris Langdon）和二等兵威廉姆斯（Private

---

① 林斌：《权力关系的性别隐喻——麦卡勒斯〈金色眼睛的映像〉中哥特意象的后现代解读》，《国外文学》2008年第4期，第98页。

② 李杨：《美国南方文学后现代时期的嬗变》，济南：山东大学出版社，2006年，第81页。

③ 笔者认为，此处的"白色大网"指的是美国南方庞大的白人家族体系。

④ Gore Vidal, "Carson McCullers's *Clock Without Hands*", Harold Bloom (ed.), *Carson McCullers* (Old Edition), New York: Chelsea House Publishers, 1986, p. 18.

Williams）产生了同性恋情结。此外，对于维系"南方家庭罗曼司"的血缘关系和家族意识，潘德腾上尉也不屑一顾，作为法国后裔的南方家族，"在上尉的背后是这样一段历史，它充满了野蛮的光辉、破产后的贫困以及家族的骄傲。然而他们家族现今的这一代人无所作为；上尉唯一的表兄弟在纳什维尔城当警察。上尉是一个超级势利之人，对他不以为然"（《金》：81—82）。在小说中，南方庞大的家族结构已经变得残缺不全，传统的家庭意象被扭曲，这不仅打破了核心家庭的传统结构，而且还颠覆了根植于神话之中的"南方家庭罗曼司"。

其次，婚姻关系破裂。在《性经验史》一书中，福柯认为婚姻具有独占性特征，所以"婚姻是人进行性交和享用性快感的惟一合法的范围"①。但在小说《金色眼睛的映像》中，婚外恋让两个家庭的婚姻关系名存实亡，并导致了家庭的解体。潘德腾上尉的妻子利奥诺拉（Leonora）与兰顿少校有染，而潘德腾竟然对兰顿产生了同性恋情。兰顿的不忠行为对妻子艾莉森（Alison）造成了很大的伤害，离婚的念头在她脑子里挥之不去，"她要和莫里斯离婚，这是肯定的"（《金》：49）。失败的婚姻让艾莉森身心疲惫，最后她被兰顿少校送到了疯人院，第二天因突发心脏病死去。而在畸形的婚姻关系中，潘德腾上尉与妻子利奥诺拉之间的战争在小说第一章就开始了。潘德腾上尉看到利奥诺拉进屋后"热力四射地跳起了摇跃舞"（《金》：14），他大为光火，骂她"真像个妓女"（《金》：14）。于是，利奥诺拉故意脱光了衣服，以示不满，两人之间的矛盾迅速升级，她的放肆行为让潘德腾上尉气得扬言"我要杀了你！"（《金》：16）事实上，正是两人争吵的这个场景引发了后面的悲剧，二等兵威廉姆斯恰在此时无意间看到了利奥诺拉的裸体，并对之产生了难以自拔的迷恋。每天晚上，他都悄悄地溜进利奥诺拉的房间，偷窥她的身体。最终，对威廉姆斯痴迷不已的潘德腾上尉发现了真相，一怒之下，他枪杀了威廉姆斯。由此可见，畸形、扭曲的婚姻关系是整个故事悲剧的导火线。在《金色眼睛的映像》中，婚姻关系的破裂彻底打破了"南方家庭罗曼司"的构想，而家庭的解体从一定程度上映射出南方乃至整个美国社会的家庭状况："南方神话"中温馨的家庭生活已经不复存在，"南方家庭罗曼司"在现代文明的冲击下分崩离析。

---

① ［法］米歇尔·福柯：《性经验史》，佘碧平译，上海：上海人民出版社，2005年，第421页。

在"南方神话"的宏大叙事中，"旧南方上流社会的绅士、淑女是南方社会的中坚，是南方历史的主角，是旧南方传统价值的化身与示范者，是神话，代表了旧南方的品位与气质"①。"南方家庭罗曼司"的破碎意味着其根基——"南方神话"——的幻灭，而神话光环笼罩下的南方绅士和南方淑女也随之荡然无存。在小说中，潘德腾上尉与风度翩翩、男子气十足的南方绅士形象相距甚远，残缺不全的家庭成长环境造就了他的矛盾性格，体现在性别特征上便是"一体双身性"（two bodies in one），而"'一体双身'让人想到双性同体（androgyny）的人物"②。

潘德腾上尉的性别身份模棱两可，兼有男性和女性的双重气质。一方面，身在军营，潘德腾上尉需要不断地突显自己的男性气质。按照父权制社会对男性的要求，他在事业上对自己有很高的期望，每天晚上他在书房里工作到凌晨，有时甚至彻夜难眠，只能靠长期服用安眠药才能入睡，"因为他一向是个极有野心的人，他经常提前很久就期盼着自己的升职，从中得到很大的愉悦"（《金》：128）。这种"愉悦"在很大程度上来自他在军队事业上的成就感和认同感，因为"这种提前的晋升是上尉才干的明证"（《金》：127）。另一方面，潘德腾上尉有一个生理缺陷——他是个性无能者，男性特质的缺失以及男性缺席的成长环境让他具有明显的女性气质，"他的个性在某些方面与众不同"（《金》：10）。因此，"在性方面，上尉保持了男性与女性特质的微妙平衡，他拥有两种性别的敏感，却缺少两种性别的活力"（《金》：11）。

性别特征上悖论式的矛盾形成了潘德腾上尉性别身份的张力，这让他处于人格分裂的状态。他有"厌女症"（misogyny），厌恶女性的身体，当看到妻子利奥诺拉裸露的身体时，他冷淡而严厉地对她说道："你让我恶心。"（《金》：15）而面对兰顿的太太艾莉森，"他讨厌她到极点，简直受不了多看她一眼"（《金》：33）。甚至当利奥诺拉将房间重新布置之后，"这间房子给人整体的印象是女性化和凌乱不堪的，上尉因此大为恼怒，他只要有可能就不进家门"（《金》：

① 李杨：《美国"南方文艺复兴"——一个文学运动的阶级视角》，北京：商务印书馆，2011年，第178页。

② Sarah Gleeson-White, *Strange Bodies: Gender and Identity in the Novels of Carson McCullers*, Alabama: The University of Alabama Press, 2003, p. 96.

140）。然而，在排斥女性特质的同时，潘德腾上尉却又不时地流露出女性化的倾向，比如"七岁时，他迷上了一名揍过他的校园恶霸，于是他从姨妈的梳妆台里偷走了一件老式的存发罐，作为爱的礼物送给那个人"（《金》：54）。在极其复杂、矛盾的情绪中，潘德腾上尉的性取向也变得摇摆不定，于是他逐渐对身边的男子产生了奇妙的同性之爱。

福柯通过谱系学考察了同性恋产生的过程，他指出："在确立同性恋的心理学的、精神病学的和医学的研究范围时……人们不是通过一种性关系，而是借助性感受的某种特性、颠倒男女性别的某种方式来规定同性恋的。"[1]福柯把同性恋中这种男女性别颠倒的关系称为"性倒错"（pervert）。当潘德腾上尉对同性产生爱慕之情，"性倒错"现象便随之发生：他不由自主地"颠倒男女的性别"，摒弃了他在生理上的男性身份，去拥抱自己的女性气质，并借助女性"性感受的某种特性"，纠结在同性恋情之中。他先是爱上了妻子的情人兰顿少校，"过去的一年中他渐渐对少校动了感情，这种感情最接近于他所了解的爱情。他最渴望的是自己在这个男人眼里独一无二"（《金》：33）。随后，他又对二等兵威廉姆斯产生了更加强烈的爱恋，"对士兵不断的念想让他心如猫抓"（《金》：109），尤其是"当上尉事先知道他肯定会遇到士兵时，他就会感到头晕目眩，心跳加速"（《金》：109）。在这些情感纠葛中，潘德腾上尉犹如一位单相思女子，渴望得到心上人的爱情，饱受情感的煎熬。因此，从这个意义上说，他的同性恋倾向正是其女性气质的表现。

通过上述分析，我们可以说，潘德腾上尉完全打破了"南方家庭罗曼司"中南方绅士的刻板印象。与坚毅勇敢、风度翩翩的南方绅士相比，他性格乖张，举止怪异，虽身处阳刚气十足的军营之中，他却带有阴柔的女子气，双性同体的含混最终造就了其性别特征的不确定性。那么，在这种不确定性的背后到底又隐藏了什么呢？

在《性政治》（*Sexual Politics*）中，凯特·米利特（Kate Millet）指出："性别具有很强的文化特征，也就是性类别的人格构造。"[2]换言之，性别研究不再囿于生理学的范畴，它还涉及政治、历史、文化等社会学领域。"后现代主义

---

[1] ［法］米歇尔·福柯：《性经验史》，佘碧平译，上海：上海人民出版社，2005年，第29页。

[2] ［美］凯特·米利特：《性政治》，宋文伟译，南京：江苏人民出版社，2000年，第37页。

之父"伊哈布·哈桑从文化研究的角度分析了"不确定性"的文化内涵，他指出"不确定性"是后现代文化的根本特征之一，它是对一切秩序的消弭和瓦解，因而总是处于一种动态的否定与怀疑之中①。英国小说家戴维·洛奇也认为，在文学作品中，人物性别的不确定性形成了一种不可名状的自我消解状态，因此"双性同体挑战了最根本的二元体系，这是悖论式的矛盾中最有力的标志之一，而后现代小说中的人物往往在性别上模棱两可，这就不足为奇了"②。作为"南方文艺复兴"的第二代作家，麦卡勒斯挑战了自福克纳以来的南方文学的传统，她是后现代主义思潮的先行者，而在《金色眼睛的映像》中，美国南方文学后现代时期的嬗变已初见端倪。在这部小说中，麦卡勒斯通过塑造怪诞的两性人物，打破了"南方家庭罗曼司"，解构了"南方神话"的宏大叙事，从而揭示神话幻灭之后一个荒诞、混乱的南方社会。正是在这个意义上，中国女作家洁尘发表了这样的观点："麦卡勒斯，她显然是后现代主义的，客观化的，零度叙述的。"③

这样看来，潘德腾上尉性别身份的不确定性具有更加深刻的社会内涵。他身上双性同体的属性折射出神话幻灭之后南方社会的时代特征，其模棱两可的性别身份实际上是对一切秩序——包括政治实体、认识实体乃至个人精神在内——的挑战和质疑，而他分裂的矛盾性格也恰好迎合了以南方军营为代表的现实社会中的荒诞不经。当"南方神话"的宏大叙事消融之后，一切永恒的真理和价值都被放逐在精神的荒漠中，而性别身份不明的潘德腾上尉只能终日"处在痛苦的焦灼之中"（《金》: 150）。

第二节　利奥诺拉与艾莉森："南方淑女"形象的颠覆

在"南方神话"中，"南方家庭罗曼司"是传统家庭观念的核心，其中的

---

① 详见 Ihab Hassan, *The Postmodern Turn: Essays in Postmodern Theory and Culture*, Ohio: The Ohio State University Press, 1987, pp. 47-83.

② David Lodge, *Working with Structuralism: Essays and Reviews on Nineteenth–and-Twentieth-Century Literature*, London: Routledge & Kegan Paul, 1981, p. 13.

③ 洁尘：《小道可观：洁尘的女人书Ⅱ》，北京：中国社会科学出版社，2008年，第40页。

南方淑女形象早已深入人心。在传统南方社会的两性关系中，男性掌握着绝对的话语权，而女性则往往是被边缘化、受支配的"他者"。在男权至上的二元性别观的语境中，南方女性通常被定型为优雅、顺从的淑女形象，她们是传统和美德的化身。美国历史学家伊丽莎白·福克斯－杰诺韦塞（Elizabeth Fox-Genovese）认为南方淑女的"性别规约"（gender conventions）具有文化的内涵，"它们（性别规约）渗透了南方文化的各个层面，并形成了一套符号体系，来描绘作为性别成员的男男女女们的生活模式"①。美国南方文学研究者马克·泽林斯基（Mark Zelinsky）和艾米·科莫（Amy Cuomo）用以下词语来形容文学作品中的南方淑女形象：她们大都"泰然自若""心灵手巧""彬彬有礼""心地善良""对自己的男人不离不弃""刀子嘴豆腐心"，"这些都是与南方女性有关的所有刻板印象"②。

　　在众多"南方文艺复兴"的文学作品中，这样的南方女性人物屡见不鲜。譬如，在福克纳的短篇小说《献给爱米丽的一朵玫瑰花》（A Rose for Emily，1930）中，女主人公爱米丽就是一位典型的南方淑女，"爱米丽小姐在世时，始终是一个传统的化身，是义务的象征，也是人们关注的对象"③。在以美国南北战争为背景的"种植园小说"（plantation fiction）《飘》（Gone with the Wind，1936）中，思嘉·奥哈拉（Scarlett O'Hara）也是这样的一位南方女性："思嘉·奥哈拉长得并不漂亮……她脸上混杂着两种特征，一种是她母亲的娇柔，一种是她父亲的粗犷……她那双淡绿色的眼睛纯净得不带一丝褐色，配上刚硬乌黑的睫毛和稍稍翘起的眼角，显得别具风韵。上头是两撇墨黑的浓眉斜竖在那里，给她木兰花一般白皙的皮肤划了一条十分惹眼的斜线。这样白皙的皮肤对南方妇女是极其珍贵的……"④如此例证在美国南方文学作品中举不胜举。

---

① Elizabeth Fox-Genovese, *Within the Plantation Household: Black and White Women of the Old South*, Chapel Hill and London: The University of North Carolina Press, 1988, p. 196.

② Mark Zelinsky and Amy Cuomo, "Southern Drama", Richard Gray and Owen Robinson (eds.), *A Companion to the Literature and Culture of the American South*, Malden: Blackwell Publishing, 2004, p. 294.

③ ［美］威廉·福克纳：《献给爱米丽的一朵玫瑰花》，杨岂深译，载陶洁编：《献给爱米丽的一朵玫瑰花——福克纳短篇小说集》，南京：译林出版社，2001年，第41页。

④ ［美］玛格丽特·米切尔：《飘》（上），戴侃、李野光、庄绎传译，北京：人民文学出版社，2004年，第3页。

　　与之相比，麦卡勒斯在《金色眼睛的映像》中塑造的两个女性人物——利奥诺拉和艾莉森——与南方淑女的风范却大相径庭。利奥诺拉虽然年轻貌美，但在她身上看不到丝毫南方淑女的传统美德，"利奥诺拉·潘德腾无所畏惧，不管男人、野兽还是魔鬼；她也从不认识上帝"（《金》：17）。她的婚姻早已名存实亡，由于丈夫潘德腾上尉的性无能，她曾有好几个情人，而婚外情显然与旧南方的社会传统观念相悖，因此"利奥诺拉·潘德腾经常被哨所的太太们津津乐道。她们说她过去和现在都是情场老手，经验丰富，战果辉煌"（《金》：17）。除此之外，她在天性上还有一点与众不同，"她身上有一种东西让朋友和亲人感到困惑。他们能感觉到她的天性中有什么地方不对劲，却搞不清是什么。事情的真相是这样：她有一点弱智"（《金》：18）。所以，利奥诺拉缺乏南方淑女惯有的精明能干，甚至连生活中最简单的琐事也应付不了，比如"就算严刑拷打她，她也算不出十二乘十三等于多少。有些信是必须要写的，诸如感谢叔叔的生日礼物的支票，或者定购马的缰绳，那可真要伤透她的脑筋"（《金》：18）。与"南方神话"中"南方家庭罗曼司"的淑女形象相比，利奥诺拉完全颠覆了南方女性的刻板印象，俨然成为南方淑女的反面人物：头脑简单、行为堕落、放荡不羁。

　　完美、顺从是南方淑女形象的根本特征，小说中的另一个女性人物艾莉森也与之背道而驰。丈夫兰顿少校与利奥诺拉的私情让艾莉森的身心备受折磨，在外表上她苍白、羸弱，绝非一个优雅、美丽的南方淑女："她个头娇小，肤色黝黑，体质虚弱，鼻子很大，嘴唇敏感。她病得很重，一眼就可以看出。她的病不只是身体上的，悲伤和焦虑把她折磨得不成人样，真正到了疯狂的边缘。"（《金》：19）而从个性上说，体弱多病的艾莉森也绝不是一个逆来顺受的淑女形象，为了宣泄心中的愤怒和不满，"她用园林剪刀剪掉了自己娇嫩的乳头"（《金》：32）。此时的艾莉森已经有了一些朦胧的性别意识，在男权至上的南方社会中，她认识到女性是"他者"。艾莉森试图以如此疯狂、极端的方式来摒弃自己的女性特质——剪掉乳头——来改变自身的命运，这种女性特质的缺失正是她对传统南方女性身份的颠覆。随着情节的发展，艾莉森的女性意识逐渐被唤醒，她开始奋力反抗，并对未来有自己的构想，"她要和莫里斯离婚，这是肯定的。可是她怎么做呢？最要紧的是她和安纳克莱托怎么生活？她一向瞧不起未生育的离异女子接受前夫的赡养费，她所剩下最后的一点点自尊就是：离婚后，她不会，也绝对不能再靠他的钱生活"（《金》：49）。小说接近尾声时，艾莉森终于付诸行动，她向丈夫兰顿正式提出了离婚，并打算带着小菲佣安纳克莱托（the little Filipino Anacleto）离家出走。她的行为让兰顿不知所措，他把艾莉森送到了疯人院，第二天她就因突发心脏病死去。尽管艾莉森对未来的构想最终没有实现，但她敢于向丈夫提出离婚，实际上就是挑战了"南方神话"中的性别不公，所谓优雅、顺从的南方淑女形象在这部小说中受到了质疑。

由此可见，在《金色眼睛的映像》中，以旧南方种植园经济为主要模式的"南方家庭罗曼司"早已四分五裂，"南方神话"的大厦轰然坍塌，而神话光环下的南方绅士和南方淑女也随之荡然无存。在"南方神话"幻灭之后，伊甸园式的田园生活一去不复返，异化、疏离的南方现代社会造就了畸形、病态的男男女女。小说中的潘德腾上尉、利奥诺拉与艾莉森便是其中典型的两性人物，他们颠覆了以"种植园小说/传奇"为主流的旧南方文学作品中有关绅士和淑女的刻板印象。麦卡勒斯认为："人对畸态的指责无可申辩。"① 那么，在这部小说中，她塑造了这些畸态、怪诞的男男女女，其意义又何在？

1941年，《金色眼睛的映像》出版，麦卡勒斯的好友、著名剧作家田纳西·威廉斯为小说作序。在题为"此书：《金色眼睛的映像》"（This Book: *Reflections in a Golden Eye*）的序言中，威廉斯这样发问：在美国南方，像麦卡勒斯这样的作家，"他们为何要写一些如此令人恐惧的事情？"② 经过一番探讨，威廉斯在文中给出了自己的答案：此类作家通常具有敏锐的直觉（intuition），因此麦卡勒斯可以从局外者的视角，洞悉到"现代体验中潜在的恐惧（dreadfulness）"③。这些作家往往借助"怪诞、暴力的象征"④，在作品中以高度

---

① Carson McCullers, "The Flowering Dream: Notes on Writing", Margarita G. Smith (ed.), *The Mortgaged Heart*, Boston and New York: Houghton Mifflin Company, 2005, p. 276.

② Tennessee Williams, "This Book: *Reflections in a Golden Eye*", Harold Bloom (ed.), *Carson McCullers* (Old Edition), New York: Chelsea House Publishers, 1986, p. 12.

③ Tennessee Williams, "This Book: *Reflections in a Golden Eye*", Harold Bloom (ed.), *Carson McCullers* (Old Edition), New York: Chelsea House Publishers, 1986, p. 12.

④ Tennessee Williams, "This Book: *Reflections in a Golden Eye*", Harold Bloom (ed.), *Carson McCullers* (Old Edition), New York: Chelsea House Publishers, 1986, p. 14.

浓缩的形式，向读者揭示"难以置信、惊讶骇人之物"①。依据威廉斯的观点，在小说《金色眼睛的映像》中，怪异的男女以及畸态的两性关系恰是"怪诞、暴力的象征"，这正如另一位同时代的美国南方女作家弗兰纳里·奥康纳所言："当你假设你的读者抱有与你相同的信仰时，你能稍微放轻松些，你会用较为平常的方式与之交谈；当你的假设并非如此时，那你就不得不用震惊（shock）使你看见的东西得以显见——对于耳朵不聪的人，你要大声疾呼，对于眼睛不明的人，你要画出巨大而惊人的人物。"②

林斌认为，小说《金色眼睛的映像》"构成了一面用以折射和反观价值扭曲的人类文明的'自然之镜'"③。显然，这并不是一面普通的"平面镜"，而是一面夸张的"哈哈镜"，而作者麦卡勒斯则是站在镜子之外的"局外人"。之所以这么说，是因为麦卡勒斯在写作中始终与南方保持着适度的距离，而距离可以在很大程度上过滤掉主观的情感因素，这让她可以从一名南方"旅居者"的超然视角来书写南方。如果把《金色眼睛的映像》比作一面镜子，那么镜子所折射出来的是神话幻灭之后一个混乱、荒谬、真实的南方世界，镜中各种怪诞、扭曲、变形的男男女女既是麦卡勒斯对传统南方两性人物的刻板印象的颠覆，也是她对南方现代文明的反思。

行文至此，在本节开篇，前文提及的有关格里森-怀特未能言说的"颠覆的本质"也就找到了答案。

第三节　爱密利亚小姐：南方小镇的"女强人"

《伤心咖啡馆之歌》是麦卡勒斯中篇小说的巅峰之作。小说讲述了一场畸形的三角恋情。故事发生在一个南方小镇上，爱密利亚·依文斯小姐（Miss Amelia

---

① Tennessee Williams, "This Book: *Reflections in a Golden Eye*", Harold Bloom (ed.), *Carson McCullers* (Old Edition), New York: Chelsea House Publishers, 1986, p. 14.

② Flannery O'Connor, "The Fiction Writer and His Country", Sally Fitzgerald (ed.), *Flannery O'Connor: Collected Works*, New York: The Library of America, 1988, pp. 805-806.

③ 林斌：《"自然之镜"中的文明映像——〈金色眼睛的映像〉的女性生态视角》，《外国文学研究》2013年第6期，第114页。

Evans）精明能干，她是镇上最富有的女人。镇上声名狼藉的美男子马文·马西（Marvin Macy）爱上了她，对她穷追不舍，终于与之成婚。但这段婚姻不过维持了短短的十天，马文备受冷落，并被爱密利亚小姐扫地出门。不久，镇上来了一名不速之客罗锅李蒙（Lymon），他自称是爱密利亚小姐的表哥，千里迢迢地投奔她。出人意料的是，一向冷漠、刻薄的爱密利亚小姐对李蒙表哥善待有加，为了讨他的欢心，她甚至把自己苦心经营多年的杂货铺改装成了咖啡馆，从此小镇居民有了聚众娱乐的地方。六年之后，恶棍马文出狱归来，李蒙表哥被马文深深吸引，两人形影不离。最后，马文与爱密利亚小姐相约在咖啡馆决斗，在一决胜负的紧要关头，李蒙表哥竟然偷袭了爱密利亚小姐，爱密利亚在决斗中惨败。在大获全胜之后，马文和李蒙捣毁了咖啡馆，一起离开了小镇。从此，爱密利亚小姐一蹶不振，孤苦度日，南方小镇又恢复了往日的沉闷。

　　《伤心咖啡馆之歌》一经发表就招致众多非议，特别是作品中有关犹太人的描写竟被不少读者误读，并就此认定作者带有"反犹太"（anti-Semitism）倾向①。这部小说极大的争议性引发了文学评论界对它的关注，作品的象征意义是主流文学评论的方向，大部分的评论文章多从哥特、怪诞的视角来解读畸人、畸恋，并将麦卡勒斯作品中常见的孤独与精神隔绝（spiritual isolation）的主题泛化成人类普遍的生存状态。以哈罗德·布鲁姆为代表的西方评论家认为，"对隔绝的恐惧显然是麦卡勒斯创作的想象力"②，而"爱密利亚·依文斯小姐和李蒙表哥之间的爱是怪诞的悲剧"③。在这样的学术语境中，西方学界对女主人公爱密利亚小姐的解读大都没有跳出哥特文学的视角和孤独主题研究的窠臼。克莱尔·沃特林（Clare Whatling）认为，这一观点在学界盛行的原因在于"爱密利

---

① 详见 Virginia Spencer Carr, *The Lonely Hunter: A Biography of Carson McCullers*, New York: Greenwood Press, pp.236-238. 在本书第四章，笔者将详细论述"反犹太倾向"的误读问题，详见第四章第三节"犹太哑巴辛格：城镇里的'漫游者'"。

② Harold Bloom, "Introduction", Harold Bloom (ed.), *Carson McCullers' The Ballad of the Sad Café*, Philadelphia: Chelsea House Publishers, 2005, p. 2.

③ Harold Bloom, "Introduction", Harold Bloom (ed.), *Carson McCullers' The Ballad of the Sad Café*, Philadelphia: Chelsea House Publishers, 2005, p. 3.

亚混淆了传统的生理性别与心理性别的范畴"①，因此"对大多数评论家而言，爱密利亚是怪诞的，因为她逾越了传统的界线，体现了生理性别与心理性别特征的奇异混合"②。

1979年，在译介的推动下，《伤心咖啡馆之歌》的中文版面世，这是中国读者第一次接触麦卡勒斯的作品。在初版的中译本中，译者李文俊先生认为："在这个中篇小说中，作者借用了十八世纪哥特式小说的外壳，小说中有怪人，有三角恋爱，有决斗，也有怪诞、恐怖的背景氛围……作者的结论是：人的心灵是不能沟通的，人类只能生活在精神孤立的境况中；感情的波澜起伏是一种痛苦的经验，只能给人带来不幸。"③ 1987年，赵毅衡先生撰文指出：在《伤心咖啡馆之歌》中，"麦克勒斯④把孤独主题与另一个主题相对照——爱之无能"⑤，并认为在象征手法中，这样的小说主题是"作者心目中整个人类的象征"⑥。

进入新世纪后，国内的麦卡勒斯研究仍旧沿袭了自20世纪70、80年代译介以来的批评传统，在权威的文学专业学术期刊中，以"怪诞""孤独"等为关键词的评论文章并不少见。譬如，蔡春露在她的论文中指出："麦卡勒斯的代表作《伤心咖啡馆之歌》（1943）可谓怪诞艺术的典范之作。小说表现了这样一个主题：人在现代社会中，永远被禁锢于孤独之中，就像被禁闭在密不透风的铁屋里，无论呐喊、敲打、冲击，或付出何种代价，都无法冲破这种孤独的樊笼。"⑦

---

① Clare Whatling, "Reading Miss Amelia: Critical Strategies in the Construction of Sex, Gender, Sexuality, the Gothic and the Grotesque", Harold Bloom (ed.), *Carson McCullers' The Ballad of the Sad Café*, Philadelphia: Chelsea House Publishers, 2005, p. 92.

② Clare Whatling, "Reading Miss Amelia: Critical Strategies in the Construction of Sex, Gender, Sexuality, the Gothic and the Grotesque", Harold Bloom (ed.), *Carson McCullers' The Ballad of the Sad Café*, Philadelphia: Chelsea House Publishers, 2005, p. 93.

③ ［美］卡森·麦卡勒斯：《伤心咖啡馆之歌》，李文俊译，载《当代美国短篇小说集》，上海：上海译文出版社，1979年，第193页。

④ 赵毅衡先生在论文中采用的是"卡尔森·麦克勒斯"的译名，今一般译为"卡森·麦卡勒斯"。

⑤ 赵毅衡：《孤独者的悲歌——评卡尔森·麦克勒斯》，载钱满素编：《美国当代小说家论》，北京：中国社会科学出版社，1987年，第217页。

⑥ 赵毅衡：《孤独者的悲歌——评卡尔森·麦克勒斯》，载钱满素编：《美国当代小说家论》，北京：中国社会科学出版社，1987年，第219页。

⑦ 蔡春露：《怪诞不怪，怪中寓真——评麦卡勒斯的小说〈伤心咖啡馆之歌〉》，《外国文学研究》2002年第3期，第84页。

而林斌在她的论文中，将女性主义与南方哥特文学的传统相结合，从爱密利亚小姐的性别角色入手，探讨了其悲剧的根源。林斌认为，尽管身体怪诞的爱密利亚小姐打破了"二元性别观"，但"在小镇的父权制等级观念中，种族和性别歧视是密不可分的，弱势群体和弱者个体一概被等同于女性特质"①，最终"在'两性领域'夹缝中生存的爱密利亚正是'二元性别观'的牺牲品"②。

不难看出，在国内外的麦卡勒斯研究中，《伤心咖啡馆之歌》被当作是一部典型的南方哥特小说。近年来，哥特文学与女性主义文学相结合的跨学科视角是当下较为时兴的研究方法。在这样的理论框架下，爱密利亚小姐也就自然而然地被解读成反抗南方父权社会的"女勇士"，她的悲剧被当作父权话语下的"牺牲品"。

在面对众人对这部小说的指责时，麦卡勒斯的自辩词是：《伤心咖啡馆之歌》是"她的童话故事（fairy tale）——通篇采用的手法都是讽刺和这部作品所独有的风格。整个故事置于一个漠视、狭隘、卑劣和粗鄙的背景（a background of neglect, narrowness, meanness, and barbarity）中，但故事里的悲伤和忧愁则归因于她意识到了每个人身上根深蒂固的残酷"③。在这段自辩词中，作者强调了小说的背景，"漠视、狭隘、卑劣和粗鄙"是她对自己所处时代的描述。自辩词不仅是麦卡勒斯对自己作品的袒护，也是她对读者、评论者善意的提醒：对任何文学作品的解读都不应脱离作品本身的历史背景和文化语境。诚然，在南方哥特文学与女性主义批评的研究视域中，爱密利亚小姐这个人物得到了前所未有的重视和充分的解读，她的命运的确也与南方父权社会的霸权话语不无关联。然而，若把父权制度视为她悲剧结局的唯一根源，如此论断则忽视了作者本人所强调的小说背景和作品的历史根基。

西蒙·布朗（Simone Brown）指出："当然，《伤心咖啡馆之歌》显示了一种破坏力（power of destruction）。"④ 但这种"破坏力"到底是什么，布朗却语焉不

---

① 林斌：《〈伤心咖啡馆之歌〉的"二元性别观"透视》，《外国文学评论》2003年第4期，第37页。

② 林斌：《〈伤心咖啡馆之歌〉的"二元性别观"透视》，《外国文学评论》2003年第4期，第40页。

③ Virginia Spencer Carr, *The Lonely Hunter: A Biography of Carson McCullers*, Athens and London: The University of Georgia Press, 2003, p. 237.

④ Virginia Spencer Carr, *The Lonely Hunter: A Biography of Carson McCullers*, Athens and London: The University of Georgia Press, 2003, p. 389.

详。在笔者看来，这部作品所蕴含的“破坏力”不仅与美国南方哥特文学的传统、女性主义对父权话语的批判相关，而且还具有深厚的历史渊源和文化根基。有鉴于此，本节将文本的解读置于其特定的社会和历史语境中，以“南方神话”为切入点，从爱密利亚小姐的男子气质着手，来追寻小说的“破坏力”之所在，并进一步探讨在这股破坏力的作用下美国南方现代社会的嬗变。

《伤心咖啡馆之歌》的故事发生在20世纪30—40年代的美国南方，此时的南方社会刚刚经历了一场大变故。关于这段历史，《美国通史》有详细的描述："[从20世纪]20年代起，南方文学界便很活跃，而且取得显著成就，但其思想倾向和艺术表现却很复杂。一般而言，南方文学的背景，是内战中南方失败、重建时期北方工业资本入侵引起的南部心理负担。"[1] 可以说，南北战争是美国南方历史的转折点。在这场战争之前，“旧南方的文化是一个充满了神话的文化，旧南方的上流社会依靠神话和传奇增强了其文化的凝聚力、向心力，强化了其在南方实施统治的正当性”[2]。然而，麦卡勒斯笔下的南方却完全是另一幅景象，“她笔下的景观刻画的不是凋败、原始的荒原，而是描绘了热气腾腾、苍蝇乱飞的咖啡馆，以及等待着失眠和种族暴力的南方小镇的街道”[3]，这是她本人所描述的那个“漠视、狭隘、卑劣和粗鄙”的时代。两相对照，新旧南方的不同跃然纸上。正是在这样的历史背景下，《伤心咖啡馆之歌》问世，而小说的中心人物爱密利亚小姐的个人命运与整个南方社会的变迁休戚相关。

与前一部作品《金色眼睛的映像》一样，“南方家庭罗曼司”在这部中篇小说中难寻踪迹，旧南方传统的家庭观业已坍塌。首先，对于大家族的亲缘体系，爱密利亚小姐表现得极其冷漠：

> 她可算是六亲不认。她倒是有过一个姑奶奶，在奇霍开了家马车行，可是这老太太已经死了。除此以外，只有一个姨表姐妹住在二十英里外的一个镇上，可是此人与爱密利亚小姐关系不好，偶尔面对面

---

[1]　刘绪贻、杨生茂：《美国通史》第5卷，北京：人民出版社，2002年，第524页。

[2]　李杨：《美国“南方文艺复兴”——一个文学运动的阶级视角》，北京：商务印书馆，2011年，第75—76页。

[3]　Jack B. Moore, "Carson McCullers: The Heart Is a Timeless Hunter", *Twentieth Century Literature*, Vol. 11, No. 2 (Jul., 1965), p. 76.

碰上，彼此都要往路边啐一口痰。不止一次，有人想方设法要和爱密利亚小姐攀上些曲里拐弯的亲戚关系，然而都是枉费心机。[1]

其次，爱密利亚小姐对小家庭的婚姻关系也同样漠视。尽管"追她的人本来也不见得会少，可是爱密利亚小姐根本不把异性的爱放在心上，她是个生性孤僻的人"（《咖》：3）。虽然后来她与马文成婚，但在新婚之夜，她竟然把新郎独自留在房中，自己在厨房和办公室过了一晚，"一个新郎无法把自己心爱的新娘带上床，这件事又让全镇都知道了，其处境之尴尬、苦恼可想而知"（《咖》：30）。为了讨好自己的心上人，马文把他的全部财产通过律师转让给了爱密利亚小姐，想借机改善两人的婚姻关系，不料却事与愿违。"爱密利亚小姐只要她男人来到她手够得到的地方，只要看到他喝醉，二话不说就揍。最后她终于把他撵出了家门，他只得在众人面前丢脸出丑了。"（《咖》：32）最终，这段婚姻只维持了短短的十天，爱密利亚小姐得到了马文的所有财产——"他的林地、他的金表、他所拥有的一切"（《咖》：32），马文变得一无所有，最后因杀人抢劫罪而入狱。此后，两人的关系迅速恶化，从夫妻变成了仇人。马文"发誓在这一生里一定要向她施加报复"（《咖》：32），而爱密利亚小姐对这位前夫也充满了仇恨，"她一提起他就咬牙切齿。她讲起他时从来不用他的名字，而总是嘲讽地说'跟我结婚的那个维修工'"（《咖》：32）。

不难看出，在《伤心咖啡馆之歌》中，无论是大家族的亲缘体系，还是小家庭的婚姻关系，旧南方神圣的家庭观念随着时代的变迁逐渐淡出了人们的视线。破碎、扭曲的家族体系和婚姻关系映射出南方乃至整个美国社会的家庭状况："南方神话"中温馨的家庭生活已经不复存在，"南方家庭罗曼司"在现代文明的冲击下分崩离析，冷漠、隔离的人际关系最终导致了情感的缺失和爱之未果。在小说中，故事的叙述者（narrator）讲述了一段"爱"的箴言：

世界上有爱者，也有被爱者，这是截然不同的两类人。往往，被

---

[1] ［美］卡森·麦卡勒斯：《伤心咖啡馆之歌——麦卡勒斯中短篇小说集》，李文俊译，上海：上海三联书店，2007年，第6页。（后文出自同一著作的引文，将随文在括号内标注出该著名称首字和引文出处页码，不另作注。）

爱者仅仅是爱者心底平静地蕴积了好久的那种爱情的触发剂。每一个
恋爱的人都多少知道这一点。他在灵魂深处感到他的爱恋是一种很孤
独的感情。他逐渐体会到一种新的、陌生的孤寂，正是这种发现使他
痛苦。(《咖》: 25)

　　故事叙述者陈述的这段有关"爱"的"画外音"正是麦卡勒斯塑造怪诞人
物的动机之所在，作者本人声称："爱，尤其是不能回报或无法接受爱意之人的
爱，是我选择描写怪诞人物(grotesque figures)的核心。"[1] 在《伤心咖啡馆之歌》
中，爱密利亚小姐既无法回报，也无法接受马文的爱意，而她自己对李蒙表哥
的爱最终也以悲剧收场，所有的这些构成了她作为"怪诞人物"的特征：在涉
及同性恋与异性恋的三角恋情中，爱密利亚小姐是一个性别身份模糊、僭越了
男女二元性别观的人物。如果说在旧南方的社会里，女子多以温柔、优雅的
"南方淑女"形象示人，那么在神话幻灭之后的这个南方小镇上，爱密利亚小姐
则是一个男子气概十足的"女强人"。
　　首先，在外表相貌上，爱密利亚小姐具有典型的男性气质。她体格强壮，
"是个黑黑的高大女人，骨骼和肌肉长得都像个男人"(《咖》: 3)；她长相丑陋，
"那是一张在噩梦中才会见到的可怖的、模糊不清的脸——苍白、辨别不清是男
还是女，脸上那两只灰色的斗鸡眼挨得那么近，好像是在长时间地交换秘密和
忧伤的眼光"(《咖》: 2)。其次，在行为举止上，爱密利亚小姐也表现得十分男
性化。她整日不修边幅，"工作日她仍然穿着雨靴和工裤"(《咖》: 23)。偶尔，
她会穿一条红裙子，但烤火时她却完全忘了自己的女性身份："她烤后面的时候
不像别的妇女在外人面前那样规矩，她们要撩起裙子，也仅仅撩一英寸光景。
爱密利亚小姐是不知道什么叫害臊的，她常常像是根本忘了房间里还有男人。
现在，她站着烤火，把那条红裙子后面撩得老高，以至于谁有兴趣，都可以看
看她那壮实的、毛茸茸的大腿。"(《咖》: 59)所谓"相由心生"，爱密利亚小姐
在外观与行为上的男性化皆源于她的内心。她在生理上虽身为女性，但在心理
上却有"厌女症"的倾向，拒斥一切与女性相关的事物。比如，马文曾送给她

---

[1]　Carson McCullers, "The Flowering Dream: Notes on Writing", Margarita G. Smith (ed.), *The Mortgaged Heart*, Boston and New York: Houghton Mifflin Company, 2005, p. 274.

四件礼物：一只蛋白石戒指、一瓶指甲油、一只银手镯和一盒糖果。爱密利亚小姐只是因为肚子饿了，才把糖果吃了，而对于剩下的三件女性饰品，她没有任何兴趣，"她心中精明地给它们估了估价，接着便放到柜台上去准备出售了"（《咖》：31）。此外，她对行医十分在行，"大家都认为她是个好大夫"（《咖》：15）。在面对很多疑难杂症时，爱密利亚小姐都能应付自如，可唯独有一种情况例外："要是有个病人上门，说自己害的是妇女病，爱密利亚小姐就束手无策了。真的，只要人家一提这种病，她的脸就会因为羞愧而一点点发暗，她站在那儿，弯着颈子，下巴颏都压到了衬衫领子上，或是对搓着她那双雨靴，简直像个张口结舌、无地自容的大孩子。"（《咖》：15—16）

　　总而言之，爱密利亚小姐在"各个方面都违拗常情"（《咖》：13）。和《金色眼睛的映像》中的潘德腾上尉一样，性别身份模糊的爱密利亚小姐也发生了"性倒错"。依据福柯的观点，"性倒错"不仅关切到个体的生理性别、心理性别，它还"是与权力手段密切相关的"[1]。如前文所述，在"南方神话"的宏大叙事中，绅士和淑女的形象是南方社会以"南方家庭罗曼司"为根基的"性别规约"，男男女女在小家庭、大家族中都承担着各自的性别角色。但是，在新旧南方的更替之时，"性别规约"逐渐失去了社会的约束力，原本以家庭模式为主的南方传统种植园经济转型为以私营为主的资本主义经济。如福柯所言："'资产阶级'社会是一个有着明显性倒错的社会，至今，我们的社会仍然如此。"[2]换言之，随着资产阶级的兴起，南方淑女的光环慢慢消失殆尽，带有男子气质的"女强人"逐渐取代了传统的"南方淑女"。但"性倒错"并不是自发地发生的，它"受到许多权力机制的召唤、揭示、区分、强化和整合"[3]。

　　那么，隐藏在"女强人"背后的权力机制到底是什么呢？故事发生在一个南方小镇上，"小镇本身是很沉闷的；镇子里没有多少东西……小镇是寂寞的，忧郁的，像是一处非常偏僻、与世隔绝的地方"（《咖》：1）。按照旧南方的"性别规约"，南方淑女大都不能抛头露面，只能足不出户地操持家务，她们是弗吉

---

① 米歇尔·福柯：《性经验史》，佘碧平译，上海：上海人民出版社，2005年，第32页。

② 米歇尔·福柯：《性经验史》，佘碧平译，上海：上海人民出版社，2005年，第31页。

③ 米歇尔·福柯：《性经验史》，佘碧平译，上海：上海人民出版社，2005年，第32页。

尼亚·吴尔夫所说的"房间里的天使"（the angel in the house）[①]："她特别富有同情心。她极其可爱。她非常无私。她擅长居家生活中一切困难的事务。她每天都奉献自我。"[②]然而，爱密利亚小姐却彻底颠覆了"天使般"的"南方淑女"形象。"她从小没娘，是她父亲，一个孤僻的人把她拉扯大的"（《咖》: 13），为了独自在小镇谋生，无依无靠的爱密利亚小姐表现出了男子般的果敢、干练。无论在生意上，还是生活中，她从不依赖他人，几乎无所不能，会酿酒，会做香肠和糖浆，会当大夫，而且"她木匠活也很拿得起来"（《咖》: 3）。此外，她不仅经营一家杂货店，还开了一家酿酒厂、锯木厂和农场。总之，"爱密利亚小姐靠了自己的一双手，日子过得挺兴旺"（《咖》: 3）。她凭借强大的实力和雄厚的经济资本得到了小镇居民的拥戴，以至于后来她和马文决斗时，"镇上几乎每一个人都赌爱密利亚小姐赢；几乎没有人愿意把钱押在马文·马西的身上"（《咖》: 61）。如果说男子化的外观、举止和心理状态是构建"女强人"形象的外在要素，那么在小镇民众中拥有不容置疑的权威地位则是塑造这一形象必不可少的内核。

无疑，爱密利亚小姐是南方小镇上的成功人士，她"白手起家"（start from scratch）的创业经历堪称"美国梦"（American Dream）得以实现的典型范例。约瑟夫·R.米利查普（Joseph R. Millichap）认为，在"南方文艺复兴"时期，"小说、诗歌、戏剧以及绘画、摄影、电影，全都记录了'美国梦'已经变质（gone sour）的残酷现实。麦卡勒斯早期的作品反映了很多同样的主题"[③]。国内学者林斌也持有类似的观点，她在论文中指出："她（爱密利亚小姐）的创业经历首先是'美国梦'实现的过程……同时，她的成功也暴露了'美国梦'所固有的缺陷，带有浓厚的个人主义商业化功利色彩。"[④]随着"美国梦"的"变质"，小说中这个沉闷的南方小镇处处散发着现代资本的气息。爱密利亚小姐富甲一方，

[①]　Virginia Woolf, "Professions for Women", *The Death of the Moth and Other Essays*, San Diego: Harcourt Brace Jovanovich, 1942, p. 236.

[②]　Virginia Woolf, "Professions for Women", *The Death of the Moth and Other Essays*, San Diego: Harcourt Brace Jovanovich, 1942, p. 237.

[③]　Joseph R. Millichap, "Carson McCullers", Louis Decimus Rubin (ed.), *The History of Southern Literature*, Louisiana: Louisiana State University Press, 1985, p. 486.

[④]　林斌：《〈伤心咖啡馆之歌〉的"二元性别观"透视》，《外国文学评论》2003年第4期，第36页。

"她成了方圆几英里内最有钱的女人"（《咖》：3），但在为人处世上，她却奉行"金钱至上"的原则（mammonism），因为"在爱密利亚小姐看来，人的唯一用途就是从他们身上榨取出钱来。在这方面她是成功的"（《咖》：3）。她酿制的酒很受小镇居民的欢迎，但"爱密利亚小姐是不轻易赊酒给人的，在她来说，即使请人白喝一滴酒也几乎是件史无前例的事"（《咖》：8）。正如林斌所言："《伤心咖啡馆之歌》中爱密利亚小姐的人际交往原则……体现了资本运作背后的工具理性逻辑。"[1]

由此可见，在现代文明的侵蚀下，神话幻灭之后的南方小镇是一个如麦卡勒斯所言的"漠视、狭隘、卑劣和粗鄙"的世界，自17世纪以来的"美国梦"逐渐变成了现代南方人的一场"噩梦"（nightmare）。吴尔夫曾经说过："杀死房间里的天使是女性作家职业的一部分。"[2] 在小说《伤心咖啡馆之歌》中，作为"南方神话"的衍生物，"南方家庭罗曼司"随着神话的幻灭而解体，旧南方天使般的淑女被杀死在房间里，而带有男性气质的"女强人"在变质的"美国梦"的召唤下呼之欲出，并最终取代了柔弱、温顺的"南方淑女"。所以，导致南方现代社会巨变的正是隐藏在"女强人"背后的权力之手。

在美国南方文学作品中，南方女性形象从"淑女"到"女强人"的蜕变折射出新旧南方在更替过程中的历史变迁。正如学者李杨所言："后南方的小说中涌动着在商业化浪潮推动下社会、个体以及道德和审美的转型，对物质、精神的感受、定位的质变。"[3] 因此，"女强人"爱密利亚小姐身上的男性气质被深深地打上了时代的烙印。在南方哥特文学和女性主义批评的研究视角之外，通过爱密利亚小姐这个人物，我们可以洞见现代资本和商业文明给南方社会带来的巨大冲击力。从这个意义上说，"爱密利亚小姐、罗锅李蒙、马文·马西三者

---

[1] 林斌：《美国南方小镇上的"文化飞地"：麦卡勒斯小说的咖啡馆空间》，《外国文学评论》2019年第2期，第105页。

[2] Virginia Woolf, "Professions for Women", *The Death of the Moth and Other Essays*, San Diego: Harcourt Brace Jovanovich, 1942, p. 238.

[3] 李杨：《颠覆·开放·与时俱进：美国后南方的小说纵横论》，北京：中国社会科学出版社，2018年，第324页。

之间由爱生恨的悲剧故事，是美国社会工业化和现代化的必然结果"①。于是，西蒙·布朗说的这部作品所蕴含的"破坏力"也就有了答案：爱密利亚小姐的南方小镇"女强人"形象不仅打破了"南方家庭罗曼司"中"南方淑女"的刻板印象，而且也粉碎了昔日"南方神话"里伊甸园般的田园生活。在变质的"美国梦"的梦魇里，爱密利亚小姐不单单是南方父权社会的牺牲品，也是南方现代社会从农业文明向工业文明转型过程中以人性扭曲为沉重代价的时代悲剧。这正如路易丝·威斯特林所言："《伤心咖啡馆之歌》真正的力量在于这部小说对带有男子气质的女强人（a masculine amazon）的描述。"②

　　由此可见，麦卡勒斯笔下的两性人物要么以疯狂、极端的方式打破了传统"南方家庭罗曼司"中的性别规约，颠覆了"南方神话"光环下男女性别的刻板印象；要么具有双性同体的双重性属，性别身份模糊不清。其中包括阴柔的男性性无能者（潘德腾上尉和比夫），放荡不羁、病态苍白的非传统的南方女性（利奥诺拉和艾莉森），雌雄难辨的"女强人"（爱密利亚小姐）和青春期的"假小子"少女（米克和弗兰淇）等。

　　弗吉尼亚·吴尔夫的追随者，美国女性主义批评家伊莱恩·肖沃尔特（Elaine Showalter）在其著名的论文《杀死房间里的天使：女性作家的自治》（"Killing the Angel in the House: The Autonomy of Women Writers"，1992）中，从"疯狂的面具"（the mask of madness）和"无助的身体；自由的意志"（helpless bodies; free wills）这两个层面，对众多女性作家笔下非传统的两性人物进行了剖析。她认为："在女主人公和女性作家的生活中，人们频繁地遭遇疯狂，这似乎表明对她们而言，它（疯狂）是一种真实的自我表达形式（a form of genuine self-expression），有时它是唯一可行的形式。"③　最后，在论文的结尾，肖沃尔特总结

---

① 荆兴梅：《卡森·麦卡勒斯作品的政治意识形态研究》，北京：中国社会科学出版社，2015年，第141—142页。

② Louise Westling, "Carson McCullers's Amazon Nightmare", Harold Bloom (ed.), *Carson McCullers* (Old Edition), New York: Chelsea House Publishers, 1986, p. 116.

③ Elaine Showalter, "Killing the Angel in the House: The Autonomy of Women Writers", *The Antioch Review*, Vol. 50, No.1/2, 50th Anniversary Issue (Winter-Spring, 1992), p. 211.

道："超越双性同体之外，女性所要言说的太多。"①

在仔细追溯了麦卡勒斯的生平之后，笔者发现作家本人从小就是一个"假小子"，她对自己的性别归属困惑不已。根据传记作家卡尔的记载，麦卡勒斯曾亲口对好友说："我生来就是一个男人。"②对于自身的"双性同体"特征，麦卡勒斯有着清醒的认识："她（麦卡勒斯）对于她的男性特质（masculine nature）也非常认真，她觉得这比她的女性特质（feminine one）更加真实。"③

依据肖沃尔特的观点，笔者在此作一个大胆的揣测：在麦卡勒斯的小说中，举止疯狂或双性同体的两性人物在很大程度上映射了作者本人对自我性别身份的困惑，而"疯狂"（madness）与"双性同体"是麦卡勒斯在写作中"一种真实的自我表达形式"。因此，从麦卡勒斯的写作经验来看，肖沃尔特在论文结尾处的"留白"便有了一种可能性的解读：麦卡勒斯在小说中塑造了一系列极具颠覆性的两性人物，在这些人物疯狂的面具和双性同体的身体之外，一方面，她身为一名作家，以其独有的写作方式展现了神话幻灭之后南方的历史变迁，并对南方社会的现代文明进行了深刻的反思；另一方面，她作为一名南方"旅居者"，在流动不定的写作状态中，对自我认知和性别身份的认同（gender identity）进行了艰难而漫长的探寻。

---

① Elaine Showalter, "Killing the Angel in the House: The Autonomy of Women Writers", *The Antioch Review*, Vol. 50, No.1/2, 50th Anniversary Issue (Winter-Spring, 1992), p. 220.

② Virginia Spencer Carr, *The Lonely Hunter: A Biography of Carson McCullers*, Athens and London: The University of Georgia Press, 2003, p. 159.

③ Virginia Spencer Carr, *The Lonely Hunter: A Biography of Carson McCullers*, Athens and London: The University of Georgia Press, 2003, p. 159.

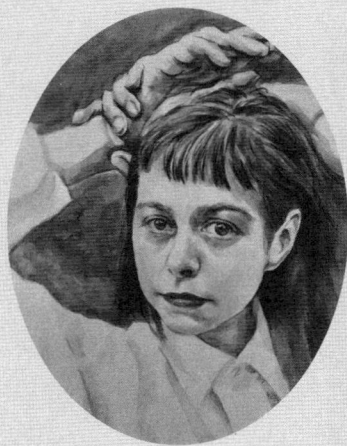

第四章

种族论："林勃"之地的放逐

由于这两种缺陷，并非由于其他的罪过，我们就不能得救，我们所受的惩罚只是在向往中生活而没有希望。①

——但丁

赤条条地，我们被孤身放逐到这里。在母亲幽暗的子宫里，我们不识得她的面容；从她的血肉牢笼中，我们来到这个莫可名状、无法言传的人间牢笼。②

——托马斯·沃尔夫

但凡谈到美国南方，势必论及"种族"（race）一词，这两者之间似乎存在着某种天然的联系，而南方作家在作品中或多或少地会涉及与种族相关的主题。继第三章从性别研究的视角探讨了卡森·麦卡勒斯对南方两性人物的书写之后，本章将转而论述她对南方少数族裔群体的关注。

在地理学上，南方地域辽阔，它占了整个美国 1/4 以上的领土面积。根据查尔斯·W. 莫尔（Charles W. Moore）的定义，南方的地理范围"北起梅森—狄克逊线，南至墨西哥湾，西起得克萨斯州，东至大西洋"③。在这片广袤的土地上，种族问题由来已久，它的历史可以追溯到美国南北战争之前的蓄奴制④。伴随着南方的战败，黑人奴隶制被废除⑤，但种族歧视与种族隔离依然存在，尤其是在

---

① ［意］但丁：《神曲·地狱篇》，田德望译，北京：人民文学出版社，1990年，第23页。

② ［美］托马斯·沃尔夫：《天使，望故乡——被埋葬的生活的故事》，朱小凡译，北京：人民文学出版社，2011年，第3页。

③ Charles W. Moore, "Southernness", *Perspecta*, Vol. 15 (1975), p. 8.

④ 最早的蓄奴制于1661年在弗吉尼亚州（Virginia）以法令的形式确立下来，法令承认了非洲奴隶终身制的合法性。详见陈永国：《美国南方文化》，长春：吉林大学出版社，1996年，第51页。

⑤ 1865年至1870年，共和党激进派在南方重建时期针对黑人问题接连颁布了《宪法第13条修正案》《宪法第14条修正案》《宪法第15条修正案》。这些修正案宣告在南北战争结束之后，南方各州所实行的"黑人法典"（the Black Codes）违反了宪法，从而在立法上正式废除了长达250年之久的黑人奴隶制。详见高卫红：《20世纪上半期美国南方文化研究》，沈阳：辽宁人民出版社，2015年，第27—42页。

南北战争之后，南方各州实施了"吉姆·克劳法"（Jim Crow Laws）[1]，这不但加剧了南方的种族矛盾，而且也进一步恶化了种族问题。

然而，南方的种族问题又不啻是"黑白"关系。尽管美国以其文化的多元性（diversity）和混杂性被称作"大熔炉"（melting pot），但南方社会的主流意识形态仍信奉"白人至上论"（white supremacy）的原则。白人不仅隔离黑人，而且也歧视其他的有色人种（the colored people）[2]，如犹太人、印第安人以及各种不同肤色的外来移民等。和黑人一样，这些少数族裔被放逐到了南方的主流文化之外。

在这样的历史背景下，我们也就不难理解，为何与种族相关的主题总是反复出现在美国南方文学的作品中。撒迪厄斯·M.戴维斯（Thadious M. Davis）一语道破了其中的原委："在关于美国南方的作品中，它（种族主题）总是更显而易见，这或许是因为文学中的种族问题在萌发过程中暗藏对地域的关注，对理解以及再现土地、民族、风俗、习惯和历史的关注，将国家的这片地域与其他的地域区分开来。"[3] 因此，"任何种族的南方作家几乎都不会忽视社会历史中的种族观念，即使并非所有的南方作家会为了他们的写作公开地选择种族问题（racial matter）"[4]。

---

① 1890年至1910年，南方各州通过了"吉姆·克劳法"，这项法律得名于当时的一个由白人扮演黑人的黑脸歌唱团（minstrel shows）表演的一首歌曲，歌名为"南方有很多吉姆·克劳法"（"The South Had Many Jim-Crow Laws"）。"吉姆·克劳法"奉行"隔离但平等"（separate but equal）的原则，要求在铁路、公交、医院、旅馆、剧院、饭店等公共场所明确标记"白人区"和"有色人种区"，因此"吉姆·克劳法"在本质上是实行种族隔离的法律（racial segregation laws）。直到1964年新的《民权法》（"The Civil Rights Act of 1964"）和1965年新的《选举法》（"The Voting Rights Act of 1965"）得到全面实施之后，"吉姆·克劳法"才真正失效。详见高卫红：《20世纪上半期美国南方文化研究》，第33—34页；Jonathan Crowther (ed.), *Oxford Guide to British and American Culture*, trans. Huang Mei, Lu Jiande, et al., Hong Kong: Oxford University Press, Beijing: The Commercial Press, 2007, p. 803.

② 在美国文化中，"有色人种"一词有种族歧视的含义，因为它曾频繁地出现在"吉姆·克劳法"的条文中。

③ Thadious M. Davis, "Race and Region", Emory Elliott (eds.), *The Columbia History of the American Novel*, Beijing: Foreign Language Teaching and Research Press & Columbia University Press, 2005, p. 412.

④ Thadious M. Davis, "Race and Region", Emory Elliott (eds.), *The Columbia History of the American Novel*, Beijing: Foreign Language Teaching and Research Press & Columbia University Press, 2005, p. 414.

对于生于斯、长于斯的卡森·麦卡勒斯而言，她的写作也不例外。在文学创作中，麦卡勒斯对南方的种族问题毫不避讳，她甚至宣称："我喜爱黑人们说话的声音——就像棕色的河流。"[①]她的小说不仅客观地再现了南方种族隔离的现实，而且还对以黑白种族关系为核心的种族政治进行了深刻的反思。除了关注黑人之外，麦卡勒斯的笔触还深入南方社会中其他的少数族裔群体，这在同时代的南方作家中并不多见。对于一个南方白人女性作家而言，这一点尤其难能可贵。在小说创作中，麦卡勒斯塑造了众多的少数族裔形象，其中包括黑白混血儿、小菲佣、犹太人等。透过南方主流白人社会里的这些边缘人物，我们可以窥见在种族隔离与种族歧视的阴霾笼罩下的一个危机重重的南方。

第一节　舍曼·普友：黑白混血的"双重流放者"

第二次世界大战之后，随着黑人的民族意识和阶级觉悟的提升，美国的黑人运动进入了一个新的阶段，"终于在［20世纪］50年代中期以后成为冲破美国社会相对稳定局面的巨大力量"[②]。麦卡勒斯的最后一部长篇小说《没有指针的钟》（Clock Without Hands，1961）正是在这样的历史语境和时代背景中完成的，小说再现了20世纪50年代美国南方社会的种族政治和历史。

《没有指针的钟》从酝酿到最终发表历时近二十年之久，故事情节以四个人物——白人药剂师马龙（Malone）、老法官克莱恩（Judge Clane）、少年杰斯特（Jester）和黑人舍曼·普友（Sherman Pew）——为主线，讲述了十四个月里（1953年3月至1954年5月）发生的故事。与麦卡勒斯在20世纪40年代创作巅峰时期的作品——《心是孤独的猎手》《金色眼睛的映像》《伤心咖啡馆之歌》和《婚礼的成员》——相比，《没有指针的钟》的创作手法和风格迥异。有书评认为这部作品"'结构非常松散'，而且它'构思欠佳……因此象征手法没有力度，令

---

① Carson McCullers, "The Flowering Dream: Notes on Writing", Margarita G. Smith (ed.), *The Mortgaged Heart*, Boston and New York: Houghton Mifflin Company, 2005, p. 279.

② 刘绪贻、杨生茂：《美国通史》第6卷，北京：人民出版社，2002年，第159页。

人无法信服"①。因而这部小说饱受非议和责难，"评论毁誉参半，分歧远胜过对她以前所有作品的评论"②。1959年，麦卡勒斯在散文《开花的梦：写作札记》中写道："精神隔绝是我大多数作品主题的基础。我的第一部作品与之相关，几乎全部有关，并且此后我的所有作品都以这样或那样的方式有所涉及。"③ 由此，"精神隔绝"这一典型的哥特主题成为麦卡勒斯小说的标志，她的作品也被冠以"南方哥特小说"之名。

作为麦卡勒斯最有争议的作品，《没有指针的钟》并未摆脱"哥特"标签，小说的"精神隔绝"主题一直是评论的焦点。早期的文学评论家以"新批评"纯文本分析的方式，阐释了小说中"精神隔绝"的内涵。随着文学理论的发展，后期的评论逐渐突破了"新批评"纯文本的局限，将小说的解读置于一定的意识形态之中。尤其自20世纪90年代以来，随着酷儿理论的兴起，越来越多的评论家开始关注小说中两位少年——舍曼和杰斯特——的同性之爱。与前期的评论相比，在被主流文化边缘化的酷儿文化语境下，此类评论对小说的"精神隔绝"主题进行了更为深层的解读，"从而有效地修正了传统上的'精神隔绝'的原型意义和普遍价值说"④。

较之国外的相关研究，《没有指针的钟》在国内学界却远没有麦卡勒斯在20世纪40年代创作的作品广受欢迎。其中，林斌和荆兴梅二位学者的观点较有影响力。林斌认为，这部小说是"一个地方特色鲜明、历史感和时代性兼备的南方寓言"⑤。在论文中，她分别从寓言与现实观照、身体与种族政治、时间与历史维度这三个层面，论述了小说"精神隔绝"的越界主题。通过对作品寓言特质的分析，林斌深入剖析了这一主题所承载的南方历史意识和文化精神内涵。她的观点打破了以往美国南方哥特小说研究的窠臼，将麦卡勒斯的小说研究与

① Klaus Lubbers, "The Necessary Order", Harold Bloom (ed.), *Carson McCullers* (Old Edition). New York: Chelsea House Publishers, 1986, p. 49.

② Virginia Spencer Carr, *The Lonely Hunter: A Biography of Carson McCullers*, Athens and London: The University of Georgia Press, 2003, p. 494.

③ Carson McCullers, "The Flowering Dream: Notes on Writing", Margarita G. Smith (ed.), *The Mortgaged Heart*, Boston and New York: Houghton Mifflin Company, 2005, p. 274.

④ 林斌：《卡森·麦卡勒斯20世纪四十年代小说研究述评》，《外国文学研究》2005年第2期，第163页。

⑤ 林斌：《寓言、身体与时间——〈没有指针的钟〉解析》，《外国文学评论》2009年第4期，第93页。

南方历史（寓言与现实）相结合，在一定程度上弥补了自"新批评"派以来的不足。但显而易见的是，林斌仍以"精神隔绝"主题作为小说评论的最终落脚点。此外，在专著《卡森·麦卡勒斯作品的政治意识形态研究》中，荆兴梅从身体政治的角度，剖析了《没有指针的钟》中身体残缺的老法官克莱恩、病入膏肓的马龙、遭遇精神危机的杰斯特和带有心理创伤的舍曼等怪诞人物形象。荆兴梅以"身体"为切入点的研究视角十分新颖，她在特里·伊格尔顿（Terry Eagleton）美学意识形态理论的框架下，揭示了这部小说中艺术审美的政治和意识形态之维。不过，荆兴梅认为："她（麦卡勒斯）刻画出栩栩如生的怪诞人物群像，以此象征心理扭曲和社会异化的人类生存现状，并以此表达精神隔绝和孤独的永恒主题，就成为一件非常自然的事情。"[①] 不难看出，二位学者基本上还是沿袭了西方麦卡勒斯研究以"怪诞"和"精神隔绝"为关键词的学术传统。

由此可见，近半个世纪以来，国内外的麦卡勒斯研究的主题较为单一，这还极大地限制了作品阐释的空间。正如玛格丽特·麦克道尔所言："自问世以来，尽管这部小说引发了很大的兴趣，但从那时起，评论家们对它十分不屑。和麦卡勒斯的大部分小说相比，如今它更需要新的解读、诠释和评判。"[②] 在萨义德看来，文本不是自足的、封闭的，而是产生于特定的情景之中，因而文本"也总是羁绊于境况、时间、空间和社会之中——简言之，它们是在世的，因而是现世性的"[③]。学者赵建红对萨义德提出的"现世性"（the worldliness）[④]一词进行了更为精辟的概括，他指出文学文本"是某种与世界的政治的、社会的、文化的多个方面都有着联系的东西，而所有这些方面共同组成了世界的'现世性'"[⑤]。

在笔者看来，麦卡勒斯在创作她的最后一部长篇小说时，已不再拘泥于

① 荆兴梅：《卡森·麦卡勒斯作品的政治意识形态研究》，北京：中国社会科学出版社，2015年，第196页。

② Margret B. McDowell, *Carson McCullers*, Boston: Twayne Publishers, 1980, p. 98.

③ 爱德华·W. 萨义德：《世界·文本·批评家》，李自修译，北京：生活·读书·新知三联书店，2009年，第56页。

④ "the worldliness"也被译作"世事性"。

⑤ 赵建红：《赛义德的批评理念之一——文本与批评家的"现世性"》，《当代外国文学》2005年第4期，第54页。

"精神隔绝"的主题，而是通过作品的中心人物黑人舍曼，更多地展现了作品的"现世性"。文学评论家克劳斯·柳伯斯（Klaus Lubbers）指出，这部小说中的四个人物都是"通过舍曼·普友走向了他们最终的命运"①，因此舍曼是整部小说人物关系的枢纽。基于此，本节以黑人舍曼为切入点，将文本的解读与"现世性"结合起来，在作品特定的历史语境下，借用雅克·拉康（Jacques Lacan）的心理分析理论，探讨文本中以南方黑白种族关系为核心的"现世性"。

麦卡勒斯的研究者奥利弗·埃文斯（Oliver Evans）认为，在《没有指针的钟》中，"'存在危机'（existential crisis）实际上是这部作品的中心所在"②。黑人舍曼就深陷于这场危机之中：他没有独立的社会身份、地位和尊严，始终都在追寻自我。拉康指出，"欲望是存在缺失的换喻"（desire is the metonymy of the lack of being）③。换言之，欲望源自存在的缺失。照此看来，遭遇"存在危机"的舍曼成了拉康所说的欲望主体。作为欲望主体，黑人舍曼身世离奇，他是一个蓝眼睛的黑白混血（mulatto）孤儿。"除了他的眼睛之外，他看上去与其他的黑人孩子没有什么不一样。但是他的眼睛呈蓝灰色，长在他的黑肤色的脸上两只眼睛有冷峻、愤怒的神情。"④舍曼的生活一直处于"无根"的状态：就生理身份而言，他自小无父无母，对双亲的情况一无所知，用他自己的话说"我不知道我是谁，也不知道我的任何一个祖先"（《没》：74）。从社会身份来看，他亦是一个没有任何标识的人。名字通常是个人社会身份的象征符号，他名为"普友"（Pew），不过是由于年幼时他被抛弃在教堂的长椅上⑤。

舍曼社会身份的无根性（rootlessness）让他陷入了后殖民时代普遍存在的"错位"（displacement）或"误置"（dislocation）的境地。具体说来，黑白混血的双重身份让他没有黑人同族的文化之根，只能面对极其排外的白人世界，同

---

① Klaus Lubbers, "The Necessary Order", Harold Bloom (ed.), *Carson McCullers* (Old Edition), New York: Chelsea House Publishers, 1986, p. 48.

② Oliver Evans, "The Achievement of Carson McCullers", Harold Bloom (ed.), *Carson McCullers* (Old Edition), New York: Chelsea House Publishers, 1986, p. 28.

③ Dylan Evans, *An Introductory Dictionary of Lacanian Psychoanalysis*, London and New York: Routledge, 1996, p. 98.

④ ［美］卡森·麦卡勒斯：《没有指针的钟》，金绍禹译，上海：上海三联书店，2007年，第12页。（后文出自同一著作的引文，将随文在括号内标注出该著名称首字和引文出处页码，不另作注。）

⑤ "教堂长椅"的英文单词为pew，小说中舍曼的名字"普友"采用音译。

时他又不得不经历痛苦的"文化移入"（acculturation）过程，以跻身于信奉"白人至上论"的南方主流社会。如此两难的境地让舍曼既不能完全融入黑人同族，又不被白人社会认可，成为但丁笔下被抛入地狱边缘"林勃"中流散的幽灵，最终"失去了归属感，觉得自己就像断了线的风筝，处在一种轻飘的失重状态"①。

首先，舍曼的"失重状态"体现在他与周遭的黑人的隔阂上。身为老法官克莱恩的私人秘书，舍曼多少受到了克莱恩"白人至上论"的影响，他的那双"蓝眼睛"是自己白人血统的唯一证明。于是，"蓝眼睛"成为舍曼炫耀的资本，这让他与别的黑人格格不入。关于这一点，我们可以从他与克莱恩法官的黑女仆维莉丽（Verily）的对话中得到印证：

> ……舍曼伸手要取一听龙虾，这时维莉丽说道：
> "这个你不用拿，舍曼。"
> "为什么不可以，老婆子？"
> ……
> 舍曼不理睬，只管自己开龙虾罐头。"还有，"维莉丽继续说道，"你应该和我们大家一样，在厨房里吃羽衣甘蓝和纯玉米面包。"
> "黑鬼的腔调！"
> "哼，你以为你是谁！是示巴女王吗？"
> ……"随你怎么说总之我可不是像你这样的十足的黑鬼，"他对肤色非常黑的维莉丽这样说道，"瞧瞧我的眼睛。"（《没》: 183）

在上述对话中，舍曼故意接连两次使用歧视性的"黑鬼"（nigger）一词来称呼维莉亚。显然，他认为自己和其他黑人有别，并不承认是其中的一员。然而，尽管舍曼身上的白人血统让他拥有一双蓝色的眼睛，但他的黑皮肤绝不会被白人社会接纳。于是，舍曼在白人的世界里同样也处于"失重状态"。比如，当白人药剂师马龙与舍曼第一次在街头意外相遇时，马龙觉得"心烦意乱"（《没》: 11），因为这个**黑人男孩**"有一个怪异的外表"（《没》: 12）。特别讽刺

---

① 张德明：《西方文学与现代性叙事的展开》，上海：华东师范大学出版社，2018年，第151—152页。

的是，舍曼引以为傲的"蓝眼睛"在马龙看来却是"两个奇怪的眼睛"（《没》：12）。在两人初次碰面之后，"马龙得到的印象是，他并不认为可以用不伤害人的词语来说他是一个黑人男孩（*a colored boy*）①——他心里会自然地采用一个刺耳的词语可恶的黑鬼（*bad nigger*）②来描述，尽管这个人他并不相识，而且通常在这种事情上他向来比较宽厚"（《没》：12）。显然，在白人马龙看来，舍曼的这双蓝眼睛并没有改变他是黑人的事实。由此可见，不愿与黑人同族为伍的舍曼实际上也被排斥在南方主流的白人社会之外，他是真正意义上的局外人（outsider）。其实舍曼本人也深知这一点，所以他对所有的白人都怀恨在心。"舍曼深信，所有南方的白人都是疯子。"（《没》：182）

"无根"的舍曼遭遇了身份危机（identity crisis），他不得不通过"寻根"来确立自我认同。在寻找亲生母亲的过程中，他表达了对白人的复杂情感：

> 舍曼在寻找亲生母亲的时候，几乎没有想到过他的父亲。舍曼只认为他是一个白人，他想象这个不知道是谁的父亲把他的母亲强暴了。因为每一个男孩的母亲都是高尚贞洁的，而假如她是一个虚构的人则尤其如此。因此，他讨厌他的父亲，就连想都不愿意去想他。他的父亲是一个白人疯子，他强奸了他的母亲，留下了蓝色、异样的眼睛这一个私生子的证据。（《没》：185）

在舍曼的此番假想中，他的母亲是"高尚贞洁"的黑人妇女，而父亲却是一个"白人恶棍"的形象。舍曼心中对父亲、母亲的角色定位揭示了他对白人社会的不满和厌恶。然而，出人意料的是，身世的真相与他的设想恰恰相反：父亲是一个黑奴，而母亲却是与之相爱的白人女主人。后来他的亲生父亲因涉嫌枪杀女主人的丈夫而被处死，不久他的母亲也死于难产。解开身世之谜以后，舍曼决定以生命为代价，来抵抗南方社会的种族主义。他不顾白人少年杰斯特的警告，冒险搬进了白人居住区，最后被白人极端分子萨米·兰克（Sammy

---

① 在小说的英文原文中，作者麦卡勒斯所用的字体是斜体，以示强调。参照英文原著，中文译本也采用了不同的字体。详见 Carson McCullers, *Clock Without Hands*, Boston and New York: Houghton Mifflin Company, 1961, p. 11.

② 在英语中，"nigger"一词带有强烈的种族歧视色彩，它比"colored"更具侮辱性。

Lank）炸死。

由此可见，无论是对主流的白人社会来说，还是对边缘的黑人群体而言，作为欲望主体的舍曼总是身处“错位”与“误置”的尴尬境地，与生俱来的混血身份让他始终游离于黑与白的中间地带。因此，他并不真正属于其中的任何一个种族，这正如但丁在《神曲·地狱篇》中所描述的身处“林勃”之地的鬼魂一样，舍曼永远处于上不着天、下不着地的悬空状态，成为一个双重的流放者（the double exile）。

在小说特定的历史语境中，舍曼双重的流放者身份映射了南方社会中黑人族群普遍的生活状态，因而具有了历史的隐喻意义。通过其身份认同的危机，我们可以窥见这样一个真实的南方：尽管南方社会的等级制度有了重大的改观，但黑人仍旧是社会的边缘群体，他们始终被排斥在南方主流文化之外。可以说，舍曼模糊的身份界定正是小说所要展现的以黑白种族关系为核心的“现世性”。

社会存在的缺失让“无根”的双重流放者舍曼成了欲望的主体，他自然会产生各种欲望。在不同欲望的牵扯中，黑白混血儿舍曼在“林勃”之地的境遇进一步恶化，最终酿成了悲剧。接下来，笔者将从“欲望”的视角，探讨双重流放者舍曼如何在南方种族政治的社会语境中形成分裂的双重人格。

学者张德明从拉康心理学的角度，对“欲望”（desire）这一术语进行了解释。他认为，拉康所说的“欲望”可以细分为两类：被动的自恋欲望（passive narcissistic desires）和主动的他恋欲望（active anaclitic desires）。前者的特点是“主体往往站在他者的立场上，设想自己在他者心目中的形象，喜欢用他者的目光打量自己，渴望为他者所爱，所尊重，所仰慕”[1]；后者则“渴望将欲望对象拥为己有，具有很强的进取性、占有欲和攻击性”[2]，以在最大程度上实现理想自我（ideal ego）。这两种欲望互相矛盾，却又往往并存于欲望主体之中：“‘主动的他恋欲望’使欲望主体变得非常主动、大胆，甚至狂暴，而‘被动的自恋欲望’又使其非常内向、退缩，常常左右顾盼，谨言慎行。”[3]因此，双重欲望的悖论让欲望主体成为矛盾的统一体，从而形成了分裂的人格。

① 张德明：《西方文学与现代性叙事的展开》，上海：华东师范大学出版社，2018年，第60页。
② 张德明：《西方文学与现代性叙事的展开》，上海：华东师范大学出版社，2018年，第60页。
③ 张德明：《西方文学与现代性叙事的展开》，上海：华东师范大学出版社，2018年，第60页。

在小说《没有指针的钟》中，欲望主体舍曼就是一个人格分裂的人。在被动的自恋欲望和主动的他恋欲望的相互驱使之下，他是既自卑又高傲，既敏感又冷漠，既怯懦又无畏的矛盾统一体。与其他黑人相比，长着"蓝眼睛"的舍曼觉得自己与众不同，高人一等。在无意识中，他一直渴望自己的白人血统能够被主流的白人社会认可，并能融入其中。拉康的无意识理论有一个重要的命题就是"无意识是他者的话语"（the unconscious is the discourse of the Other）[1]。在此，白人社会是他者，在为了赢得他者的尊重和承认的无意识中，舍曼会站在他者的立场上，把自己变成他者眼中仰慕的形象，从而形成了被动的自恋欲望，这一点在他与白人少年杰斯特的初次会面中得到了淋漓尽致的体现。

在舍曼琴声的吸引下，杰斯特意外地造访了舍曼的家。为了赢得这位同龄白人的尊重和仰慕，舍曼可谓使尽了浑身解数。首先，他对杰斯特的态度有些异样，"这个时候是故意对他表现得不礼貌的"（《没》：74）。然后，舍曼又洋洋自得地显摆家中的一切，尽管他的房子是租来的，但"舍曼说话俨然是一个房东的口气"（《没》：79）。他用最好的威士忌来招待杰斯特，这当然不是出于主人的热情，而是被动的自恋欲望在作祟：

> ……他（舍曼）递过一杯给杰斯特，杰斯特接过杯子问是什么。
> "卡尔弗特勋爵，陈年纯酒，百分之九十八度。"虽然舍曼没有明说，但是很显然，他是受到"名人"广告的影响，才买了这一年他喝的威士忌。他的穿着也是竭力模仿"名人"广告里那个人不修边幅的风格，但是挪到他身上，那样子就成了凌乱邋遢。他是城中衣着最刺眼的人之一。他有两件哈瑟维衬衫，戴一个黑色眼罩，但是他戴了黑眼罩并没有让他气度不凡，倒反而显得模样可悲，并且老撞到东西。（《没》：75）

不难看出，舍曼始终以他者（杰斯特/白人）的眼光来审视自己，努力让自己成为他者心目中崇拜的形象———一位品味不俗、衣着得体的绅士，但他的装腔作势却起到了反讽的效果。当杰斯特称赞他是"金嗓子"时，舍曼表现得神

---

[1] 黄汉平：《拉康与后现代文化批评》，北京：中国社会科学出版社，2006年，第62页。

气活现，“因为杰斯特的赞扬让他听了很得意”（《没》: 83）。此时此刻，在他者目光的注视下，舍曼被动的自恋欲望得到了极大的满足。然而，在他看似光鲜的外表之下，却隐藏了一颗自卑、敏感的内心。他竭力地在杰斯特面前表现得高傲冷漠，这多半是因为杰斯特的白人身份。舍曼借不同寻常的待客之道，以维持他在主流的白人社会中作为黑人的尊严。

舍曼在表露其被动的自恋欲望的同时，也受到了主动的他恋欲望的驱使。在小说中，舍曼与白人老法官克莱恩的渊源颇深。老法官的儿子约翰尼（Johnny）——杰斯特的父亲——是舍曼亲生父亲的辩护律师，在辩护失败之后，约翰尼深受打击，随后开枪自杀。后来，克莱恩法官在高尔夫球场打球时跌入了池塘，七岁的球童舍曼把他救了起来。所以，尽管克莱恩是一个坚信“白人至上论”的种族分子，但唯独对黑人舍曼宠爱有加，还让他担任自己的私人秘书。两人的亲密关系甚至让药剂师马龙一度怀疑，“这个高傲自大的蓝眼睛黑鬼是法官的亲生儿子”（《没》: 141）。从某种意义上说，孤儿舍曼把老法官当作其成长历程中令人敬重的父辈和长者。身为他的秘书，舍曼无比骄傲，“老法官居然真做过首都华盛顿众议院的议员，在舍曼看来这似乎一直是一大奇迹。这荣耀也反映在舍曼的身上”（《没》: 178）。“到现在为止他不但喜爱法官而且崇敬他。”（《没》: 190）由此看来，像老法官一样跻身于上流的白人社会是舍曼的欲望对象，他希望通过奋斗和进取，成为其中的一员。但身处社会底层的舍曼没有受过良好的教育，他不得不主动讨好老法官，用他极其有限的知识为老法官朗读各种文学名著。当他闹了笑话时，“舍曼感到自己变得格格不入，像个土包子一样被冷落了似的”（《没》: 136）。虽然老法官称赞“舍曼朗读狄更斯的小说是那样富有感染力”（《没》: 142），但事实上，舍曼对此十分厌恶，却只能强压怒火，对他万般顺从：

> 然而虽然怒火压下去了，心里的愤怒却并没有消歇，而实际上反而增添了。比如说，他很不喜欢朗读狄更斯的小说，因为狄更斯的小说里有很多的孤儿，而舍曼就讨厌写孤儿的书，因为他感到在他们身上他照见了自己。因此在法官为孤儿、扫烟囱的孩子、继父以及所有这些令人恐怖的人大声哭泣的时候，舍曼就用冷漠而没有变化的语

调朗读，并且在这个愚蠢的老头失态的时候，他就在一旁冷眼斜睨。
（《没》：150—151）

在千方百计取悦克莱恩法官时，舍曼表现得有些怯懦，不敢表达内心的真实想法，以致"老法官依然把舍曼看作是一个宝，一个难得的人才，他在充满偏见的激情爆发的时候忘记了舍曼是一个黑人"（《没》：181）。然而，当舍曼得知了自己的身世真相之后，一向软弱的他竟然决定要有所行动，"**我非得对着干，对着干，对着干**①这个念头就像打鼓一样在他脑袋里响着"（《没》：238）。他的第一个大胆举动就是报复老法官。在给身患糖尿病的老法官打针时，他接连三天用水代替胰岛素，为老法官注射。不料三天之后，老法官的身体没有任何异样，舍曼不得不放弃他的"谋杀"计划。如上文所述，"跻身于上流的白人社会"一直是舍曼的欲望对象，为此他离开了老法官，冒着生命的危险，无所畏惧地搬进了米兰白人居住区，最后被白人极端分子的炸弹炸死。

如此说来，在被动的自恋欲望和主动的他恋欲望的相互作用下，黑人舍曼陷入了双重欲望的悖论。而双重流放者的身份更是激化了这两种欲望之间的冲突，从而造就了他分裂的人格，最终舍曼成为矛盾的统一体。洛里·J. 肯沙夫特（Lori J. Kenschaft）从同性之爱的角度，对麦卡勒斯小说中的"欲望"进行了全新的解读。她认为，麦卡勒斯"考虑到不仅这些人物也许经历了同性欲望的可能，而且这些欲望可能通过文本和其历史背景，与更为普遍的反叛联系起来，来对抗作为被文化编码的'女人'或'男人'的内涵"②。如肯沙夫特所言，在《没有指针的钟》中，麦卡勒斯"通过文本和其历史背景"，让舍曼的双重欲望具有了普遍的现实意义。在双重欲望的悖论中，20世纪50年代南方社会中黑白种族关系昭然若揭，进而从另一个角度阐释了小说的"现世性"。

受肯沙夫特观点的启发，继前文分析了舍曼欲望的产生、分裂的过程之后，笔者将聚焦于小说中的两位黑白少年——舍曼与杰斯特，试图在黑白关系中，

---

① 如前文所述，不同的字体为中译本的原文所加，以示强调。

② Lori J. Kenschaft, "Homoerotics and Human Connections: Reading Carson McCullers 'As a Lesbian'", Beverly Lyon Clark and Melvin J. Friedman (eds.), *Critical Essays on Carson McCullers*, New York: G. K. Hall & co., 1996, p. 231.

进一步阐释舍曼欲望的最后一个阶段：他的欲望是如何在南方社会的种族政治中逐渐幻灭的？

在小说《没有指针的钟》中，舍曼与杰斯特有许多共同点：两人同为17岁少年，都是从小父母双亡的孤儿。然而，他们的命运却因肤色的不同而大相径庭：黑人舍曼身处社会的底层，是不被黑白两个种族认可的双重放逐者；而被爷爷克莱恩法官抚养成人的杰斯特，从小受到了良好的教育，是南方主流社会未来的精英。正因为这些"同"与"不同"，舍曼对杰斯特产生了一种特殊的情感。可以说，杰斯特之于舍曼，正如希腊神话中的"湖中倒影"之于那喀索斯（Narcissus）。对舍曼而言，杰斯特是他的那喀索斯之影、镜中之像，即拉康心理学中镜像阶段（the mirror stage）的理想自我，而非真实自我。由此，舍曼进入了想象界（the imaginary order）。

依照拉康心理学的观点，"想象界或想象秩序产生于镜像阶段，但并不随镜像阶段的消失而消失，而是继续向前发展进入成人主体与他人的关系之中，即发展至象征界并与之并存"[①]。为了实现这个理想自我，舍曼的欲望被激发，并不得不适应以语言、法律、制度等代表的符号世界，即象征界（the symbolic order）。一方面，他不得不按照被大众认可的象征秩序行事，与当时的南方社会、文化体系相关联，建立起与他人的关系；另一方面，在他的无意识中，他始终都在追寻那喀索斯之影，即理想自我。因此，人格分裂的欲望主体舍曼不得不游走在想象界和象征界之间。

在这一过程中，究其实，杰斯特是被舍曼客观化了的他者。在《精神现象学》中，黑格尔通过分析主—奴的辩证关系，对他者的概念进行了哲学的解释。"事实上，人类只有在一个欲望针对于另一个欲望中才得以形成，最终即承认的欲望（a desire of recogniton）。"[②] 每一个欲望都追求他人的"承认"，因而产生了对抗和斗争。主人是获得了承认的欲望，成了主体；而奴隶是没有得到承认的欲望，成了他者。因此，"'被承认的欲望'构成了人性的基本要素。'被承认

---

① 黄汉平：《拉康与后现代文化批评》，北京：中国社会科学出版社，2006年，第71页。

② Alexandre Kojève, *Introduction to the Reading of Hegel: Lectures on the Phenomenology of Spirit*, Ithaca and London: Cornell University Press, 1969, p. 7.

的欲望'就是'对欲望的欲望'——希望被承认就是希望被欲望"①。受黑格尔的影响，拉康提出了凝视（gaze）的概念。"凝视"这一术语与"他者"密切相关，欲望双方在凝视对方的过程中，主体在他者目光的回眸中，看到了自己的欲望被他者承认。"在拉康看来，凝视不再是来自主体的一方，而是他者的凝视。"②所以，拉康反复强调，"人的欲望是他者的欲望"（man's desire is the desire of the Other）③。

黑人舍曼就一直在"他者"——白人少年杰斯特的凝视之下，并渴望得到杰斯特的承认。正因为如此，舍曼非常喜欢在杰斯特的面前展现自我，表现自我。在杰斯特的凝视中，舍曼"被承认的欲望"得到了满足。小说接近尾声时，舍曼搬进了白人居住区，在得知白人极端分子打算炸死舍曼的计划之后，杰斯特赶到他的住所，劝他赶紧离开。在这紧要关头，舍曼一反常态，毫不惊慌，却只顾着向杰斯特展示他的新家：

> ……舍曼此刻开始介绍他的家具。"你还没有见过我的卧室家具呢，还有粉红的被单，闺房用的枕头。我的套装你也没有见过。"他把壁橱的门打开。"四套崭新的浩狮迈男装。"
>
> 他突然转身来到厨房，说道："厨房配备了各种现代化设施。都是我自己的。"沉浸在拥有这一切给他带来的欣喜若狂之中，舍曼似乎已经把忧虑忘得一干二净。（《没》: 251）

舍曼看似不合常理的举动在杰斯特的"凝视"中得到了诠释。当杰斯特打量他的新家时，舍曼成为杰斯特目光中被注视的对象，尽管命悬一线，但在来自他者的凝视中，舍曼感到了前所未有的快乐和满足。此时此刻，欲望主体舍曼在理想自我/那喀索斯之影——杰斯特的凝视中发现了自己，他极其渴望自己的欲望能够被他者承认。此时此刻，对欲望着了魔的舍曼完全忘记自己已身处险境。

---

① 黄汉平：《拉康与后现代文化批评》，北京：中国社会科学出版社，2006年，第19页。

② Dylan Evans, *An Introductory Dictionary of Lacanian Psychoanalysis*, London and New York: Routledge, 1996, p. 73.

③ Dylan Evans, *An Introductory Dictionary of Lacanian Psychoanalysis*, London and New York: Routledge, 1996, p. 38.

此外，镜像阶段也与那喀索斯式的自恋（narcissism）密切相关。"它（那喀索斯式的自恋）具有攻击性，因为镜中之像的完整无缺与主体真实身体的支离破碎形成对比，因而有让主体分裂的危险。"① 因此，攻击性（aggressivity）发生在自我（ego）与镜中对应物（counterpart）之间，是主体对自我之外的客体——他者——的攻击。

在《没有指针的钟》中，舍曼对杰斯特的情感就是那喀索斯式的自恋。作为欲望主体，舍曼对他者杰斯特的攻击性显而易见。比如，当杰斯特吻他的脸颊时，舍曼"伸出整个手臂，打了杰斯特一巴掌"（《没》：162）。在得知身世的真相之后，舍曼的攻击性表现得更加明显，他甚至把杰斯特的狗泰琪吊死在树上。当杰斯特责问他时，他回答道："我不爱白人的狗，我什么人都不爱。"（《没》：240）此时的舍曼已经意识到，虽然他和杰斯特有相似的经历，但人生却有天壤之别：杰斯特生活优越，从小接受白人的精英教育，喜欢飞行，想和他父亲一样，当一名公正的律师；而舍曼生活潦倒，处处遭人白眼，受人歧视，生活在社会的底层。这正是拉康所说的"镜中之像的完整无缺与主体真实身体的支离破碎形成对比"②。同龄人之间人生境遇的千差万别让舍曼感到了绝望，所以"老把气出在杰斯特的身上"（《没》：150）。如此说来，舍曼的攻击性并非与生俱来，而是那喀索斯式自恋心理的外在表现。

通过上述分析，我们可以洞悉舍曼的内心世界。在小说中，黑人舍曼一直在追寻如杰斯特一般的"理想自我"，但在南方的等级社会中，这个"理想自我"不过是"镜中花，水中月"，是一个永远不可能真正拥有的那喀索斯之影。在那喀索斯之影的凝视下，黑人舍曼终难逃厄运。雅克·拉康本人对"镜像阶段"有如下解释："镜子阶段③是场悲剧，它的内在冲劲从不足匮缺奔向预见先定——对于受空间确认诱惑的主体来说，它策动了从身体的残缺形象到我们称之为整体的矫形形式的种种狂想——一直达到建立起异化着的个体的强固框架，

---

① Dylan Evans, *An Introductory Dictionary of Lacanian Psychoanalysis*, London and New York: Routledge, 1996, p. 123.

② Dylan Evans, *An Introductory Dictionary of Lacanian Psychoanalysis*, London and New York: Routledge, 1996, p. 123.

③ 此处的"镜子阶段"即"镜像阶段"。

这个框架以其僵硬的结构将影响整个精神发展。"① 其实，拉康的这段话已经预示了舍曼命运的结局。果不其然，在小说接近尾声时，悲剧不可避免地发生了：

> 舍曼在屋子里弹钢琴，萨米好奇地观望，心里纳闷一个黑鬼怎么会学会弹钢琴的。接着舍曼开始唱起来。他脑袋后仰，露出强壮的黑色喉咙，而萨米的炸弹就是瞄准舍曼的喉咙的。由于相距只有几码远，炸弹正好击中喉咙。第一个炸弹扔出去之后，一种凶狠而舒畅的感觉又回到了萨米的身上。他扔出第二颗炸弹，房子着火了。(《没》: 254)

由此可见，与其说这是舍曼的个人悲剧，倒不如说这是整个美国南方社会的悲剧。归根结底，南方社会森严的等级体制和残酷的种族政治最终导致了欲望主体舍曼的毁灭，舍曼之死与南方的社会、政治和文化息息相关。

柳伯斯认为，麦卡勒斯的《没有指针的钟》标志着"她的创作显然进入了一个新阶段"②。依笔者之见，小说文本所体现的"现世性"很好地诠释了"新阶段"的内涵。在舍曼虚幻的那喀索斯之影中，麦卡勒斯表达了她对南方社会现实和种族问题前所未有的关注，这也是她的最后一部小说与早期作品最大的不同，她的创作生涯进而达到另一个高度。

综上所述，欲望主体舍曼渴望得到他者的承认，让自己成为他者的欲望对象。在此，拉康的论断——"人的欲望是他者的欲望"——衍生出另一层含义，即欲望是社会的产物。"欲望不是看似私密的事情，而总是在与其他主体的认知欲望的辩证关系中构成的。"③事实上，主体舍曼的欲望并不仅仅是他个人世界的写照，其欲望也是在主体与他人的交往中建构起来的。所以，舍曼的欲望是当时美国南方社会与文化的产物，具有现实意义。因此，笔者认为，与麦卡勒斯之前所有的作品相比，《没有指针的钟》更加立足于对美国南方种族主义现实的观照，见证了20世纪50年代美国南方社会的种族政治，并对种族历史进行了深

---

① ［法］拉康：《拉康选集》，褚孝泉译，上海：上海三联书店，2001年，第93页。

② Klaus Lubbers, "The Necessary Order", Harold Bloom (ed.), *Carson McCullers* (Old Edition), New York: Chelsea House Publishers, 1986, p. 48.

③ Dylan Evans, *An Introductory Dictionary of Lacanian Psychoanalysis*, London and New York: Routledge, 1996, p. 39.

刻的反思。

无独有偶，戈尔·维达尔指出，在《没有指针的钟》中，“麦卡勒斯首次承认了她作品中的公众世界（the public world）”[①]。在笔者看来，维达尔所说的“公众世界”就是小说所再现的南方社会的现实与历史。具体说来，在这最后一部小说中，麦卡勒斯以欲望书写的方式，展现了双重流放者——黑白混血儿舍曼——欲望的产生、分裂和毁灭的过程，从而体现了萨义德所说的作品的“现世性”：在作品特定的历史语境下，以黑白种族关系为核心的南方等级社会无法提供良好的公共空间，以建立满足主体欲望和自我认同的社会机制。因此，《没有指针的钟》绝不是麦卡勒斯创作生涯中的一大“败笔”，而是如玛格丽特·麦克道尔所言，这是“关于当时种族关系的最重要的一部小说”[②]。

麦克道尔的这一观点可以从小说的标题“没有指针的钟”中得到更多的印证。在整部作品中，“没有指针的钟”的意象总共出现了两次，每次都与身患绝症的白人马龙有关[③]。但对黑人舍曼而言，这一标题却有另一重意义的解读。依据拉康心理学理论，主体的身份认同需要经历两个过程：一是在他者的凝视中，当主体“被承认的欲望”得以满足时，主体即完成了社会认同的过程；二是在镜像阶段“理想自我”的凝视中，当主体“被承认的欲望”得以满足时，主体即完成了自我认同的过程。然而，黑人舍曼在社会认同与自我认同的过程中皆失败了。因此，在以“白人至上论”为主流意识形态的南方社会中，黑人舍曼是如此微不足道，以致他的生命无法用时间的刻度来衡量。所以，他和身患绝症的马龙一样，生命没有了终极的意义，也是一面“没有指针的钟”。

除了从作品人物的视角体现南方黑白种族关系的“现世性”之外，小说的标题还从历史隐喻的层面进一步加强了作品对现实的观照。正如前文所述，这部小说以20世纪50年代的美国南方社会为背景，当时的南方正在黑人民权运动的推动下经历着黑白种族关系的巨变。麦卡勒斯以非常巧妙且隐晦的方式影射

[①]　Gore Vidal, "Carson McCullers's *Clock Without Hands*", Harold Bloom (ed.), *Carson McCullers* (Old Edition), New York: Chelsea House Publishers, 1986, p. 19.

[②]　Margret B. McDowell, *Carson McCullers*, Boston: Twayne Publishers, 1980, p. 97.

[③]　在小说中，“没有指针的钟”第一次出现时，马龙意识到自己的死期将近，“他现在是一个两眼望着一个没有指针的钟的人”（《没》: 27）；当此意象第二次出现时，马龙已经领悟到了生命的意义，“他不再是一个望着没有指针的钟的人了”（《没》: 260）。

了当时美国黑人运动的历史：在小说结尾，1954年5月17日，白人药剂师马龙死于白血病，而正是在这一天，美国发生了历史上著名的"布朗诉托皮卡教育委员会案"[①]。参照这一真实的历史事件，标题"没有指针的钟"可谓作者的点睛之笔，麦卡勒斯以马龙之死暗示了美国黑人运动的重生。

于是，这个隐喻式的小说标题"没有指针的钟"便有了一抹乐观主义的亮色：以"布朗诉托皮卡教育委员会案"为里程碑的黑人运动无疑是一场漫长而艰辛的战斗，尽管它好似一面"没有指针的钟"，离最后的胜利之日还遥遥无期，但这面时钟会始终向前运转，绝不会倒退逆行。由此说来，这一小说的标题是文本通往现实的桥梁，作家麦卡勒斯借此表达了她在南方种族问题上的现实关怀和乐观积极的态度。

第二节　小菲佣安纳克莱托：南方军营的"小丑"

正如卡森·麦卡勒斯传记作家卡尔所言："卡森具有强烈的社会意识，她对任何被压迫的民族或种族群体都怀有深情。"[②]在第二部小说《金色眼睛的映像》中，麦卡勒斯依旧关注南方社会的种族问题，另一个少数族裔人物23岁的小菲佣安纳克莱托出现在这部作品中。但是，安纳克莱托是一个极易被忽视的小人物，鲜有文章对之进行评论。1992年，加拿大学者罗伯特·K. 马丁（Robert K. Martin）把麦卡勒斯小说中的小菲佣安纳克莱托与具有菲律宾文化背景的美籍

[①]　1954年5月17日，美国最高法院首席法官厄尔·沃伦（Earl Warren）对"布朗诉托皮卡教育委员会案"（Brown v. Board of Education of Topeka）作出判决，宣布公立学校的种族隔离违反宪法，从而推翻了1896年"普莱希诉弗格森案"（Plessy v. Ferguson）所确立并一直沿用的"隔离但平等"的原则。在美国历史上，沃伦对此案的判决是第二次世界大战之后美国黑人运动的里程碑。详见刘绪贻、杨生茂：《美国通史》第6卷，北京：人民出版社，2002年，第159—160页；林斌：《寓言、身体与时间——〈没有指针的钟〉解析》，《外国文学评论》2009年第4期，第82页。

[②]　Virginia Spencer Carr, *The Lonely Hunter: A Biography of Carson McCullers*, Athens and London: The University of Georgia Press, 2003, p.135.

华裔剧作家黄哲伦（David Henry Hwang）①笔下的中国女性人物进行了比较。从身体和性别的角度，马丁分析了安纳克莱托的"双性同体"特征。他认为，在西方以父权社会和异性恋为主导的霸权话语的模式之下，"安纳克莱托的女性化（feminization）意味着在殖民/父权经济中建构了差异性"②。马丁的比较研究极具启发性，通过剖析安纳克莱托这个成年男子身上的女性气质，他的论文揭示了这个小人物作为"他者"的生存状况。

然而，在笔者看来，"双性同体"只是安纳克莱托作为"他者"所具有的双重性属的表征，而非被"他者化"（otherization）的真正原因之所在。小说的故事发生在一个驻扎在美国南方的军营里，显然这是一个由男性主宰的世界，"一旦男人踏入军旅，他只需亦步亦趋就可以了"（《金》：1）。所以，军营是男权社会的象征，而安纳克莱托的女性气质不过是他主动疏离官方主流文化的外在表现。在这个南方军营里，等级制度森严，权力斗争激烈，白人占了军队总数的大多数，这里的"一切都根据刻板的模式所设计"（《金》：1）。但是，小菲佣安纳克莱托的少数族裔身份却是一个"异质"的存在，他与部队的一切格格不入。难怪小说中的女主人公莉奥诺拉不由感叹："我无法想象安纳克莱托在部队里。"（《金》：133）兰顿少校也随声附和道："安纳克莱托待在军队里是不会开心的，不会……在军队里他们会让他筋疲力尽的，他会过得非常悲惨……"（《金》：133—134）那么，作为军营中被边缘化的"他者"，古灵精怪的小菲佣安纳克莱托在小说中到底发挥了怎样的功能呢？

对麦卡勒斯来说，与其长篇处女作相比，在创作这部原名为《军营》的小说时，整个写作过程非常轻松。她告诉出版社编辑，写这部小说"只是为了好玩，写起来就像吃糖果一样容易"③。她本人对这部小说的评价是："《金色眼睛

---

① 美籍华裔剧作家黄哲伦的父亲是上海人，母亲是在菲律宾长大的福建人。其代表作有《新移民》（*Fresh off the Boat*，1981）、《舞蹈与铁路》（*The Dance and the Railroad*，1982）、《家庭挚爱》（*Family Devotion*，1983）和《蝴蝶君》（*M. Butterfly*，1988）等。详见James D. Hart, *The Oxford Companion to American Literature* (Sixth Edition), Beijing: Foreign Language Teaching and Research Press, 2005, p. 311.

② Robert K. Martin, "Gender, Race, and the Colonial Body: Carson McCullers's Filipino Boy, and David Henry Hwang's Chinese Woman", *Canadian Review of American Studies*, Vol. 23, No. 1 (Fall, 1992), p.101.

③ Virginia Spencer Carr, *The Lonely Hunter: A Biography of Carson McCullers*, Athens and London: The University of Georgia Press, 2003, p. 90.

的映像》是一个有趣的故事，按照俄国现实主义作家们的手法来进行创作，他们的作品以掌控紧凑的悲喜剧（tragicomedy）见长。"①的确，《金色眼睛的映像》笔调诙谐、幽默，它是一部典型的悲喜剧，而小菲佣安纳克莱托就是其中不可或缺的"小丑"人物。

在巴赫金的狂欢诗学中，"小丑"是最常见的狂欢节形象。人们对狂欢广场、游艺舞台上的小丑早已司空见惯，"在杂技团里分配角色时，小丑的角色总是由团内最老练最完善的演员来担任"②，可见在民间诙谐文化中小丑形象极其重要。然而，当小丑人物进入文学作品后，他们却未能引起足够的重视。在分析法国作家弗朗索瓦·拉伯雷（Francois Rabelais）的小说时，巴赫金把文学作品中的小丑形象还原到了民间诙谐文化的母体中。他认为，傻瓜、疯子等丑角"它们给予作者表现非官方题材的权利：尤其是给予他对世界持一种非官方观点的权利。"③由此可见，尽管文学作品中的小丑形象地位卑微，人物渺小，但这类人物却具有强大的"颠覆"力量，他们对官方的主流意识形态发起了极大的挑战。

在《金色眼睛的映像》中，小菲佣安纳克莱托滑稽可笑，富有插科打诨的小丑特质。他兴趣广泛，爱摆弄钢琴和画笔，喜欢跳芭蕾，会经常卖弄蹩脚的法语，有关他的笑料在小说中随处可见，令人忍俊不禁。比如，安纳克莱托在下楼梯时像芭蕾舞演员那样迈着跳步，"他走到台阶最下面时慢慢抬起右腿，脚趾像芭蕾舞演员那样弯曲，轻盈地一小跳"（《金》：41—42）。不想有一次发生了意外，"最后的几个台阶他肯定是蹦跳的幅度过大，因为忽然传来重重的砰的一声"（《金》：48）。他从未受过良好的教育，却总爱从嘴里蹦出几个法语单词，结果在餐厅用餐时闹了大笑话，"他竟然用法语点菜"（《金》：66），但"他的法语极其有限，他的这顿晚餐显得颇为古怪。他仅从教科书上的课文'蔬菜园'学到一些单词，他点的菜就只有卷心菜、四季豆和胡萝卜"（《金》：66）。在沉

---

① Virginia Spencer Carr, *The Lonely Hunter: A Biography of Carson McCullers*, Athens and London: The University of Georgia Press, 2003, p. 136.

② 钱中文主编：《巴赫金全集》第六卷，李兆林、夏忠宪等译，石家庄：河北教育出版社，1998年，第303页。

③ 钱中文主编：《巴赫金全集》第六卷，李兆林、夏忠宪等译，石家庄：河北教育出版社，1998年，第304页。

闷、无聊的南方军营里，"和平时期的哨所是一个乏味的地方"（《金》：1），但小菲佣安纳克莱托和狂欢节的小丑一样，他是欢乐的源泉，给压抑、病态的日常生活带来些许轻松和愉悦。

当然，文学作品中的小丑形象不只是插科打诨和逗乐子，他们还发挥了更重要的功能。一方面，"小丑"在现实世界里特立独行，我行我素，丝毫不受世俗制度的约束，他把自己从稳定有序、等级森严的现实生活中放逐出来，但又对自身的处境有清醒的认识；另一方面，"小丑"虽置身事外，但时而也会闯入被规约的正统世界，用他种种滑稽可笑的行为，打乱正常的生活秩序和节奏，揭露现实生活中冷漠、虚伪的一面。所以，在文学作品里，"小丑"人物看似愚蠢可笑，实则大智若愚，正如巴赫金所言："愚蠢，这就是自由自在的节日明智，它摆脱了官方世界的一切规范和约束，同样也摆脱了这个世界的关怀和严肃性。"①

在小说《金色眼睛的映像》中，安纳克莱托把小丑的这一功能发挥到了极致。虽然安纳克莱托只是兰顿太太的一名贴身菲佣，但他从不看低自己的社会地位，也不把男主人兰顿少校放在眼里。在家里"他像是没看见少校的样子"（《金》：41），少校询问妻子艾莉森的身体状况时，他却用少校听不懂的法语来回答。对少校的吩咐，他也故意拖拖拉拉，敷衍了事。显然，小菲佣安纳克莱托对美国南方社会的阶级划分和等级制度视若无物，把自己置身于军营的官方世界之外，他是站在边缘地带的局外人。

但小菲佣安纳克莱托有时也会闯入现实世界，打乱等级社会的秩序，以小丑荒诞的喜剧性效果，揭露军营里的伪善和谎言，这一点在利奥诺拉的家庭派对上得到了淋漓尽致的表现。在派对上，威恩切克中尉（Lieutenant Weincheck）是一个不受众人待见的人，因为"除了兰顿太太他的存在在哨所所有人的眼里都无足轻重。他在军队里丢人现眼，快五十岁的人了还没有获得上尉军衔。他的眼睛问题严重，不久就要退役了"（《金》：38）。在论资排辈的军队里，地位低下的威恩切克中尉自然会受到排挤和孤立，他只能孤独地站在派对的角落里。小菲佣安纳克莱托见此情形，便自编自导了一个小插曲。"餐具柜可能是最愉快

---

① 钱中文主编：《巴赫金全集》第六卷，李兆林、夏忠宪等译，石家庄：河北教育出版社，1998年，第301—302页。

的地方了。安纳克莱托一脸不情愿的表情，他用勺子舀小半杯甜饮，慢悠悠的。安纳克莱托看见独自站在大门旁的威恩切克中尉，他就足足花了十五分钟打捞每一颗樱桃每一块菠萝，然后扔下十几个排队等在旁边的军官，把这杯特等的甜饮递给老中尉。"（《金》: 84—85）

显然，安纳克莱托的做法是一种越界行为，而"越界既是一种现实行为，也是一种象征表演（symbolic performance）。不管这种越界行为出于什么样的原因，它都表示对以往生活的彻底否弃"①。因此，安纳克莱托不仅打乱了派对上的等级秩序，同时也揭露了其他军官的无情和势利。很快，他的大胆举止引起了其他人的不满，一个"玩笑在派对中悄悄地传播开了——这个故事的大意是，小菲律宾人把艾莉森·兰顿的尿样送到医院做尿检之前，周全地给她的小便洒上香水"（《金》: 85）。这让安纳克莱托气愤不已，从派对上回来之后，面对女主人艾莉森，他说出了下面这番话："'我讨厌人！'他用激烈的口吻说道，'派对上有个人开了这个玩笑，他没注意到我就在旁边。那玩笑太粗俗，太侮辱人了，还是假的！'"（《金》: 90—91）安纳克莱托用最直白的语言，毫不留情地揭开了众人伪善的面具，拆穿了他们的谎言，道出了事实的真相。派对上发生的这一切正可谓是小丑的"愚蠢，这是反面的智慧，反面的真理"②。

由此可见，在一切被刻板化、被规约化的南方军营里，小菲佣安纳克莱托"小丑"般的行为为军队的官方文化所不容，这才是他被"他者化"的根本原因，而其身上的女性气质更是加深了他与主流社会之间的隔阂。安纳克莱托以"小丑"独有的戏谑方式，为我们揭示了一个虚伪、冷漠、异化的南方社会。在各种亦庄亦谐的插科打诨中，安纳克莱托质疑了南方社会的等级制度，挑战了军营里的官方话语。在大胆的越界行为中，他试图打破阶级的界限，消除隔阂与鸿沟。或许正因为如此，麦卡勒斯借安纳克莱托之口，说出了小说标题的意义——安纳克莱托盯着壁炉的余火，突然说道："孔雀的颜色是某种非常恐怖的绿色。它长着一只巨大的金色眼睛。在眼睛里有这些映像，很小的东西……"（《金》: 101）透过金色眼睛中的这些映像，我们看到的是美国南方在残酷的种

---

① 张德明：《西方文学与现代性叙事的展开》，上海：华东师范大学出版社，2018年，第151页。
② 钱中文主编：《巴赫金全集》第六卷，李兆林、夏忠宪等译，石家庄：河北教育出版社，1998年，第301页。

族政治下扭曲、畸形的现实生活，安纳克莱托貌似痴人说梦的"呓语"却道出了一个真实的南方世界。

第三节 犹太哑巴辛格：城镇里的"漫游者"

如前文所述，尽管黑白关系是美国南方种族政治的核心，但南方的种族问题又不啻是黑人问题，信奉"白人至上论"的南方主流社会同样也歧视其他的少数族裔群体。具有强烈社会意识的麦卡勒斯除了关注黑人之外，她的笔触也深入其他的少数族裔群体中，犹太人便是其小说中常见的人物形象。笔者发现，在麦卡勒斯的作品中，犹太人的出现频率并不亚于黑人。为何麦卡勒斯会如此关注这两个少数族群？或许，我们可以从小说《心是孤独的猎手》中黑人医生马迪·考普兰德所说的一席话里找到答案：

> "纳粹剥夺了犹太人的法律、经济和文化生活。这里，黑人也一直被剥夺了这些。如果说在德国发生的对钱物成批的和戏剧化的抢劫，并没有发生在这里，那不过是因为黑人从一开始就没有致富的机会。"
>
> ……
>
> "犹太人和黑人，"考普兰德医生痛苦地说，"我们同胞的历史将和犹太人漫长的历史相提并论——只会更血腥，更野蛮。像一种海鸥。如果你捉住一只，在它的腿上缠住一根细红绳，剩下的鸟会把他啄死。"（《心》：285）

不难看出，在麦卡勒斯看来，黑人与犹太人这两个少数族群承载着同样"血腥、野蛮"的历史，他们在美国南方社会的境遇并无二致。所以，在麦卡勒斯的重要作品中，总是不乏犹太人的形象。

比如，在《心是孤独的猎手》中，精明能干的犹太人是米克的爸爸在钟表修理行业中的竞争对手，"他们（犹太人）在小镇的商业中心，都是动作敏捷、皮肤黝黑、个子矮小的犹太人"（《心》：95）。在《伤心咖啡馆之歌》中，罗锅李蒙表哥来到南方小镇，前来投奔镇上的女强人爱密利亚小姐，他的突然出现在小镇居民中引起了不小的轰动。在场的"双胞胎里的一个说道：'他（罗锅李蒙）要不是真正的莫里斯·范因斯坦，那才怪哩"（《咖》：7）。莫里斯·范因斯坦（Morris Finestein）是何许人也？"其实他只不过是个动作迅速、蹦蹦跳跳的小犹太人，他每天都吃发得很松的面包和罐头鲑鱼，你只要一说是他杀了基督，他就要哭。后来他碰到了一件倒霉的事，搬到社会城去了。可是自此以后，只要有人缺少男子气概，哭哭啼啼，人们就说他是莫里斯·范因斯坦。"（《咖》：7—8）在《没有指针的钟》中，白人药剂师马龙抱怨，正是犹太人剥夺了他当医生的机会："刻苦攻读的犹太学生把J. T. 马龙挤出了医学院，摧毁了他当一名医生的前途——因此他改行开了一家药房。"（《没》：7）所以，当马龙得知自己的主治医生海顿大夫（Dr. Kenneth Hayden）竟然是一名犹太人时，他觉得十分懊恼，"也许医生的名字把他蒙骗了——凯尼斯·海顿。马龙心里想，他并没有抱着偏见，但是，假如犹太人也像他那样采用老盎格鲁–撒克逊人的南方名字，他觉得总有点不妥"（《没》：8）。事实上，麦卡勒斯在作品中对犹太人的类似描述还有很多，在此不一一赘述。

但是，麦卡勒斯未曾料到她对犹太人物形象的刻画在公众中引发了轩然大波，她的作品招致不少批评之声，甚至有读者写信给她，谴责她的小说带有"反犹太"倾向。1943年8月，《伤心咖啡馆之歌》发表在《哈泼时尚》（Harper's Bazaar）上，不久麦卡勒斯就收到一封署名为"一个美国人"的读者匿名信。在信中，这位愤怒的读者写道：

> 致尊敬的年轻作家：我刚刚开始读你的小说，但在第二页的末尾，你取笑了犹太人。当我了解到这是哪一家出版商之后，这样的小说能够得以发表也就不足为奇。你何不撇开种族的话题，停下来去四周看看，了解一下谁是心术不正的大政客，谁是金融公司的大头头。或许还有你的朋友们刘易斯先生和希特勒。[我] 一定会严厉抨击《哈泼时尚》，直到你和你们这种人学会像犹太人一样具有人性为止。①

---

① Virginia Spencer Carr, *The Lonely Hunter: A Biography of Carson McCullers*, Athens and London: The University of Georgia Press, 2003, pp. 236-237.

　　这封匿名信让麦卡勒斯深受打击，"卡森觉得这样的谴责不可思议……她整个人处于失衡的状态"①。除了向众多好友（其中包括犹太裔在内）申诉自己的写作意图之外，麦卡勒斯还写了一封"公开信"（Open Letter）。在"公开信"中，麦卡勒斯写道："当一个人对反讽（irony）感觉迟钝或者误解丛生时，作者很难清晰地解释自己的观点。"②至于小说中那些有关犹太人的描述，她认为这只不过是自己写作的一种方式，为此她解释道："她对待犹太人物与她笔下所有的人物一样，都是按照传统、轻松的写法来处理的。她无意取笑犹太人……［她］谴责的不是犹太人，而是纵容这些堕落行径发生的社会。"③《哈泼时尚》的新任文学编辑玛丽·洛·阿斯维尔（Mary Lou Aswell）想将此信公开发表，但杂志总部的赫斯特办公室（the Hearst office）却百般阻挠，最后只好不了了之。在百般无奈之下，麦卡勒斯亲自将"公开信"寄给多位友人和杂志社，来阐明自己身为作家的立场。④

　　对于公众所谓"反犹太"倾向的谴责，麦卡勒斯一直难以释怀。从"公开信"的自辩词中，我们可以了解到她真实的写作意图：依据作者本人的说法，她在小说中对犹太人的描写看似"贬损"，实为写作中的"反讽"。作为读者，我们不由追问：麦卡勒斯笔下的犹太人形象到底在何种意义上构成了反讽？而反讽的效果又是如何被呈现的呢？对此，麦卡勒斯却语焉不详。带着这样的疑问，笔者将聚焦于她小说中的典型犹太人物，试图解开这个"反讽"之谜。综观麦卡勒斯所有的作品，最具代表性的犹太人物莫过于其长篇小说处女作《心是孤独的猎手》中的哑巴辛格。之所以这么说，是因为哑巴辛格是全书最重要的枢纽，并且这部长篇小说也是麦卡勒斯唯一以犹太人为核心人物来展开故事情节的作品。因此，要破解"反讽"之谜，从哑巴辛格这一典型的犹太人物入

---

① Virginia Spencer Carr, *The Lonely Hunter: A Biography of Carson McCullers*, Athens and London: The University of Georgia Press, 2003, p. 237.

② Virginia Spencer Carr, *The Lonely Hunter: A Biography of Carson McCullers*, Athens and London: The University of Georgia Press, 2003, p. 237.

③ Virginia Spencer Carr, *The Lonely Hunter: A Biography of Carson McCullers*, Athens and London: The University of Georgia Press, 2003, p. 238.

④ 详见 Virginia Spencer Carr, *The Lonely Hunter: A Biography of Carson McCullers*, Athens and London: The University of Georgia Press, 2003, p. 238.

手，应该不失为一个不错的突破口。

在《心是孤独的猎手》中，尽管哑巴辛格是全书人物关系的核心所在，但故事的叙述者始终没有道明他真实的种族身份，却又给读者留下了一些蛛丝马迹。

根据笔者的统计，在整部小说中，有据可考的文本总共有五处：黑人医生考普兰德最先对辛格的种族身份产生了疑惑："'高个，瘦长，灰绿色的眼珠？'考普兰德医生突然问道，'对每个人都很有礼貌，穿得很讲究？[辛格]不像是这镇上的人——更像是北方人，也许是犹太人？"（《心》：80）第二次是与辛格交谈多次之后，考普兰德更加肯定"他（辛格）真的不像别的白人……他理解的方式是其他白人所不能的。他倾听的时候，脸部是温柔的，犹太式的，一个属于被压迫民族的人的理解力"（《心》：128）。第三次是在圣诞节的聚会上，叙述者这样描述道："辛格先生站在门道……哑巴一个人站着。他的脸有点像斯宾诺莎的一幅画像。一张犹太人的脸。"（《心》：179）第四次是叙述者讲述在小镇盛传着有关辛格的流言："关于哑巴的谣言多种多样。犹太人说他是犹太人。"（《心》：191）第五次是考普兰德与杰克为了确认辛格的种族身份，发生了争执。杰克认为辛格是"纯得不能再纯的盎格鲁－撒克逊人。爱尔兰和盎格鲁－撒克逊"（《心》：285）。但考普兰德却把握十足地说："辛格先生是犹太人……我相信他是的。这个名字，辛格。第一眼看见他，我就认出了他的种族。从他的眼睛。而且，他这样对我说过。"（《心》：285）

结合上述文本考证，层层推进，笔者作出了这样的推断：哑巴辛格应该为犹太族裔，而叙述者对其种族身份故意半遮半掩，这极有可能与作者的写作意图有关。在《心是孤独的猎手》的小说手稿中，麦卡勒斯记录了自己的创作初衷。在谈及哑巴辛格这一人物时，她说"风格是含糊其词的（oblique）"[1]，因为"他（辛格）是一个扁平人物（a flat character）"[2]。这也难怪，读者需要花费一番心思，才能确认哑巴辛格的犹太种族身份。

---

[1] Carson McCullers, *Illumination and Night Glare*, Carlos L. Dews (ed.), Madison: The University of Wisconsin Press, 1999, p. 165.

[2] Carson McCullers, *Illumination and Night Glare*, Carlos L. Dews (ed.), Madison: The University of Wisconsin Press, 1999, p. 165.

那么，让我们回到之前与"反讽"有关的那个问题：哑巴辛格这个犹太人物形象是如何在小说文本中形成反讽的？而反讽的效果又体现在何处呢？

所谓"反讽"，简而言之，即为"正话反说"（saying what is contrary to what is meant）[1]。美国著名的文学理论家M. H. 艾布拉姆斯（M. H. Abrams）和杰弗里·高尔特·哈彭（Geoffrey Galt Harpham）以反讽的表现形式和功能为依据，对之进行了分类，"言语反讽"（verbal irony）和"结构反讽"（structural irony）是其中最主要的两大类型[2]。为论述方便起见，笔者将从这两个反讽的类型，来剖析犹太哑巴辛格。

根据艾布拉姆斯和哈彭的定义，"言语反讽"指的是"在表述中，说话者的意图与字面所表达的意思大相径庭"[3]。麦卡勒斯给犹太哑巴取名为约翰·辛格（John Singer），这带有明显的"言语反讽"的意味。众所周知，英文单词"singer"意为"歌者""歌手"，但辛格不仅不会唱歌，而且还是一个聋哑人（a deaf-and-dumb man），他只能依靠手语与他人交流。在小说中，故事叙述者对哑巴辛格的身世一笔带过："尽管他还是婴儿时就聋了，但他从来就不是真正的哑巴。很小的时候他成了孤儿，被送进聋哑儿收养院。他学会了手语和阅读。九岁以前他就能打美国式的单手手语，也能打欧洲式的双手手语。他学会了唇读。随后他被教会了说话。"（《心》：10）但是，当辛格来到这个南方小镇，并遇到了另一个哑巴希腊人斯皮诺思·安东尼帕罗斯（Spiros Antonapoulos）之后，两人便生活在一起，形影不离。"从那以后，他（辛格）再也没用嘴说过话，因为和伙伴在一起时他不要动嘴。"（《心》：11）由此可见，辛格名字的字面之意——"歌者""歌手"——与人物始终沉默不语的真实状况形成了鲜明的对比，从而构成了典型的"言语反讽"。

---

① Claire Colebrook, *Irony*, London and New York: Routledge, 2004, p. 1.

② 艾布拉姆斯和哈彭将"反讽"分为以下几个类型：言语反讽、结构反讽、指令反讽（stable irony）、非指令反讽（unstable irony）、讽刺（sarcasm）、苏格拉底式反讽（Socratic irony）、戏剧性反讽（dramatic irony）、悲剧性反讽（tragic irony）、宿命反讽（cosmic irony）、浪漫主义反讽（romantic irony）等。详见M. H. Abrams and Geoffrey Galt Harpham, *A Glossary of Literary Terms* (Tenth Edition), Boston: Wadsworth Cengage Learning, 2012, pp. 184-187.

③ M. H. Abrams and Geoffrey Galt Harpham, *A Glossary of Literary Terms* (Tenth Edition), Boston: Wadsworth Cengage Learning, 2012, p. 184.

如果说"言语反讽"类似于一种"文字游戏"（a word play），那么"结构反讽"则要求读者潜入文本内部，进行更为深入的剖析，因为"结构反讽"是"作者……所采用的一种结构上的特性，以维持贯穿于整部作品之中的双重意义和评判（a duplex meaning and evaluation）"①。与"言语反讽"不同的是，在"结构反讽"中，往往有一个"天真的主人公"（naive hero）②，而"作者在场的隐含视角躲藏在这个天真人物的背后"③。

在小说《心是孤独的猎手》中，对于无名南方小镇来说，犹太人哑巴辛格正是一个"天真的主人公"，因为他是一名外来客。"二十二岁时他从芝加哥来到这个南部的小镇"（《心》: 11），所以辛格的社会关系极其简单，他身边最亲密的人只有哑巴安东尼帕罗斯。这两个哑巴相依为命，在小镇上一待就是十年，但是"两个哑巴没有别的朋友，除了工作时间他们总是两个人独自待在一起。每一天都和前一天没有什么不同，他们过于离群索居，几乎没有什么能扰乱他们的生活"（《心》: 5）。

那么，参照艾布拉姆斯和哈彭提出的"结构反讽"的概念，作者麦卡勒斯围绕犹太哑巴辛格，在小说文本中到底采用了怎样的"一种结构上的特性"？她又是如何"维持贯穿于整部作品之中的双重意义和评判"的呢？

在这部原名为《哑巴》的小说中，麦卡勒斯将作品中复杂的人物关系概括为"车辐—车轴"的图示，而哑巴辛格是这个图示的核心④。在笔者看来，正是这个图示关系构成了小说文本内部的"结构反讽"，一个悖论式的矛盾隐藏其中。根据这个图示结构，小说中的人际关系构成了一个有趣的圆形社交圈：哑巴辛格是圆心，而其他的主要人物及小镇居民则分散在圆周各处。按照常理，人与人之间的交往本该是双向互通的。换言之，在正常情况下，在这个圆形的

---

① M. H. Abrams and Geoffrey Galt Harpham, *A Glossary of Literary Terms* (Tenth Edition), Boston: Wadsworth Cengage Learning, 2012, p. 185.

② M. H. Abrams and Geoffrey Galt Harpham, *A Glossary of Literary Terms* (Tenth Edition), Boston: Wadsworth Cengage Learning, 2012, p. 185.

③ M. H. Abrams and Geoffrey Galt Harpham, *A Glossary of Literary Terms* (Tenth Edition), Boston: Wadsworth Cengage Learning, 2012, pp. 135-136.

④ Carson McCullers, *Illumination and Night Glare*, Carlos L. Dews(ed.), Madison: The University of Wisconsin Press, 1999, p. 179.

社交圈内，"向心力"与"离心力"理应并存，即核心人物犹太哑巴辛格与"圆周"位置的其他人物应有来有往，彼此呼应。然而，在小说中，"车辐—车轴"的人际关系却是一个"怪圈"，它只有"向心力"，却没有"离心力"，因为辛格与他人的交流完全是单向的，而非双向的。犹太人辛格远离人群，除了哑巴安东尼帕罗斯之外，他几乎从不与别人来往，但小说中的其他人物，如比夫、米克、杰克以及黑人医生考普兰德等，却一厢情愿地把辛格视为知己。由于犹太哑巴辛格的存在，原本互不相干的四个人彼此之间却有了交集。这种单向的"向心力"式的人物关系恰似车辐（四个主要人物：比夫、米克、杰克和考普兰德医生）指向车轴（核心人物犹太哑巴辛格），并最终在车轴处汇聚；但车轴却独居中心位置，并不向四周辐射开去，从而形成了一个奇特的社交"怪圈"。

作家寇挥认为，这四个主要人物与犹太哑巴辛格的关系是"可以倾吐，可以倾听，可是双方的信息丝毫也不能抵达——这样一个结构本身就到达了文学的形而上阶段"[1]。依笔者之见，"文学的形而上"在"结构反讽"中得到了淋漓尽致的体现，一个不易察觉的悖论隐匿其中。

一方面，哑巴辛格与南方小镇居民相处融洽。他往往被当作忠实的聆听者，小说中的四个主要人物向他倾诉各自的秘密和心声，在他们眼中"辛格先生和别人都不一样"（《心》：170）。不仅如此，几乎所有的小镇居民都认识哑巴辛格，而且不约而同地视他为知己。"散步时，他（辛格）经常被人叫住聊天。各式各样的人都认识了他。"（《心》：190）甚至，"一个孤独的土耳其人，多年前流浪到小镇……他说哑巴听得懂他的土耳其语"（《心》：191）。所以，犹太哑巴辛格生活在这个南方小镇的人群之中，并深得镇上居民的信任，他是小镇错综复杂的社会关系中的一分子。从这个意义上说，哑巴辛格是整个南方小镇人物关系的核心，他身居其中。

另一方面，辛格与小镇又并非完全相融。身为外来客，犹太族裔的身份让他与小镇的一切格格不入。多年来，关于辛格的谣言从未间断过，"关于哑巴的谣言多种多样。犹太人说他是犹太人。主街上的商人说他继承过一大笔遗产，是个有钱人。在一个被打压的纺织协会里，人们交头接耳说哑巴是工联大

---

[1] 寇挥：《我的世界文学地图》，北京：北京十月文艺出版社，2018年，第276页。

会的组织者⋯⋯一个农村的老人说哑巴来自离他家不远的地方，哑巴的父亲经营全郡最好的烟草园。关于他，有这些流言"（《心》：191）。所以，辛格与小镇之间总是存在隔阂，他对小镇居民也有一定的疏离感。譬如，尽管辛格待人友善，但他对四位倾诉者的频繁造访颇有微词，在写给同伴安东尼帕罗斯的信中，辛格抱怨道："他们来我的房间，和我说话，我简直不能理解一个人可以这样不知疲倦地动嘴皮子。"（《心》：203）所有的这些让辛格感到厌倦，当他独自沉思时，"他看见米克、考普兰德医生、杰克·布朗特和比夫·布瑞农。他们的面孔从黑暗中跳出来，涌进他的脑海，他感到透不过气"（《心》：305）。这正如麦卡勒斯在其手稿中所言："在精神病态的程度上，他（辛格）与其他人群正常的人类情感是隔离的。"[①] 从这层面上说，犹太哑巴辛格是南方小镇的局外人，他被排斥在小镇的社会生活之外。

"一旦人被剥夺了他所属的环境，就不得不成为一个游荡者。"[②] 何谓"漫游者"（flâneur）？波德莱尔（Charles Baudelaire）有如下描述：

> 如天空之于鸟，水之于鱼，人群是他的领域。他的激情和他的事业，就是和群众结为一体。对一个十足的漫游者、热情的观察者来说，生活在芸芸众生之中，生活在反复无常、变动不居、短暂和永恒之中，是一种巨大的快乐。离家外出，却总感到是在自己家里；看看世界，身居世界的中心，却又为世界所不知，这是这些独立、热情、不偏不倚的人的几桩小小的快乐，语言只能笨拙地确定其特点。[③]

不难看出，漫游者是一个矛盾的复杂体，因为"漫游者是强大的，同时又

---

① Carson McCullers, *Illumination and Night Glare*, Carlos L. Dews(ed.), Madison: The University of Wisconsin Press, 1999, p. 165.

② ［德］汉娜·阿伦特编：《启迪：本雅明文选》，张旭东、王斑译，北京：生活·读书·新知三联书店，2008年，第187页。法语单词"flâneur"的中文译法有很多，目前较为通用的译名有"漫游者""游荡者""闲游客""浪子""浪荡子"等。根据本书的主要观点，笔者统一采用"漫游者"这一中文译名。因此，在有关 flâneur 的文献中，相关概念的译法也将依照上下文的需要略作改动。

③ ［法］夏尔·波德莱尔：《现代生活的画家》，郭宏安译，上海：上海译文出版社，2012年，第14页。

很脆弱。他的不确定状况是他和城市景观关系的必然结果"①。小说主人公犹太哑巴辛格具有漫游者身上所有的特质，由于无法完全融入小镇的社交圈，"漫游"成为他独有的一种生活方式："辛格变了。他经常出去散很长时间的步，安东尼帕罗斯走后的最初几个月内他常常这样。他的散步绵延数里路，小镇的四面八方他都走遍了。"（《心》：189）途中他被各种各样的人叫住聊天，"如果和他说话的是陌生人，他就掏出卡片，说明他为什么沉默。整个小镇都知道了他。他散步时肩膀挺得很直，双手总是插在口袋里"（《心》：190—191）。辛格身上这种智者般冷峻的气质与漫游者不谋而合，"因为漫游者一词包含着这个世界的道德机制所具有的性格精髓和微妙智力；但是另一方面，漫游者又追求冷漠"②。于是，不属于任何社交群体的犹太哑巴辛格以"漫游者"的身份冷眼审视、观察、洞见小镇里发生的一切。在漫游途中，辛格逛遍了镇上的每个角落，他以心灵之眼作画，为我们勾勒了一个被编码、被规划之后的小镇景观里的"地图空间"。作为小镇的"漫游者"，辛格在绘制这幅地图的同时，也是地图的观看者。地图有一个重要的特质："观看的人同时既在其中，又在其外……它（地图）通过一种神奇的分裂，让观看的人同时身处两个地点。"③"漫游者"哑巴辛格身上的矛盾性就集中体现在这种"神奇的分裂"之中——他既置身小镇之中，又置身小镇之外；他既是局内人，又是局外人。

如此分裂的矛盾性让"漫游者"这个形象在文学作品中具有独特的叙事功能。英国文学评论家詹姆斯·伍德（James Wood）在《小说机杼》（*How Fiction Works*，2015）一书中对此有专门论述，他认为"漫游者"的叙事功能是基于作者对"眼睛的使用——作者的眼睛，人物的眼睛"④。麦卡勒斯借哑巴辛格之眼记录了发生在无名南方小镇的一切："哑巴的眼睛像猫一样冷淡而温和"（《心》：22），"他灰色的眼睛仿佛把周围的一切尽收眼底，他的脸上永远是那种平静的

① ［英］丹尼·卡瓦拉罗：《文化理论关键词》，张卫东、张生、赵顺宏译，南京：江苏人民出版社，2006年，第169页。

② ［法］夏尔·波德莱尔：《现代生活的画家》，郭宏安译，上海：上海译文出版社，2012年，第13页。

③ ［英］杰里·布罗顿：《十二幅地图中的世界史》，林盛译，杭州：浙江人民出版社，2016年，第8页。

④ ［英］詹姆斯·伍德：《小说机杼》，黄远帆译，郑州：河南大学出版社，2015年，第33页。

表情——几乎是极度智慧或极度悲哀的人独有的表情"（《心》：191）。不属于任何社交群体的犹太哑巴辛格以"漫游者"的身份冷眼审视、观察、洞见小镇里发生的一切。

然而，毫无目的的漫游看似轻松自在，却往往意味着个体的生存感、归属感和家园感的丧失。所以，当唯一的好友安东尼帕罗斯病死在疯人院之后，辛格便失去了生活的希望，他对小镇的一切已无可依恋，最后决定提早结束自己的生命。在开枪自杀的前一刻，辛格还坚持着漫游的习惯，"他低着头，在大街上闲荡了一会儿。阳光耀眼的直射，潮湿的闷热，都令他感到压抑"（《心》：310）。可以说，犹太哑巴辛格以"漫游"如此特殊的方式在对小镇作最后的告别。

于是，在这种单向的、"向心力"式的"车辐—车轴"关系中，麦卡勒斯营造出了"结构反讽"的效果，从而产生了一种"双重意义和评判"：犹太哑巴辛格既融于小镇的人群之中，身居社交圈的核心，但他又为小镇居民所不知，游离在小镇社会之外。由此可见，作为南方小镇的漫游者，辛格是一个矛盾重重的人物，正如丹尼·卡瓦拉罗（Dani Cavallaro）所言："漫游者体现了发展中的城市的矛盾性：他是一个貌似全能的观察者，洞察一切却又一无所见；他是一个孤独的一无所有的旁观者，被排除在所有的人际关系之外，仅与无形的群众偶有接触。"[1] 因此，在无名南方小镇里，犹太哑巴辛格成了另类人群的代表人物，即他者——虽然他生存在南方社会的现实之中，身居社交圈的核心，但他又无法完全融入其中，被放逐在南方主流意识形态之外。

麦卡勒斯自称"这部作品的根本观念是反讽的（ironic）"[2]。笔者认为，犹太哑巴辛格正是整部小说反讽性的集中体现。无论是从表层的"言语反讽"，还是从深层的"结构反讽"来看，犹太哑巴辛格这个人物总是充满了矛盾重重的张力感。在小说中，他似乎是所有人的知音，但其漫游者的气质注定他与外界之间看似亲密无间的关系不过是一种被粉饰的假象。一旦失去了辛格这个人物，

---

① ［英］丹尼·卡瓦拉罗：《文化理论关键词》，张卫东、张生、赵顺宏译，南京：江苏人民出版社，2006年，第169页。

② Carson McCullers, *Illumination and Night Glare*, Carlos L. Dews (ed.), Madison: the University of Wisconsin Press, 1999, p. 183.

小镇的整个景观也随之隐没。伴随辛格之死，小说很快进入了尾声，故事也戛然而止，"车轴—车辐"的人物图示顷刻分崩离析：比夫对辛格的自杀久久无法释怀，"这个谜。这个问题在他（比夫）心里扎下了根子，让他不得安宁。辛格之谜，还有其他的谜"（《心》: 341）；少女米克匆匆结束了青春期，她放弃了音乐梦想，去商店工作来养活自己；杰克失望地离开了小镇，却没有明确的目的地；考普兰德医生重病缠身，与家人一起搬到了小镇以外的乡下。

克莱尔·科尔布鲁克（Claire Colebrook）认为，在文学作品的反讽中，"我们可以想象到作者以某种方式躲藏在作品背后，但作者并不想要或打算告知作品到底说了些什么"[1]。那么，躲藏在犹太哑巴辛格背后的作者没有道明的东西到底是什么呢？

麦卡勒斯研究专家拉里·赫逊（Larry Hershon）指出："对于麦卡勒斯笔下的犹太人物，结合她所处的时代和地域——南方及南方之外，就能发现她作品中的张力，从而揭示她对'犹太人'及犹太性的理解。"[2]国内学者荆兴梅也认为，《心是孤独的猎手》"揭示出'反犹主义'违背人性的实质，从而在文化层面上成功消解了它"[3]。换言之，若要发掘犹太哑巴辛格这一人物的深意，我们不得不考察这部小说的时代语境以及美国南方的历史、文化。《心是孤独的猎手》于1940年问世，这是一个经历了南北战争、第一次世界大战与战后重建之后的新时代，一个工业化的"新南方"正在崛起。在"新南方"热衷者的支持下，南方工业迅猛发展，纺织业成为南方经济的支柱。美国著名的历史学家布林克利（Alan Brinkley）记录了这段历史："在过去的20年里（19世纪末20世纪初），纺织工业增长了九倍。在过去，南方种植园主通常要把当地的棉花运到北方或欧洲的加工厂。如今，纺织工厂在南方纷纷出现。"[4]纺织业的兴起加快了"新南方"的都市化进程，小说中的无名南方小镇在这股工业热潮中应运而生。

---

① Claire Colebrook, *Irony*, London and New York: Routledge, 2004, p. 5.

② Larry Hershon, "Tension and Transcendence: 'The Jew' in the Fiction of Carson McCullers", *The Southern Literary Journal*, Vol. 41, No. 1 (Fall, 2008), p. 53.

③ 荆兴梅：《卡森·麦卡勒斯作品的政治意识形态研究》，北京：中国社会科学出版社，2015年，第80页。

④ ［美］艾伦·布林克利：《美国史（第13版）》第2册，陈志杰等译，北京：北京大学出版社，2019年，第643页。

　　具体到小说中，犹太哑巴辛格是南方小镇种族冲突和种族矛盾的观察者和目击者。比如在小说开篇，午夜时分，辛格安静地坐在比夫的咖啡馆里，他目睹了这样一幕：当黑人医生考普兰德走进咖啡馆时，店内立马有白人顾客抗议："你不知道吗，白人喝酒的地方，不许带黑鬼进来。"（《心》：22）随着故事情节的推进，小镇的种族矛盾被进一步激化。考普兰德在圣诞节召集了一场黑人同胞的聚会，哑巴辛格是唯一受邀的白人。在聚会上，考普兰德发表了一场演讲，控诉美国南方社会的种族歧视："我们（黑人）被迫在我们活着的几乎每一个小时，出卖我们的劳动力，我们的时间，我们的灵魂。我们从一种奴隶制中获得解放，却踏入了另一种奴隶制。"（《心》：182）哑巴辛格始终站在一旁静观，"辛格先生是最后一个走的。他真是一个好人。他是一个有智慧和真正知识的白人。他身上没有一丝卑鄙的傲慢。所有的人都走了，他是惟一留下来的"（《心》：186）。

　　犹太哑巴辛格观察到的这一切彰显了"新南方"现代城镇中的矛盾性。尽管工业的迅猛发展带来了南方经济的复苏，但不公正的雇佣制度和历史遗留下来的种族问题让南方的种族冲突愈发激烈。黑白关系是美国南方种族政治的核心，但南方的种族矛盾又不啻是黑人与白人之间的冲突，信奉"白人至上论"的南方主流社会同样也歧视其他的少数族裔群体。特别是在1939年9月第二次世界大战爆发之后，纳粹党的反犹太政策愈发极端化。在动荡的20世纪40年代，欧洲法西斯的幽灵开始在这个美国南方小镇上游荡，极权政治让南方的种族政治斗争变得更加残酷、激烈。如此重大的历史事件对麦卡勒斯的写作产生了巨大影响，正如美国南方文学研究专家罗伯特·H. 布林克迈尔（Robert H. Brinkmeyer）所言："《心是孤独的猎手》再现了在南方小镇上势力大涨的欧洲法西斯主义，瞬息万变的时代和令人麻木的异化让这个小镇四分五裂。"[1] 在散文《开花的梦：写作札记》中，麦卡勒斯写道："在《心是孤独的猎手》中，聋哑人约翰·辛格是一个象征（a symbol）。"[2] 换言之，犹太哑巴辛格的命运具有象

① 　Robert H. Brinkmeyer, Jr., *The Fourth Ghost: White Southern Writers and European Fascism, 1930-1950*, Baton Rouge: Louisiana State University Press, 2009, p.239.

② 　Carson McCullers, "The Flowering Dream: Notes on Writing", Margarita G. Smith (ed.), *The Mortgaged Heart*, Boston and New York: Houghton Mifflin Company, 2005, p. 276.

征意义，这不仅是他个人的悲剧，而且也是美国南方社会整个少数族裔群体的缩影。难怪，传记作家卡尔认为，作为小说的枢纽人物，犹太人哑巴辛格"是一个恰当的媒介，他表达了作者对凄凉的孤独感的洞悉与人类境遇中固有的孤寂"[1]。

　　在笔者看来，卡尔的这番话道明了一个不为人知的真相：躲藏在犹太哑巴背后的作者带有辛格的影子，麦卡勒斯本人未能道明的话借辛格这个"恰当的媒介"以南方小镇"漫游者"的独特方式得以表达出来。换言之，在一定程度上，南方小镇的"漫游者"哑巴辛格与南方的"旅居者"作家麦卡勒斯存在某种相似之处：南方小镇之于哑巴辛格，正如南方故土之于麦卡勒斯，因为两人都对南方（小镇）保持着一种适度的距离，他们既能融入其中，也可游离其外。站在如此超然的立场上，哑巴辛格与作者麦卡勒斯都以内外兼有的双重视角来审视南方（小镇）所发生的一切。

　　综上所述，公众对麦卡勒斯作品"反犹太"倾向的谴责实有断章取义之嫌，对文本的如此解读不仅脱离了作品的社会历史语境，而且也完全曲解了作者的写作意图。如林斌所言，那位给麦卡勒斯写匿名信的读者"无意中提供了一个'过度阐释'的反面例证"[2]。

　　1940年，麦卡勒斯发表了《美国人，望故乡》（"Look Homeward, Americans"，1940）[3]一文。她在文中写道："我们的文学被赋予了热望和不安的特质，我们的作家都是伟大的流浪者（wanderer）。"[4] 对她本人来说，她的流浪方式就是不断地逃离南方，又总是回归南方。如此往复辗转，麦卡勒斯成了南方"旅居者"。而就美国南方文学而言，最能体现"热望和不安的特质"的莫过

---

① Virginia Spencer Carr, *Understanding Carson McCullers*, South Carolina: University of South Carolina Press, 1990, p. 17.

② 林斌：《文本"过度阐释"及其历史语境分析——从〈伤心咖啡馆之歌〉的"反犹倾向"谈起》，《四川外语学院学报》2004年第4期，第37页。

③ 这篇文章的标题与美国南方著名作家托马斯·沃尔夫（Thomas Wolfe）在1929年发表的第一部小说《天使，望故乡》（*Look Homeward, Angel*，1929）的书名仅一词之差。沃尔夫的这部小说处女作以一个南方小城为背景，讲述了自小在南方长大的主人公一路成长、他乡寻梦的历程。笔者据此推测，麦卡勒斯的文学创作在一定程度上可能受到了沃尔夫的影响和启发。

④ Carson McCullers, "Look Homeward, Americans", Margarita G. Smith (ed.), *The Mortgaged Heart*, Boston and New York: Houghton Mifflin Company, 2005, p. 209.

于南方社会中根深蒂固的种族问题。带着强烈的社会意识，麦卡勒斯和其笔下南方小镇的"漫游者"——哑巴辛格一样，以她南方"旅居者"独有的双重视角，既从内部审视了南方社会中由来已久的种族冲突，又从外部对日益恶化的种族政治进行了反思，从而表现了她身为作家的道德立场，彰显了作品的"现世性"。由此可见，在追寻文学身份的道路上，麦卡勒斯对自我的定位逐渐变得清晰明了。

带着内外兼有的双重视角和超然客观的写作立场，南方"旅居者"麦卡勒斯塑造了一系列充满张力的悖论式的少数族裔形象，黑白混血儿舍曼、小菲佣安纳克莱托和犹太哑巴辛格便是其中的典型人物。尽管他们三个人的肤色不同，种族身份各异，但人生遭遇却惊人地相似：舍曼是介于黑白之间的双重"流放者"；安纳克莱托是南方军营里集嬉笑怒骂于一身、亦庄亦谐的"小丑"；辛格是既融入又远离城镇的"漫游者"。在信奉"白人至上论"的美国南方社会里，这三个人物由于各自的少数族裔身份，既无法完全被主流的白人社会接纳，又不能在同族的群体里寻找到归属感。于是，他们成为被放逐到"林勃"之地的幽灵。

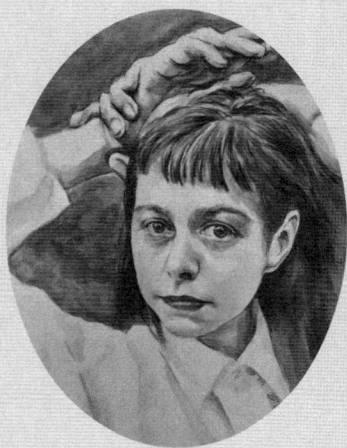

结　语

南方"旅居者"的流亡

我自相矛盾吗？

那好吧，我是自相矛盾的。①

————沃尔特·惠特曼

人皆是旅居者……从不会太过安稳或过于太平。②

————简·惠特

著名的南方文学批评家理查德·格雷把美国南方比作一块文化巨石，他从文化批判的视角分析了现代南方作家在写作中通常面临的两难境地："有一个前提是：如果有他这样的作家存在，那么南方作家被定义为从这块巨石结构的内部从事写作的人；如果没有这样的人存在，那么再也没有南方写作这一回事。"③依据格雷的说法，显然麦卡勒斯并不单单从"巨石结构的内部"来书写南方。

综观卡森·麦卡勒斯的小说创作，她的写作立场始终在南方与非南方之间踟蹰、徘徊。在不断地逃离南方又回归南方的辗转反复中，麦卡勒斯一直在追寻"我的我们"④。因此，对她而言，写作是一场自我认知的旅程。在这场写作的旅途中，麦卡勒斯一直对"南方"保持着适度的距离，时而融入其内，时而游离其外，这让她成为一名真正意义上的南方"旅居者"。因此，矛盾的"南方情结"贯穿了麦卡勒斯的整个文学创作生涯，这对于她的文学创作具有双重的意义：一方面，对南方的距离感让麦卡勒斯在写作中有意或无意地强化了自己的"旅居者"身份，所以她能够从内外兼有的双重视角来书写南方；另一方面，当

① ［美］惠特曼：《草叶集》（上），赵萝蕤译，重庆：重庆出版社，2008年，第120页。

② Jan Whitt, "The Exiled Heir: An Introduction to Carson McCullers and Her Work", Jan Whitt (ed.), *Reflections in a Critical Eye: Essays on Carson McCullers,* Lanham: University Press of America, 2008, p. xxx.

③ Richard Gray, "Writing Southern Cultures", Richard Gray and Owen Robinson (eds.), *A Companion to the Literature and Culture of the American South*, Malden: Blackwell Publishing, 2004, p. 18.

④ Carson McCullers, *The Member of the Wedding*, Boston and New York: Houghton Mifflin Company, 2004, p. 42.

麦卡勒斯面临写作的困境时，"南方"又是她想象和思考的对象，这有助于她不再深陷于文思枯竭的泥淖。所以，在小说创作中，作家麦卡勒斯始终站在南方"旅居者"的立场，冷静、客观地审视美国南方现代社会。

一、南方"旅居者"：双重视角的书写

如果把麦卡勒斯的文学创作生涯比作一场旅行的话，我们不妨回顾一下她的整个旅程。首先，成长之惑是麦卡勒斯的写作源起。在以青少年的成长经历为主题的小说创作中，麦卡勒斯为我们提供了一种透视生活的角度。从成长的阈限阶段，到成长空间里的重重矛盾，再到成长历程中越界行为的失败，她笔下的青少年人物经历了各自的"通过仪式"。在她的成长小说中，青少年成长受阻的原因不仅与青春期的个人心理和经验有关，而且还与社会的权力机制和文化历史密切关联。从他们曲折的成长历程中，我们可以窥见现代美国社会的众生相——黑与白、老与少、男与女、南与北、主流与边缘等多元文化要素汇聚于此，它们既相互冲突又彼此融合。在创作自传色彩颇浓的成长小说过程中，麦卡勒斯带着"我是谁"的困惑，以自反性书写的方式，开启了追寻自我文学身份的艰难历程。在写作中，麦卡勒斯始终对"南方"抱有"一种矛盾情结"[①]。因此，对于故乡的南方小镇，作者本人如她笔下青春期的主人公一样，时而遁隐，时而倒退，时而回归，时而远离。

其次，"空间意识"贯穿了麦卡勒斯的整个写作旅途。自17岁离开故乡的南方小镇开始，麦卡勒斯几乎都在空间的更替与转换中进行写作。具体说来，其小说中的空间意识主要体现在以下三个方面：首先，麦卡勒斯借助"镜子"等私密的"阈限空间"意象，将文本的线性时间极大地空间化。在两种不同空间体验（真实/想象）之间的互动和转换中，她的小说揭示了美国南方社会边缘人群"既不在此亦不在彼"的生存困境以及个体身份认同的焦虑；继而，麦卡勒斯将空间叙事的焦点从私密的个人空间转向公共的社会空间。通过描述咖啡馆与游乐场等常见的空间场所，麦卡勒斯揭示了这些"另类空间"所蕴含的既拒斥现实世界，又融合现实世界的悖论本质；最后，麦卡勒斯几乎都以（无名）

---

① Virginia Spencer Carr, *The Lonely Hunter: A Biography of Carson McCullers*, Athens and London: The University of Georgia Press, 2003, p. 56.

南方小镇作为小说背景。在（无名）南方小镇所建构的大型"社会空间"中，她考察了空间背后所隐藏的权力机制、社会身份和意识形态。在多方位的空间叙事中，麦卡勒斯呈现了美国南方社会的别样景观，从而凸显了其作品中的"南方性"特质：20世纪40年代的美国南方社会岌岌可危，它既无法提供良好的私密空间，也无法保障和谐的公共空间。空间性是界定个体生存状态的一个重要维度，其小说中的空间意识也在一定程度上映射了作者本人的文学身份在写作过程中的"阈限"特征。

　　再次，"南方神话"的幻灭是麦卡勒斯在写作路途上遭遇到的重大转折点。随着北方工业资本的入侵和传统南方经济模式的消失，作家麦卡勒斯敏锐地洞察到整个美国南方的社会意识形态正在经历一场前所未有的动荡：在"南方神话"幻灭之后，根植于"南方神话"的"南方家庭罗曼司"处于风雨飘摇之中，传统家庭观中有关两性人物的刻板印象——"南方绅士"和"南方淑女"——也随之被打破。在小说中，麦卡勒斯塑造了众多畸形、病态的男男女女，真实地再现了神话幻灭之后的南方社会。她笔下的这些人物要么以疯狂、极端的方式打破了传统"南方家庭罗曼司"中的性别规约，要么具有双性同体的双重性属，性别身份模糊不清，其中包括阴柔的男性性无能者，放荡不羁、病态苍白的非传统的南方女性和雌雄难辨的"女强人"等。在对麦卡勒斯的生平进行仔细考证之后，笔者发现，这些举止疯狂或双性同体的两性人物映射了作者本人对自我性别身份的困惑。因此，麦卡勒斯小说中的性别主题具有双重的内涵：一方面作为一名作家，麦卡勒斯以其独有的写作方式展现了神话幻灭之后南方的历史变迁，并对南方社会的现代文明进行了深刻的反思；另一方面作为南方"旅居者"，麦卡勒斯在变动不居的写作状态中对自我身份的定位和性别归属进行了艰难而漫长的探寻。

　　最后，种族问题是麦卡勒斯在写作之旅中一直关注的话题。作为一位极具社会意识的南方作家，麦卡勒斯将笔触深入被边缘化的少数族裔群体之中。她在小说中塑造了一系列充满张力的悖论式的少数族裔形象，譬如黑白混血儿、小菲佣和犹太哑巴等。这些人物由于各自的少数族裔身份，既无法完全被主流的白人社会接纳，又不能在同族的群体里寻找到归属感，于是他们成了被放逐到"林勃"之地的幽灵。在写作中，麦卡勒斯以一名南方"旅居者"独有的双重视角，既从内部审视了南方社会中由来已久的种族冲突，又从外部对日益恶化的种族政治进行了反思，从而表现了她身为作家的道德立场，彰显了作品的"现世性"。最终，在追寻文学身份的道路上，麦卡勒斯对自我的定位逐渐变得清晰明了。

综上所述，麦卡勒斯带着"我是谁"的成长之惑，在逃离与回归南方的空间更替与悖论中开启了她的文学创作之旅。在追寻自我文学身份的过程中，身为一名南方"旅居者"，作家麦卡勒斯时而融入南方，时而游离。在重返故土与远走他乡的往复旅途中，南方"旅居者"麦卡勒斯以内外兼有的双重视角，从成长、空间、性别、种族等多个层面，为我们刻画了一幅别样的南方社会全景图，彰显了作品的"南方性"特质。"旅居者"独有的既能入乎其内，又能出乎其外的写作立场让麦卡勒斯的小说在南方与非南方、在地域特色与普遍现实意义之间保持了一种微妙的平衡。麦卡勒斯以如此独特的写作策略，将自己与同时代的南方作家区别开来，并在南方地域文学、美国民族文学乃至世界文学中寻找到了她的文学定位。在此，本书在"绪论"部分提出的三个问题便逐一得到了解答。

二、写作：另一种形式的流亡

这位笔耕不辍的南方"旅居者"一直行走在路上，她始终以写作的方式游走在故乡与异乡之间。在随笔《美国人，望故乡》中，麦卡勒斯对美国文学进行了反思，她这样写道："情感犹如雅努斯[①]的面孔：对待至亲，我们依恋怀旧，对待异乡和生人，我们急切热望，在两种情绪之间，我们饱受折磨……我们的文学被赋予了热望和不安的特质，我们的作家都是伟大的流浪者。"[②]无独有偶，十二年之后，在一首宗教色彩浓厚的诗歌《天父，我们赖以繁衍的映像》（"Father, upon Thy Image We Are Spanned"，1952）中，她再次表达了类似的感悟：

---

① 雅努斯（Janus）是罗马的双面门神。

② Carson McCullers, "Look Homeward, Americans", Margarita G. Smith (ed.), *The Mortgaged Heart*, Boston and New York: Houghton Mifflin Company, 2005, p. 209.

天父，我们赖以繁衍的映像

为何我们被自己的双重本性分裂，我们如何被编排？

天父，我们赖以繁衍的映像是什么？

在是非花园里，驱逐无助者

他们饱受善恶颠倒的嘲讽

是流亡者的后人。路西法，你的宇宙之子兄弟

他说你的合体业已完成，可它刚刚初具雏形。

我们饱经分别与离散的悲痛

基督的幻想把我们的心照亮：

即使我们本性复杂，生来双面，

天父，我们赖以繁衍的映像。①

不难发现，麦卡勒斯始终认为，双重性/双面性是人之本性所在，因此人们总是在两极之间徘徊，最终成为她所说的"流浪者"、"流亡者的后人"（heir of the exile）。流浪者与流亡者的共通之处在于：他们都失去了"家园感"，始终无法找到自己的身份归属，在"饱经分别与离散的悲痛"之后，他们总是处于"热望和不安"的状态中。这不仅是麦卡勒斯对文学与人性的反思，也是她对自我文学身份的困惑和焦虑。麦卡勒斯把这种情绪投射到自己的小说创作中，她笔下的人物几乎无一例外地遭遇了身份认同的危机。特别值得留意的一点是，尽管这些人物试图在成长、空间、性别、种族等诸多方面实施各自的越界行为，但都以失败告终，不得不以悲剧收场，最终小说中的他们也成了流浪者和流亡者。

这些小说人物、主题和风格构成了麦卡勒斯的写作范式，正如评论家萨拉·舒尔曼（Sarah Schulman）所言："麦卡勒斯穷尽一生对犹太人、黑人、身有残疾者、同性恋者进行了探究，这些都是跨越了自我传统性别角色、具有公开自我意识的青春期少女的反思。这种［写作］范式是她（麦卡勒斯）的建构力

---

① Carson McCullers, "Father, upon Thy Image We Are Spanned", Margarita G. Smith (ed.), *The Mortgaged Heart*, Boston and New York: Houghton Mifflin Company, 2005, p. 292. 该诗由笔者自译。

和破坏力（her doing and her undoing）。"① 在流动不定的写作空间和生活环境中，南方"旅居者"麦卡勒斯从反观自我出发，以细腻的笔触、丰富的情感和独特的写作范式，书写了形形色色被放逐在南方主流文化之外的"他者"形象。在这种自反性书写中，在有意识或无意识之间，麦卡勒斯与她笔下的人物融为一体，这正如她本人所言："我是如此地沉浸在他们（小说人物）之中，因而他们的动机就是我自己的动机……我成了我笔下的人物。"② 于是，作家麦卡勒斯在写作中也成了一个居无定所的流浪者/流亡者。

在这场艰难的发现自我、找寻自我的旅程中，麦卡勒斯逐渐对自己的文学身份有了较为清晰的认识，"她无法摆脱她对流亡的感受（sense of exile），她远离了佐治亚州、北卡罗来纳州和整个南方地区，如今她与其他的流亡者产生了共鸣"③，而这种流亡感最终"将她塑造成了一名作家"④。实际上，在麦卡勒斯的社交圈里，她的确与很多有流亡经历或有流亡感受的作家有过不少交集，如英国诗人威斯坦·休·奥登（Wystan Hugh Auden）、美国非裔作家理查德·赖特、美国同性恋剧作家田纳西·威廉斯以及南方小说家杜鲁门·卡波特等。与这些作家相比，虽然麦卡勒斯没有受到因政治、种族以及性取向等问题带来的压制，但他们在写作中的"流亡感"是互通的：对他们而言，真正的故乡是永远回不去的异乡，而他们是一直行走在路上的"旅居者"，于是他们只能把旅途上的异乡当作故乡。在故乡与异乡之间的踯躅、徘徊中，写作是另一种形式的流亡，这也正是麦卡勒斯小说的时代意义和文学经典性之所在。

根据传记作家卡尔的记载，1953年12月，麦卡勒斯最后一次回到南方的故土——佐治亚州的哥伦布小镇。在短暂逗留了一小段时间之后，她离开了这片让她爱恨交织的南方土地，从此一去不返⑤。十四年之后，1967年9月29日，

① Sarah Schulman, "McCullers: Canon Fodder?", *The Nation* (June 26, 2000), p. 39.

② Carson McCullers, "The Flowering Dream: Notes on Writing", Margarita G. Smith (ed.), *The Mortgaged Heart*, Boston and New York: Houghton Mifflin Company, 2005, p. 277.

③ Virginia Spencer Carr, *The Lonely Hunter: A Biography of Carson McCullers*, Athens and London: The University of Georgia Press, 2003, p. 100.

④ Virginia Spencer Carr, *The Lonely Hunter: A Biography of Carson McCullers*, Athens and London: The University of Georgia Press, 2003, p. 23.

⑤ 详见 Virginia Spencer Carr, *The Lonely Hunter: A Biography of Carson McCullers*, Athens and London: The University of Georgia Press, 2003, pp. 405-423.

卡森·麦卡勒斯因脑卒中病逝，长眠于纽约市哈德逊河畔的尼亚克橡树山公墓（Nyack's Oak Hill Cemetery）。在麦卡勒斯去世之后，好友田纳西·威廉斯为她写了一首悼念的小诗。在诗中，威廉斯把她比作小男孩约翰，他（她）骑着旋转木马，“往返于青涩与成熟的两个神秘世界之间”[①]。但令人惋惜的是，麦卡勒斯最终却并没有像诗中的约翰那样，骑着木马“一跃而起”，回到故乡的南方小镇。在经历了几十年的长途跋涉之后，作家麦卡勒斯终于结束了这场艰难的写作之旅，抵达了她的终极目的地——这位美国南方文坛的“旅居者”（the sojourner）终成“异乡人”（the alien）。

最后，笔者用田纳西·威廉斯的这首小诗为本书作结：

谁是我的小男孩？
——致卡森·麦卡勒斯[②]

谁是我的小男孩，他是哪一个，
是哭泣的约翰，还是大笑的约翰？

大笑的约翰是我柔弱的约翰，
他穿着中式的拖鞋，

谁的摇马一跃而起
把我带回故乡的土地。

但大笑的约翰是神秘莫测的

---

① Virginia Spencer Carr, *The Lonely Hunter: A Biography of Carson McCullers*, Athens and London: The University of Georgia Press, 2003, p. 537.

② Tennessee Williams, "Which Is My Little Boy? For Carson McCullers", Virginia Spencer Carr, *The Lonely Hunter: A Biography of Carson McCullers*, Athens and London: The University of Georgia Press, 2003, p. 537. 该诗由笔者自译。诗歌的英文原文中有个别词句是法文，在翻译过程中，笔者参考了冯晓明的译文。详见：［美］弗吉尼亚·斯潘塞·卡尔：《孤独的猎手：卡森·麦卡勒斯传》，冯晓明译，上海：上海三联书店，2006年，第538—539页。

　　　　他的忧伤比纳霞堡①还要古老，

　　　　所有的星辰和所有的卫星
　　　　都投射在小小的银勺里。

　　　　谁是我的小男孩，他是哪一个，
　　　　是哭泣的约翰，还是大笑的约翰？

---

① 纳霞堡（Naishapur）：波斯古城，位于现今伊朗的东北部。

参考文献

Abate, Michelle Ann. *Tomboys: A Literature and Cultural History*, Philadelphia: Temple University Press, 2008.

Abrams, M. H. and Geoffrey Galt Harpham, *A Glossary of Literary Terms* (Tenth Edition), Boston: Wadsworth Cengage Learning, 2012.

Adams, Rachel. "'A Mixture of Delicious and Freak': The Queer Fiction of Carson McCullers", Harold Bloom (ed.), *Carson McCullers* (New Edition), New York: Infobase Publishing, 2009, pp.17-43.

Albee, Edward. *Stretching My Mind*, New York: Carroll & Graf Publishers, 2005.

Austin, John Langshaw. *How to Do Things with Words: the William James Lectures Delivered at Harvard University in 1955*, Oxford and New York: Oxford University Press, 1962.

Barlow, Daniel Patrick. "'And Every Day There Is Music': Folksong Roots and the Highway Chain Gang in *The Ballad of the Sad Caf*è", *The Southern Literary Journal*, Vol. XLIV, No. 1 (Fall, 2011), pp. 74-85.

Bauman, Zygmunt. "From Pilgrim to Tourist—or a Short History of Identity", Stuart Hall and Paul Du Gay (eds.), *Questions of Cultural Identity*, London: Sage Publications, 2003, pp.18-36.

Blake, William. "Auguries of Innocence", W. B. Yeats (ed.), *William Blake: Collected Poems*, London and New York: Routledge, 2002.

Bloom, Harold (ed.). *Carson McCullers* (New Edition), New York: Infobase Publishing, 2009.

——. *Carson McCullers* (Old Edition), New York: Chelsea House Publishers, 1986.

——. *Carson McCullers' The Ballad of the Sad Café*, Philadelphia: Chelsea House Publishers, 2005.

——. *Carson McCullers' The Member of the Wedding*, Philadelphia: Chelsea House Publishers, 2005.

——. *Lesbian and Bisexual Fiction Writers*, Philadelphia: Chelsea House Publishers, 1997.

Bloom, Harold. "Introduction", Harold Bloom (ed.), *Carson McCullers* (New Edition), New York: Infobase Publishing, 2009, pp. 1-5.

——. "Introduction", Harold Bloom (ed.), *Carson McCullers* (Old Edition), New York: Chelsea House Publishers, 1986, pp. 1-5.

——. "Introduction", Harold Bloom (ed.), *Carson McCullers' The Ballad of the Sad Café*, Philadelphia: Chelsea House Publishers, 2005, pp. 1-3.

Brantley, Will. "Carson McCullers and the Tradition of Southern Women's Nonfiction Prose", Jan Whitt(ed.), *Reflections in a Critical Eye: Essays on Carson McCullers*, Lanham: University Press of America, 2008, pp. 1-17.

Brinkmeyer, Robert H., Jr. *The Fourth Ghost: White Southern Writers and European Fascism, 1930-1950*, Baton Rouge: Louisiana State University Press, 2009.

——. "The Southern Literary Renaissance", Richard Gray and Owen Robinson (eds.), *A Companion to the Literature and Culture of the American South*, Malden: Blackwell Publishing, 2004, pp. 148-165.

Byerman, Keith E. "The Daughter as Outlaw in *The Heart Is a Lonely Hunter* and *The Member of the Wedding*", Jan Whitt (ed.), *Reflections in a Critical Eye: Essays on Carson McCullers*, Lanham: University Press of America, 2008, pp. 19-31.

Carr, Virginia Spencer. "Carson McCullers", Joseph M. Flora and Robert Bain (eds.), *Fifty Southern Writers after 1900: A Bio-Bibliographical Sourcebook*, Westport: Greenwood Press, 1987, pp. 301-312.

——. "On the Biographical and Literary Contexts", Harold Bloom (ed.), *Carson McCullers' The Member of the Wedding*, Philadelphia: Chelsea House Publishers, 2005, pp. 89-98.

——. *The Lonely Hunter: A Biography of Carson McCullers*, Athens and London: The University of Georgia Press, 2003.

——. *Understanding Carson McCullers*, Columbia: University of South Carolina Press, 1990.

Chamlee, Kenneth D. "On the Function of the Café Setting in the Development of Character", Harold Bloom(ed.), *Carson McCullers' The Member of the Wedding*, Philadelphia: Chelsea House Publishers, 2005, pp. 85-89.

Colebrook, Claire. *Irony*, London and New York: Routledge, 2004.

Cook, Richard M. *Carson McCullers*, New York: Frederick Ungar Publishing Co., Inc., 1975.

——. "On Identity and Coming-of-Age", Harold Bloom (ed.), *Carson McCullers' The Member of the Wedding*, Philadelphia: Chelsea House Publishers, 2005, pp. 70-75.

Crang , Mike. *Cultural Geography*, London and New York: Routledge, 1998.

Crowther, Jonathan (ed.). *Oxford Guide to British and American Culture*, trans. Huang Mei, Lu Jiande, et al., Hong Kong: Oxford University Press, Beijing: The Commercial Press, 2007.

Dangerfield, George. "On the Thematic Structure and the Problem of Loneliness", Harold Bloom (ed.), *Carson McCullers' The Member of the Wedding*, Philadelphia: Chelsea House Publishers, 2005, pp. 63-66.

——. "*The Member of the Wedding*: An Adolescent's Four Days", Beverly Lyon Clark and Melvin J. Friedman (eds.), *Critical Essays on Carson McCullers*, New York: G. K. Hall & Co., 1996, pp. 31-33.

Daniels, Stephen and Simon Rycroft. "Mapping the Modern City: Alan Sillitoe's Nottingham Novels", *Transactions of the Institute of British Geographers*, New Series, Vol. 18, No. 4 (1993), pp. 460-480.

Davis, Thadious M. "Race and Region", Emory Elliott (eds.), *The Columbia History of the American Novel*, Beijing: Foreign Language Teaching and Research Press, pp. 407-436.

Duck, Leigh Anne. *The Nation's Region: Southern Modernism, Segregation, and U.S. Nationalism*, Athens and London: The University of Georgia Press, 2006.

Evans, Dylan. *An Introductory Dictionary of Lacanian Psychoanalysis*, London and New York: Routledge, 1996.

Evans, Oliver. *Carson McCullers: Her Life and Work*, London: Peter Owen Limited, 1965.

——. "The Achievement of Carson McCullers", Harold Bloom (ed.), *Carson McCullers* (Old Edition), New York: Chelsea House Publishers, 1986, pp. 21-31.

Falasca, Laura. "Images of the South through the Image of Freaks: A Movie from *The Ballad of Sad Café*", *Southern Quarterly*, Vol. 38, No.4 (Summer, 2000), pp.119-123.

Fiedler, Leslie. *An End to Innocence: Essays on Culture and Politics*, Boston: The Beacon Press, 1955.

Flora, Joseph M. and Robert Bain (eds.), *Fifty Southern Writers after 1900: A Bio-Bibliographical Sourcebook*, Westport: Greenwood Press, 1987.

Foucault, Michel. "Texts/Contexts of Other Spaces", trans. Jay Miskowiec, *Diacritics*, Vol. 16, No. 1 (Spring, 1986), pp. 22-27.

Fowler, Doreen. "Carson McCullers's Primal Scenes: *The Ballad of Sad Café*", in *Critique*, Vol. 43, No.3 (Spring, 2002), pp. 260-270.

Fox-Genovese, Elizabeth. *Within the Plantation Household: Black and White Women of the Old South*, Chapel Hill and London: The University of North Carolina Press, 1988.

Gennep, Arnold van. *The Rites of Passage*, trans. Monika B. Vizedom and Gabrielle L. Caffee, London and New York: Routledge, 1960.

Gleeson-White, Sarah. "A Peculiarly Southern Form of Ugliness: Eudora Welty, Carson McCullers, and Flannery O'Connor", *The Southern Literary Journal*, Vol. 36, No. 1 (Fall, 2003), pp. 46-57.

——. "Revisiting the Southern Grotesque: Mikhail Bakhtin and the Case of Carson McCullers", *The Southern Literary Journal*, Vol.33, No.2 (Spring, 2001), pp.108-123.

——. *Strange Bodies: Gender and Identity in the Novels of Carson McCullers*, Alabama: The University of Alabama Press, 2003.

Gray, Richard. "Writing Southern Cultures", Richard Gray and Owen Robinson (eds.), *A Companion to the Literature and Culture of the American South*, Malden: Blackwell Publishing, 2004, pp. 3-26.

Hall, Stuart. "Cultural Identity and Diaspora", Jonathan Rutherford (ed.), *Identity: Community, Culture, Difference*, London: Lawrence & Wishart Limited, 1990, pp.222-237.

Hart, James D & Phillip W. Leininger. *The Oxford Companion to American Literature* (Sixth Edition), Beijing: Foreign Language Teaching and Research Press, 2005.

Hassan, Ihab. *Radical Innocence: Studies in the Contemporary American Novel*, Princeton: Princeton University Press, 1961.

——. "The Idea of Adolescence in American Fiction", *American Quarterly*, Vol. 10, No. 3 (Autumn, 1958), pp. 312-324.

——. *The Postmodern Turn: Essays in Postmodern Theory and Culture*. Ohio: The Ohio State University Press, 1987.

Hershon, Larry. "Tension and Transcendence: 'The Jew' in the Fiction of Carson McCullers", *The Southern Literary Journal*, Vol. 41, No. 1 (Fall, 2008), pp. 52-72.

James, Judith Giblin. *Wunderkind: The Reputation of Carson McCullers, 1940-1990*, Columbia: Camden House, 1995.

Jenkins, McKay. *The South in Black and White: Race, Sex and Literature in the 1940s*, Chapel Hill and London: The University of North Carolina Press, 1999.

Jewett, Chad M. "'Somehow Caught': Race and Deferred Sexuality in McCullers's *The Member of the Wedding*", *The Southern Literary Journal*, Vol.45, No. 1 (Fall, 2012), pp. 95-110.

Joyce, James. "Araby", Robert Scholes and A. Walton Litz (eds.), *Dubliners: Text, Criticism, and Notes*, New York: Penguin Books, 1996, pp. 29-35.

Kayser, Casey. "From Adaptation to Influence: Carson McCullers on the Stage", Alison Graham-Bertolini and Casey Kayser (eds.), *Carson McCullers in the Twenty-First Century*, Cham: Palgrave Macmillan, 2016, pp. 1-20.

Kenschaft, Lori J. "Homoerotics and Human Connections: Reading Carson McCullers 'As a Lesbian'", Beverly Lyon Clark and Melvin J. Friedman (eds.), *Critical Essays on Carson McCullers*, New York: G. K. Hall& Co., 1996, pp. 220-233.

King, Richard H. *A Southern Renaissance*: *The Cultural Awakening of the American South, 1930-1955*, Oxford and New York: Oxford University Press, 1980.

Kojève, Alexandre. *Introduction to the Reading of Hegel: Lectures on the Phenomenology of Spirit*, Ithaca and London: Cornell University Press, 1969.

Lefebvre, Henri. *The Production of Space*, trans. Donald Nicholson-Smith, MA: Blackwell Publishing, 1991.

Limon, John. "Introduction", *Writing after War: American War Fiction from Realism to Postmodernism*, New York and Oxford: Oxford University Press, 1994, pp. 3-8.

Lodge, David. *Working with Structuralism: Essays and Reviews on Nineteenth–and-Twentieth-Century Literature*, London: Routledge & Kegan Paul, 1981.

Logan, Lisa. "Introduction", Beverly Lyon Clark and Melvin J. Friedman (eds.), *Critical Essays on Carson McCullers*, New York: G. K. Hall& Co., 1996, pp. 1-14.

Longmore, Paul K. and Lauri Umansky. "Introduction", Paul K. Longmore and Lauri Umansky (eds.), *The New Disability History: American Perspectives*, New York and London: New York University Press, 2001, pp.1-29.

Lubbers, Klaus. "The Necessary Order", Harold Bloom (ed.), *Carson McCullers* (Old Edition),

New York: Chelsea House Publishers, 1986, pp. 33-52.

Martin, Robert K. "Gender, Race, and the Colonial Body: Carson McCullers's Filipino Boy, and David Henry Hwang's Chinese Woman", *Canadian Review of American Studies*, Vol. 23, No. 1 (Fall, 1992), pp. 95-106.

Matsui, Miho. "Queer Eyes: Cross-Gendering, Cross-Dressing, and Cross-Racing Miss Amelia", Alison Graham-Bertolini and Casey Kayser (eds.), *Carson McCullers in the Twenty-First Century*, Cham: Palgrave Macmillan, 2016, pp.157-173.

McCullers, Carson. "A Personal Preface", *The Square Root of Wonderful*, Boston: Houghton Mifflin Company, 1958, pp. vii-x.

——. *Clock Without Hands*, Boston and New York: Houghton Mifflin Company, 1961.

——. *Collected Stories of Carson McCullers*, Boston and New York: Houghton Mifflin Company, 1998.

——. "Father, upon Thy Image We Are Spanned", Margarita G. Smith (ed.), *The Mortgaged Heart*, Boston and New York: Houghton Mifflin Company, 2005, p. 292.

——. "How I Began to Write", Margarita G. Smith (ed.), *The Mortgaged Heart*, Boston and New York: Houghton Mifflin Company, 2005, pp. 249-251.

——. *Illumination and Night Glare*, Carlos L. Dews (ed.), Madison: the University of Wisconsin Press, 1999.

——. "Look Homeward, Americans", Margarita G. Smith (ed.), *The Mortgaged Heart*, Boston and New York: Houghton Mifflin Company, 2005, pp. 209-213.

——. *Reflections in a Golden Eye*, Boston and New York: Houghton Mifflin Company, 1941.

——. "Sucker", *Collected Stories of Carson McCullers*, Boston and New York: Houghton Mifflin Company, 1998, pp. 1-10.

——. *Sweet as a Pickle and Clean as a Pig*, Boston and New York: Houghton Mifflin Company, 1964.

——. *The Ballad of the Sad Café and Other Stories*, Boston and New York: Houghton Mifflin Company, 1951.

——. "The Flowering Dream: Notes on Writing", Margarita G. Smith (ed.), *The Mortgaged Heart*, Boston and New York: Houghton Mifflin Company, 2005, pp. 274-282.

——. "The Haunted Boy", *Collected Stories of Carson McCullers*, Boston and New York:

Houghton Mifflin Company, 1998, pp.158-170.

——. *The Heart Is a Lonely Hunter*, Boston and New York: Houghton Mifflin Company, 1940.

——. *The Member of the Wedding*, Boston and New York: Houghton Mifflin Company, 2004.

——. *The Member of the Wedding*, New York: New Directions Publishing Corporation, 1949.

——. *The Mortgaged Heart*, Margarita G. Smith (ed.), Boston and New York: Houghton Mifflin Company, 2005.

——. "The Russian Realists and Southern Literature", Margarita G. Smith (ed.), *The Mortgaged Heart*, Boston and New York: Houghton Mifflin Company, 2005, pp. 252-258.

——. "The Sojourner", *Collected Stories of Carson McCullers*, Boston and New York: Houghton Mifflin Company, 1998, pp. 138-147.

——. *The Square Root of Wonderful*, Boston and New York: Houghton Mifflin Company, 1958.

——. "The War Years", Margarita G. Smith (ed.), *The Mortgaged Heart*, Boston and New York: Houghton Mifflin Company, 2005, pp. 207-229.

——. "We Carried Our Banners—We Were Pacifists, Too", Margarita G. Smith (ed.), *The Mortgaged Heart*, Boston and New York: Houghton Mifflin Company, 2005, pp. 221-226.

——. "When We Are Lost", Margarita G. Smith (ed.), *The Mortgaged Heart*, Boston and New York: Houghton Mifflin Company, 2005, p. 287.

McDowell, Margaret B. *Carson McCullers*, Boston: Twayne Publishers, 1980.

——. "Preface", *Carson McCullers*, Boston: Twayne Publishers, 1980, n.p.

——. "The Relationship between Berenice and Frankie", Harold Bloom (ed.), *Carson McCullers' The Member of the Wedding*, Philadelphia: Chelsea House Publishers, 2005, pp. 75-79.

Mencken, H. L. "The Sahara of the Bozart", *Prejudices*(Second Series), New York: Knopf, 1920, pp. 136-154.

Millar, Darren. "The Utopian Function of Affect in Carson McCullers's *The Member of the Wedding* and *The Ballad of the Sad Café*", *The Southern Literary Journal*, Vol. 41, No. 2 (Spring, 2009), pp. 87-105.

Millichap, Joseph R. "Carson McCullers", Louis Decimus Rubin (ed.), *The History of Southern Literature*, Louisiana: Louisiana State University Press, pp. 486-488.

Mitchell, Don. "Landscape", David Atkinson, Peter Jackson, et al.(eds.), *Cultural Geography: A Critical Dictionary of Key Concepts*, London and New York: I. B. Tauris & Co Ltd., 2005, pp. 49-56.

Moore, Charles W. "Southernness", *Perspecta*, Vol. 15, (1975), pp. 8-17.

Moore, Jack B. "Carson McCullers: The Heart Is a Timeless Hunter", *Twentieth Century Literature*, Vol. 11, No. 2 (July, 1965), pp. 76-81.

Motalok-Ziemann, Ellen. *Tomboys, Belles, and Other Ladies: The Female Body-Subject in Selected Works by Katherine Anne Porter and Carson McCullers*, Uppsala: Uppsala Universitet, 2005.

Murray, Jennifer. "Approaching Community in Carson McCullers's *The Heart Is a Lonely Hunter*", *Southern Quarterly*, Vol. 42, No. 4, (Summer, 2004), pp. 107-114.

O'Connor, Flannery. "The Fiction Writer and His Country", Sally Fitzgerald (ed.), *Flannery O'Connor: Collected Works*, New York: The Library of America, 1988, pp. 801-812.

Pamuk, Orhan. *The Naïve and the Sentimental Novelist*, trans. Nazim Dikbas, New York: Vintage Books, 2011.

Pearsall, Judy(ed.). *The New Oxford Dictionary of English*, Oxford and New York: Oxford University Press, 1998.

Phillips, Robert S. "On the Gothic Elements", Harold Bloom (ed.), *Carson McCullers' The Member of the Wedding*, Philadelphia: Chelsea House Publishers, 2005, pp. 66-69.

Pile, Steve. *The Body and the City: Psychoanalysis, Space and Subjectivity*, London and New York: Routledge, 1996.

Presley, Delma Eugene. "Carson McCullers and the South", Beverly Lyon Clark and Melvin J. Friedman (eds.), *Critical Essays on Carson McCullers*, New York: G. K. Hall & Co., 1996, pp. 99-110.

Proehl, Kristen. "Coming of Age in the Queer South: Friendship and Social Difference in *The Heart Is a Lonely Hunter*", Alison Graham-Bertolini and Casey Kayser (eds.), *Carson McCullers in the Twenty-First Century*, Cham: Palgrave Macmillan, 2016, pp.143-156.

Richards, Gary. *Lovers and Beloveds: Sexual Otherness in Southern Fiction, 1936-1961*, Baton Rouge: Louisiana State University Press, 2005.

Rubin, Louis D., Jr. *The Literary South*, New York: John Wiley& Sons, 1979.

Samuels, Ellen. "Critical Divides: Judith Butler's Body Theory and the Question of Disability", *NWSA Journal*, Vol. 14, No. 3 (Fall, 2002), pp.58-76.

Sarton, May. "Pitiful Hunt for Security: Tragedy of Unfulfillment Theme of Story That Will Rank High in American Letters", Beverly Lyon Clark and Melvin J. Friedman (eds.), *Critical Essays on Carson McCullers*, New York: G. K. Hall&Co., 1996, pp. 19-21.

Savigneau, Josyane. *Carson McCullers: A Life*, trans. Joan E. Howard, Boston and New York: Houghton Mifflin Company, 2001.

Scarfe, Francis. "Kitchen Poem: An Elegy for Tristan Tzara", (2003-01-03)[2022-05-17], http://www.poemhunter.com/poem/kitchen-poem/.

Schulman, Sarah. "McCullers: Canon Fodder?", *The Nation* (June 26, 2000), pp. 39-41.

Selden, Raman, Peter Widdowson and Peter Brooker (eds.). *A Reader's Guide to Contemporary Literary Theory* (Fifth Edition), Harlow: Pearson Education Limited, 2005.

Shapland, Jenn. *My Autobiography of Carson McCullers*, London: Virago Press, 2020.

Showalter, Elaine. "Killing the Angel in the House: The Autonomy of Women Writers", *The Antioch Review*, Vol. 50, No.1/2, 50th Anniversary Issue (Winter-Spring, 1992), pp. 207-220.

Smith, Margarita G. "Introduction", Margarita G. Smith(ed.), *The Mortgaged Heart*, Boston: Houghton Mifflin, 2005, pp. xix-xxvii.

Soja, Edward W. *Thirdspace: Journeys to Los Angeles and Other Real-and-Imagined Places*, Massachusetts: Blackwell Publishers, 1996.

Sperling, Alison. "Freak Temporality: Female Adolescence in the Novels of Carson McCullers", *Girlhood Studies*, Vol. 9, No.1 (Spring, 2016), pp.88-103.

Spivak, Gayatri Chakravorty. "Three Feminist Readings: McCullers, Drabble, Habermas", *Union Seminary Quarterly Review*, Vol. 35 (Fall-Winter, 1979-80), pp. 15-34.

Sutherland, Daniel E. "Southern Fraternal Organizations in the North", *The Journal of Southern History*, Vol. 53, No. 4 (Nov., 1987), pp. 587-612.

Stafford, Tony J. "'Gray Eyes Is Glass': Image and Theme in *The Member of the Wedding*", Harold Bloom (ed.), *Carson McCullers* (New Edition), New York: Infobase Publishing, 2009, pp.7-15.

Tally, Robert T. Jr. *Spatiality*, London and New York: Routledge, 2013.

Thorp, Willard. *American Writing in the Twentieth Century*, Cambridge: Harvard University Press, 1967.

Tipps, Sherill. *February House*, New York: Houghton Mifflin Company, 2005.

Turner, Victor. *The Ritual Process: Structure and Anti-Structure*, Ithaca and New York: Cornell University Press, 1991.

Vidal, Gore. "Carson McCullers's *Clock Without Hands*", Harold Bloom (ed.), *Carson McCullers* (Old Edition), New York: Chelsea House Publishers, 1986, pp. 17-19.

Westling, Louise. "Carson McCullers's Amazon Nightmare", Harold Bloom (ed.), *Carson McCullers* (Old Edition), New York: Chelsea House Publishers, 1986, pp. 109-116.

——. *Sacred Groves and Ravaged Gardens: The Fiction of Eudora Welty, Carson McCullers and Flannery O'Connor*, Athens: The University of Georgia Press, 1985.

Whatling, Clare. "Reading Miss Amelia: Critical Strategies in the Construction of Sex, Gender, Sexuality, the Gothic and the Grotesque", Harold Bloom (ed.), *Carson McCullers' The Ballad of the Sad Café*, Philadelphia: Chelsea House Publishers, 2005, pp. 91-103.

Whitt, Jan. "The Exiled Heir: An introduction to Carson McCullers and Her Work", Jan Whitt (ed.), *Reflections in a Critical Eye: Essays on Carson McCullers*, Lanham: University Press of America, 2008, pp. xiii-xxxi.

Williams, Tennessee. "This Book: *Reflections in a Golden Eye*", Harold Bloom (ed.), *Carson McCullers* (Old Edition), New York: Chelsea House Publishers, 1986, pp. 11-16.

——. "Which Is My Little Boy? For Carson McCullers", Virginia Spencer Carr, *The Lonely Hunter: A Biography of Carson McCullers*, Athens and London: The University of Georgia Press, 2003, p. 537.

Woolf, Virginia. "Professions for Women", *The Death of the Moth and Other Essays*, San Diego: Harcourt Brace Jovanovich, 1942, pp. 235-242.

Wright, Richard. "*The Heart Is a Lonely Hunter*: Inner Landscape", Beverly Lyon Clark and Melvin J. Friedman (eds.), *Critical Essays on Carson McCullers*, New York: G. K. Hall&Co., 1996, pp. 17-18.

Wu, Cynthia. "Expanding Southern Whiteness: Reconceptualizing Ethnic Difference in the Short Fiction of Carson McCullers", Harold Bloom (ed.), *Carson McCullers* (New Edition), New York: Infobase Publishing, 2009, pp. 45-55.

Yaeger, Patricia. *Dirt and Desire: Reconstructing Southern Women's Writing, 1930-1990*, Chicago and London: The University of Chicago Press, 2000.

Young, Marguerite. "Metaphysical Fiction", Beverly Lyon Clark and Melvin J. Friedman(eds.), *Critical Essays on Carson McCullers*, New York: G. K. Hall&Co., 1996, pp. 34-37.

Zelinsky, Mark and Amy Cuomo, "Southern Drama", Richard Gray and Owen Robinson (eds.), *A Companion to the Literature and Culture of the American South*, Malden: Blackwell Publishing, 2004, pp. 280-296.

［德］阿伦特编：《启迪：本雅明文选》，张旭东、王斑译，北京：生活·读书·新知三联书店，2008年。

［俄］爱森斯坦：《蒙太奇论》，富澜译，北京：中国电影出版社，2003年。

［法］巴什拉：《空间的诗学》，张逸婧译，上海：上海译文出版社，2013年。

［法］波德莱尔：《现代生活的画家》，郭宏安译，上海：上海译文出版社，2012年。

［法］波伏娃：《第二性》，陶铁柱译，北京：中国书籍出版社，2004年。

［阿根廷］博尔赫斯：《阿莱夫》，王永年译，杭州：浙江文艺出版社，2008年。

［法］布迪厄：《艺术的法则：文学场的生成和结构》，刘晖译，北京：中央编译出版社，2001年。

［法］布朗肖：《文学空间》，顾嘉琛译，北京：商务印书馆，2003年。

［美］布林克利：《美国史（第13版）》，陈志杰等译，北京：北京大学出版社，2019年。

［美］布罗茨基：《悲伤与理智》，刘文飞译，上海：上海译文出版社，2015年。

［英］布罗顿：《十二幅地图中的世界史》，林盛译，杭州：浙江人民出版社，2016年。

蔡春露：《怪诞不怪，怪中寓真——评麦卡勒斯的小说〈伤心咖啡店之歌〉》，《外国文学研究》2002年第3期，第84—88页。

陈永国：《美国南方文化》，长春：吉林大学出版社，1996年。

［意］但丁：《神曲·地狱篇》，田德望译，北京：人民文学出版社，1990年。

［法］福柯：《疯癫与文明：理性时代的疯癫史（修订译本）》，刘北成、杨远婴译，北京：生活·读书·新知三联书店，2012年。

——：《权力的眼睛——福柯访谈录》，严锋译，上海：上海人民出版社，1997年。

——：《性经验史》，佘碧平译，上海：上海人民出版社，2005年。

［美］弗兰克等：《现代小说中的空间形式》，秦林芳编译，北京：北京大学出版社，1991年。

高卫红：《20世纪上半期美国南方文化研究》，沈阳：辽宁人民出版社，2015年。

黄汉平：《拉康与后现代文化批评》，北京：中国社会科学出版社，2006年。

黄华：《权力，身体与自我——福柯与女性主义文学批评》，北京：北京大学出版社，

2005年。

［美］惠特曼：《草叶集》，赵萝蕤译，重庆：重庆出版社，2008年。

洁尘：《小道可观：洁尘的女人书Ⅱ》，北京：中国社会科学出版社，2008年。

金莉等：《20世纪美国女性小说研究》，北京：北京大学出版社，2010年。

荆兴梅：《卡森·麦卡勒斯作品的政治意识形态研究》，北京：中国社会科学出版社，
 2015年。

［美］卡尔，弗吉尼亚：《孤 独 的 猎 手：卡森·麦卡勒斯传》，冯晓明译，上海：上海
 三联书店，2006年。

［美］卡尔，弗雷德里克：《现代与现代主义：艺术家的主权1885—1925》，陈永国、傅景
 川译，北京：中国人民大学出版社，2004年。

［意］卡尔维诺：《看不见的城市》，张密译，南京：译林出版社，2012年。

［英］卡瓦拉罗：《文化理论关键词》，张卫东、张生、赵顺宏译，南京：江苏人民出版
 社，2006年。

寇挥：《我的世界文学地图》，北京：北京十月文艺出版社，2018年。

［法］拉康：《拉康选集》，褚孝泉译，上海：上海三联书店，2001年。

李公昭：《美国战争小说史论》，北京：北京大学出版社，2012年。

李杨：《颠覆·开放·与时俱进：美国后南方的小说纵横论》，北京：中国社会科学出版
 社，2018年。

——：《后现代时期美国南方文学对“南方神话”的解构》，济南：山东大学，2004年。

——：《美国南方文学后现代时期的嬗变》，济南：山东大学出版社，2006年。

——：《美国“南方文艺复兴”——一个文学运动的阶级视角》，北京：商务印书馆，
 2011年。

［法］列斐伏尔：《空间与政治》，李春译，上海：上海人民出版社，2015年。

林斌：《“精神隔绝”的多维空间：麦卡勒斯短篇小说的边缘视角探析》，《外国文学》
 2018年第3期，第11—20页。

——：《“精神隔绝”的宗教内涵：〈心是孤独的猎手〉中的基督形象塑造与宗教反讽特
 征》，《外国文学研究》2011年第6期，第83—91页。

——：《精神隔绝与文本越界：卡森·麦卡勒斯四十年代小说哥特主题之后女性主义研
 究》，天津：天津人民出版社，2006年。

——：《卡森·麦卡勒斯20世纪四十年代小说研究述评》，《外国文学研究》2005年第2

期，第158—164页。

——：《美国南方小镇上的"文化飞地"：麦卡勒斯小说的咖啡馆空间》，《外国文学评论》
2019年第2期，第96—110页。

——：《权力关系的性别隐喻——麦卡勒斯〈金色眼睛的映像〉中哥特意象的后现代解
读》，《国外文学》2008年第4期，第96—104页。

——：《〈伤心咖啡馆之歌〉的"二元性别观"透视》，《外国文学评论》2003年第4期，
第33—41页。

——：《〈伤心咖啡馆之歌〉中"狂欢节乌托邦"的诞生与灭亡》，《解放军外国语学院学
报》2004年第1期，第83—88页。

——：《文本"过度阐释"及其历史语境分析——从〈伤心咖啡馆之歌〉的"反犹倾向"
谈起》，《四川外语学院学报》2004年第4期，第32—37页。

——：《寓言、身体与时间——〈没有指针的钟〉解析》，《外国文学评论》2009年第4期，
第81—93页。

——：《"自然之镜"中的文明映像——〈金色眼睛的映像〉的女性生态视角》，《外国文
学研究》2013年第6期，第113—120页。

林国华：《在灵泊深处：西洋文史发微》，北京：北京大学出版社，2014年。

林树明：《多维视野中的女性主义文学批评》，北京：中国社会科学出版社，2004年。

刘绪贻、杨生茂主编：《美国通史》，北京：人民出版社，2002年。

［英］洛奇：《小说的艺术》，王峻岩等译，北京：作家出版社，1998年。

［美］麦卡勒斯：《抵押出去的心》，文泽尔译，北京：人民文学出版社，2012年。

——：《婚礼的成员》，周玉军译，上海：上海三联书店，2005年。

——：《金色眼睛的映像》，陈黎译，上海：上海三联书店，2007年。

——：《没有指针的钟》，金绍禹译，上海：上海三联书店，2007年。

——：《启与魅：卡森·麦卡勒斯自传》，杨晓荣译，北京：人民文学出版社，2019年。

——：《伤心咖啡馆之歌》，李文俊译，载《当代美国短篇小说集》，上海：上海译文出版
社，第192—272页。

——：《伤心咖啡馆之歌：麦卡勒斯中短篇小说集》，李文俊译，上海：上海三联书店，
2007年。

——：《心是孤独的猎手》，陈笑黎译，上海：上海三联书店，2005年。

［美］米利特：《性政治》，宋文伟译，南京：江苏人民出版社，2000年。

［美］米切尔：《飘》，戴侃、李野光、庄绎传译，北京：人民文学出版社，2004年。

［土耳其］帕慕克：《天真的和感伤的小说家》，彭发胜译，上海：上海人民出版社，2012年。

平坦：《“南方女性神话”的现代解构——以韦尔蒂、麦卡勒斯、奥康纳为例的现代南方
　　女性作家创作研究》，长春：吉林大学，2010年。

钱满素编：《美国当代小说家论》，北京：中国社会科学出版社，1987年。

钱中文主编：《巴赫金全集》，白春仁、晓河等译，石家庄：河北教育出版社，1998年。

芮渝萍：《美国成长小说研究》，北京：中国社会科学出版社，2004年。

——：《现实的怪诞　怪诞的现实》，《名作欣赏》1998年第4期，第32—39页。

［美］萨义德：《开端：意图与方法》，章乐天译，北京：生活·读书·新知三联书店，
　　2014年。

——：《世界·文本·批评家》，李自修译，北京：生活·读书·新知三联书店，2009年。

［英］莎士比亚：《哈姆莱特》，朱生豪译，北京：商务印书馆，2012年。

尚玉翠：《东方主义视域下的卡森·麦卡勒斯小说研究》，北京：九州出版社，2021年。

［美］苏贾：《后现代地理学——重申批判社会理论中的空间》，王文斌译，北京：商务印
　　书馆，2004年。

孙筱珍：《女性的自我确定——当代美国妇女文学简述》，《山东外语教学》1994年第3—4
　　期，第147—151页。

陶家俊：《身份认同导论》，《外国文学》2004年第2期，第37—44页。

陶洁编：《献给爱米丽的一朵玫瑰花——福克纳短篇小说集》，南京：译林出版社，2001年。

［英］特纳：《仪式过程：结构与反结构》，黄剑波、柳博赟译，北京：中国人民大学出版
　　社，2006年。

汪民安：《文化研究关键词》，南京：江苏人民出版社，2007年。

汪民安编：《声名狼藉者的生活：福柯文选Ⅰ》，尉光吉译，北京：北京大学出版社，
　　2016年。

汪义群：《试论田纳西·威廉斯笔下的南方女性》，《当代外国文学》1991年第3期，第
　　151—154页。

王晓雄：《论麦卡勒斯〈金色眼睛的映像〉中的“畸人”形象》，《外文研究》2017年第4
　　期，第41—47页。

［美］沃尔夫：《天使，望故乡——被埋葬的生活的故事》，朱小凡译，北京：人民文学出
　　版社，2011年。

［英］吴尔夫：《奥兰多》，林燕译，北京：人民文学出版社，2003年。

——：《一间自己的房间》，贾辉丰译，北京：人民文学出版社，2003年。

吴晓东：《从卡夫卡到昆德拉：20世纪的小说和小说家》，北京：生活·读书·新知三联书店，2003年。

［英］伍德：《小说机杼》，黄远帆译，郑州：河南大学出版社，2015年。

夏忠宪：《巴赫金狂欢化诗学研究》，北京：北京师范大学出版社，2000年。

谢大任主编：《拉丁语汉语词典》，北京：商务印书馆，1988年。

谢纳：《空间生产与文化表征：空间转向视阈中的文学研究》，北京：中国人民大学出版社，2010年。

杨济余：《二重组合结构的范例——从"反讽—张力"诗学析〈伤心咖啡馆之歌〉》，《外国文学评论》1990年第3期，第71—76页。

虞建华等：《美国文学的第二次繁荣：20世纪二三十年代的美国文化思潮和文学表达》，上海：上海外语教育出版社，2004年。

张德明：《西方文学与现代性叙事的展开》，上海：华东师范大学出版社，2018年。

张鹏：《在传统与现代之间徘徊——卡森·麦卡勒斯小说的内在矛盾》，南京：南京师范大学，2015年。

张永义：《生死欲念：西方文学"永恒的主题"》，北京：文化艺术出版社，2010年。

赵建红：《赛义德的批评理念之一 ——文本与批评家的"现世性"》，《当代外国文学》2005年第4期，第50—55页。

赵汀阳：《没有世界观的世界》，北京：中国人民大学出版社，2003年。

赵一凡、张中载、李德恩主编：《西方文论关键词》，北京：外语教学与研究出版社，2006年。

朱振武、王岩：《信仰危机下的孤独——〈心是孤独的猎手〉的主题解读》，《英美文学研究论丛》2009年第1期，第201—211页。

附录一

国内外卡森·麦卡勒斯研究简评

作为美国"南方文艺复兴"的第二代作家，卡森·麦卡勒斯（Carson McCullers，1917—1967）是美国文学史上的一个重要人物，她的作品见证了"南方神话"幻灭之后美国南方社会的历史与变迁。

国外研究述评

20世纪40年代是麦卡勒斯的创作巅峰时期，她的小说代表作几乎都是在这十年间完成的，即便在20世纪60年代发表的最后一部小说《没有指针的钟》（*Clock Without Hands*，1961）也是在这一时期酝酿成形的。有鉴于此，笔者将以20世纪40年代为起点，按照时间顺序，对国外的麦卡勒斯研究现状作简要的述评。

总体说来，国外的麦卡勒斯研究的走向几乎与西方文艺批评理论的潮流齐头并进，相关研究大致可以归纳为以下几个视角。

一、20世纪40年代以来的新批评研究

20世纪40年代是英美"新批评"（New Criticism）大行其道的时期，美国"新批评"的主力军正是一批来自南方的批评家和作家，领军人物有约翰·克罗·兰色姆（John Crowe Ransom）、艾伦·泰特（Allen Tate）、克林斯·布鲁克斯

（Cleanth Brooks）、罗伯特·佩恩·沃伦（Robert Penn Warren）等①。在"新批评"的影响下，国外的麦卡勒斯研究在起步之初多以文本细读（the close reading）的方式对她的作品进行形式主义美学的解读，集中探讨其小说的主题及象征意义。

关于自己小说的创作主题，麦卡勒斯本人曾多次谈及。1958年，她在剧本《美妙的平方根》（*The Square Root of Wonderful*，1958）的"自序"中写道："我认为，我的中心主题是精神隔绝（spiritual isolation）。当然，我总是感到孤独。"②1959年，她在散文《开花的梦：写作札记》（"The Flowering Dream: Notes on Writing"，1959）中再次提及："精神隔绝是我大多数主题的基础。我的第一部作品与之有关，几乎全部相关，并且此后我所有的作品都以这种或那种方式有所涉及。"③

为此，"精神隔离""孤独""异化"是"新批评"派麦卡勒斯研究的关键词。其中，玛格丽特·扬（Marguerite Young）、田纳西·威廉斯（Tennessee Williams）、戈尔·维达尔（Gore Vidal）、奥利弗·埃文斯（Oliver Evans）、克劳斯·柳伯斯（Klaus Lubbers）、劳伦斯·格拉弗（Lawrence Graver）、理查德·M.库克（Richard M. Cook）等作家和评论家发表的论文具有一定的影响力，评论的焦点是麦卡勒斯小说中的有机结构、反讽、张力、主题、南方文学的怪诞风格和哥特传统等。之后，这些评论文章被哈罗德·布鲁姆（Harold Bloom）收录到麦卡勒斯的研究论文集里④。

"新批评"式的解读拉开了国外麦卡勒斯研究的序幕，并为之后的相关研究定下了基调。朱迪斯·吉布林·詹姆斯（Judith Giblin James）将"新批评"对麦卡勒斯评论的影响归纳为以下三点：

其一，"新批评"作为一种注重"本体论批评"（ontological criticism）的

---

① 详见Raman Selden, Peter Widdowson and Peter Brooker (eds.), *A Reader's Guide to Contemporary Literary Theory* (Fifth Edition), Harlow: Pearson Education Limited, 2005, pp. 18-23.

② Carson McCullers, "A Personal Preface", *The Square Root of Wonderful*, Boston: Houghton Mifflin Company, 1958, p. viii.

③ Carson McCullers, "The Flowering Dream: Notes on Writing", Margarita G. Smith (ed.), *The Mortgaged Heart*, Boston and New York: Houghton Mifflin Company, 2005, p. 274.

④ 详见Harold Bloom (ed.), *Carson McCullers* (Old Edition), New York: Chelsea House Publishers, 1986, pp. 1-76.

解读方式，它对文本内部的关注远胜过文本外部。因而，麦卡勒斯小说的社会、政治、历史内容极少或偶尔被提及，而评论家们更加关注的是文本外部的"形式特征和模式"[1]，认为麦卡勒斯的作品"无关政治，持久永恒，放之四海皆准"[2]。

其二，源自诗歌评论的"新批评"派十分注重麦卡勒斯小说中的"诗性特征"。20世纪40年代至60年代，麦卡勒斯小说的诗性研究尤为盛行，相关评论大多探讨她小说的"诗意或抒情诗的文体"[3]。

其三，由于美国"新批评"的中坚力量大多来自南方，麦卡勒斯又生于斯长于斯，因此"新批评"派"顺理成章"地把她的小说视为"南方文学的物种"（a species of southern literature）[4]。

詹姆斯的以上评述客观中肯，富有见地。他肯定了"新批评"派在形式美学上为麦卡勒斯研究所作出的贡献，认为它"对麦卡勒斯研究的几个形成趋势起到了推动作用"[5]。但"新批评"派的不足之处也是显而易见的：首先，过度注重内部研究的"新批评"式的解读导致文本分析的内容必然会脱离作品特定的社会、文化语境，因而麦卡勒斯作品的伦理、道德和社会等方面的内涵被极大地忽视了[6]；其次，"新批评"派的诗性研究将麦卡勒斯的小说视为纯粹的形式与

---

[1] Judith Giblin James, *Wunderkind: The Reputation of Carson McCullers, 1940-1990*, Columbia: Camden House, 1995, p. 7.

[2] Judith Giblin James, *Wunderkind: The Reputation of Carson McCullers, 1940-1990*, Columbia: Camden House, 1995, p. 7.

[3] Judith Giblin James, *Wunderkind: The Reputation of Carson McCullers, 1940-1990*, Columbia: Camden House, 1995, p. 8.

[4] Judith Giblin James, *Wunderkind: The Reputation of Carson McCullers, 1940-1990*, Columbia: Camden House, 1995, p. 8.

[5] Judith Giblin James, *Wunderkind: The Reputation of Carson McCullers, 1940-1990*, Columbia: Camden House, 1995, p. 7.

[6] 詹姆斯在书中分析了20世纪40年代的美国评论家们对麦卡勒斯的作品在社会、政治、历史等方面的内涵避而不谈的原因。自第二次世界大战以来，世界的政治格局发生了重大的变化。1939年，苏联与德国签订了互不侵犯条约与贸易协定，这一事件大大削弱了美国马克思主义批评阵营中知识分子的力量。因此，在不触及诸多敏感社会问题的前提下，大多数的美国评论家们转而探讨麦卡勒斯作品的形式主义美学。在这样的时代背景下，"新批评"派的麦卡勒斯研究在美国随之兴起。详见Judith Giblin James, *Wunderkind: The Reputation of Carson McCullers, 1940-1990*, Columbia: Camden House, 1995, p. 3.

手法的总和，割裂了作品与作者本人的经历、个性以及心理的联系，这样的研究视角显得狭窄且缺乏深度；最后，"新批评"派将麦卡勒斯研究置于美国南方文学传统的背景之中，"南方神话"的历史情结与南方作家的地域标签让评论家们对麦卡勒斯的评介显得过于简单、主观，有失公允，其结果不仅把她的作品主题单一化，而且还以南方文学传统的共性遮蔽了她在小说艺术美学上的个性。

二、20世纪50年代以来的成长小说研究

20世纪50—60年代，西方出现了一股研究青少年成长小说的热潮，麦卡勒斯作品的成长主题研究也随之兴起，研究对象主要是她的三部成长小说——《心是孤独的猎手》（*The Heart Is a Lonely Hunter*，1940）、《婚礼的成员》（*The Member of the Wedding*，1946）和《没有指针的钟》——中的青少年形象：少女米克、弗兰淇和少年舍曼、杰斯特等。

伊哈布·哈桑（Ihab Hassan）在《美国小说中的青春期观念》（"The Idea of Adolescence in American Fiction"，1958）一文中分析了美国成长小说兴起的原因。在哈桑看来，到了20世纪中叶，美国历史已经进入了"纯真时代终结"（an end to innocence）的阶段，"从纯真向经验过渡的后果之一是青春期主题在现代文学中的流行"[1]。因此，成长小说研究多以美国的历史、精神、文化为参照，探讨小说中的青少年形象以及成长主题的隐喻意义。

哈桑的观点显然受到了莱斯利·费德勒（Leslie Fiedler）的影响。在《纯真的终结：文化与政治论文集》（*An End to Innocence: Essays on Culture and Politics*，1955）一书中，费德勒将美国的历史划分为三个时期：纯真者的时代（an age of innocents）、纯真在异国（innocence abroad）、纯真的终结（the end of innocence）。他认为，在纯真终结的时代，"当对责任与失败的探究再次成为我们（美国）文学主要关切的问题时，在这个时期，黑人与同性恋成为常见的文学主题"[2]，麦卡勒斯的小说《婚礼的成员》便是一个绝佳的例证。依费德勒之见，少女弗兰淇与黑人厨娘贝丽尼斯的人物原型是马克·吐温笔下的哈克与吉姆，并认为弗兰淇与贝丽尼斯之间存在"女同性恋之爱"（a female homosexual

---

① Ihab H. Hassan, "The Idea of Adolescence in American Fiction", *American Quarterly*, Vol. 10, No. 3 (Autumn, 1958), p. 312.

② Leslie Fiedler, *An End to Innocence: Essays on Culture and Politics*, Boston: The Beacon Press, p. 142.

romance ）①。尽管现在看来，费德勒的评论有些偏颇，但在对同性恋话题极为忌讳的20世纪50年代，他的观点可谓语出惊人。

尽管如此，在麦卡勒斯成长小说的评论中倒也不乏真知灼见。乔治·丹杰菲尔德（George Dangerfield）讨论了《婚礼的成员》的主题结构，并且重新审视了麦卡勒斯成长小说中的自传色彩。他在评论中写道："在我看来，麦卡勒斯的作品往往是一种自我戏剧化的形式……她（麦卡勒斯）的自我戏剧化不是让自己在一定程度上仅仅成为一位自传型的作家；而是她把自己个性的各个方面赋予了从外部世界中巧妙收集到的特质。"② 这一论点将麦卡勒斯的小说与她本人的经历以及外部世界联系起来，揭示了其作品的现实意义。玛格丽特·麦克道尔（Margaret McDowell）分析了麦卡勒斯笔下的少女弗兰淇与黑人厨娘贝丽尼斯的关系，认为在这两位女性之间存在"黑与白、老与少、母与女之间的冲突"③，挖掘了成长主题中的种族冲突与现实内涵。基思·E.拜尔曼（Keith E. Byerman）在父权社会的语境下，探讨了两位叛逆少女米克、弗兰淇的成长悲剧，他的结论是："对麦卡勒斯来说，女子可以成为富有创造力的自己，但为了在父权世界里生存就必须牺牲自我。"④

无疑，成长小说研究极大地拓展了麦卡勒斯评论的深度及广度。特别值得一提的是，此类评论弥补了"新批评"派的不足，将麦卡勒斯的作品与作者的经历、时代变迁和社会语境结合起来，研究方向从文本的内部转向了外部。其实，在上述麦卡勒斯成长小说的评论中，女性主义研究、同性恋研究、文化批评的思潮已初现端倪，这为后续研究奠定了坚实的基础。

但是，成长小说视域下的麦卡勒斯研究也并非无懈可击。这一类的评论文章几乎达成一个共识，即麦卡勒斯笔下的青春期人物，无论男女都或多或

---

① Leslie Fiedler, *An End to Innocence: Essays on Culture and Politics*, Boston: The Beacon Press, p. 149.

② George Dangerfield, "*The Member of the Wedding*: An Adolescent's Four Days", Beverly Lyon Clark and Melvin J. Friedman (eds.), *Critical Essays on Carson McCullers*, New York: G. K.Hall & Co., 1996, p. 32.

③ Margaret B. McDowell, "The Relationship between Berenice and Frankie", Harold Bloom (ed.), *Carson McCullers' The Member of the Wedding*, Philadelphia: Chelsea House Publishers, 2005, p. 76.

④ Keith E. Byerman, "The Daughter as Outlaw in *The Heart Is a Lonely Hunter* and *The Member of the Wedding*", Jan Whitt (ed.), *Reflections in a Critical Eye: Essays on Carson McCullers*, Lanham: University Press of America, 2008, p. 29.

少地存在越界行为（transgression），他们都是社会上的离经叛道者（outlaws/deviants）。然而，成长小说的研究者们却往往忽视了一个无可辩驳的事实：这些少男少女们的越界之举无一例外地以失败告终。失败的背后隐藏着深层的权力机制与矛盾冲突，单从青春期的成长经验、叙事特征和人物原型等层面来进行文本分析的话，这样的解读难免有些肤浅、牵强。随着西方文艺理论的不断发展，麦卡勒斯研究期待更加多元化、多维度的理论视角来对作品进行解读。

三、20世纪70年代以来的女性主义研究

自20世纪中叶开始，麦卡勒斯的成长小说研究已经开始关注到其笔下的少女人物，但由于受成长小说研究视角的限制，此类研究并未在总体上对她所有的女性人物从社会身份、性别界定等方面进行深入的探讨。

西蒙娜·德·波伏娃（Simone de Beauvoir）在其著作《第二性》（*The Second Sex*，1949）中，从女性成长的角度，剖析了《婚礼的成员》中的少女弗兰淇。在这本书中，她首次将生理性别（sex）与心理性别（gender）结合起来，分析了麦卡勒斯小说中女性形象的社会身份问题。波伏娃认为，青春期对女性而言是一个"骚动期"（disturbing moment），"在这骚动期发生的事情是，女孩子的身体开始变成女人的身体，开始有肉感……这是在暗示，在生存法则里的某种变化正在发生，它虽然不是一种病，但仍具有挣扎和撕裂的性质"[1]。波伏娃的观点在当时的美国引起了不小的轰动，特别是她的《第二性》被奉为"女性主义的圣经"。

继波伏娃之后，女性主义在美国掀起了第二次浪潮。[2] 在这次浪潮的推动下，美国文学评论界"直到20世纪80年代，在社会对妇女在私人生活与公共生活中的角色争论了近十年之后，评论家们才致力于把麦卡勒斯笔下的少女形象视为女性人物，而不是视为普遍化的男性经验的离经叛道者或延续者（并且通常以

---

① ［法］西蒙娜·德·波伏娃：《第二性》，陶铁柱译，北京：中国书籍出版社，2004年，第287页。

② 19世纪末20世纪初是女性主义的第一次浪潮，这一阶段的妇女运动以财产权与公民权的改革而告终；20世纪60年代至80年代，美国迎来了女性主义的第二次浪潮。在这个阶段，女性主义思潮继续深化，从性别、种族、阶级等方面，探讨女性文化的本质，并对整个西方知识传统体系持批判的态度。在第二次浪潮中，女性文学及女性主义批评随之兴起。详见林树明：《多维视野中的女性主义文学批评》，北京：中国社会科学出版社，2004年，第26—47页。

一种卑微的方式）"①。美国女性主义评论家路易丝·威斯特林（Louise Westling）在南方地域的背景下评析了三位同时代的南方女作家——尤多拉·韦尔蒂、卡森·麦卡勒斯和弗兰纳里·奥康纳——小说中的女性人物。威斯特林认为，这三位女性作家的作品"是南方文学传统的自然产物，这些小说为审视一脉相承、独具特色的女性文学传统提供了一个难得的机遇"②。这样的观点让麦卡勒斯研究不再拘泥于"新批评"派男性化的南方历史情结中，并打破了成长小说研究的局限，全方位地剖析了麦卡勒斯作品中诸多富有男子气概的女强人（amazon）、假小子（tomboy）以及双性人（androgyny）等怪诞的女性形象，探讨了她们的阶级、性别和身份界定等问题，批判了美国南方父权制度的霸权话语。

除此之外，女性主义批评开始关注空间（包括物理空间与心理空间）在女性的成长过程以及身份认同中的重要性。早在1929年，英国女作家弗吉尼亚·吴尔夫（Virginia Woolf）在《一间自己的房间》（A Room of One's Own，1929）中强调了空间对于女性争取独立与自由尤为重要。她写道："女人要想写小说，必须有钱，再加一间自己的房间。"③麦卡勒斯研究者萨拉·格里森-怀特（Sarah Gleeson-White）敏锐地意识到，在其小说中处处弥漫着与空间问题密切相关的"幽闭恐惧的氛围"（atmosphere of claustrophobia），并指出："从貌似宜人的幽闭场所——房子、房间、小镇——到更加阴森的监狱和疯人院，这些意象都是麦卡勒斯小说惯有的特色。"④然而，格里森-怀特浅尝辄止，并未进一步挖掘麦卡勒斯小说中文学空间的内涵，但她的观点对以后的研究者具有很大的借鉴作用，让麦卡勒斯研究的"空间转向"（the spatial turn）成为可能。

近年来，随着女性主义批评的进一步发展，更多的评论专著、论文从女性的身体、主体性、哥特式怪诞等角度出发，重新解读了麦卡勒斯笔下各种各样的女性人物。2005年，瑞士学者埃伦·莫塔洛克-吉曼（Ellen Motalok-Ziemann）

---

① Judith Giblin James, *Wunderkind: The Reputation of Carson McCullers, 1940-1990*, Columbia: Camden House, 1995, pp. 6-7.

② Louise Westling, *Sacred Groves and Ravaged Gardens: The Fiction of Eudora Welty, Carson McCullers and Flannery O'Connor*, Athens: The University of Georgia Press, 1985, p. 3.

③ ［英］弗吉尼亚·吴尔夫：《一间自己的房间》，贾辉丰译，北京：人民文学出版社，2003年，第2页。

④ Sarah Gleeson-White, *Strange Bodies: Gender and Identity in the Novels of Carson McCullers*, Alabama: The University of Alabama Press, 2003, p. 18.

在其博士论文中对麦卡勒斯与另一位南方女作家凯瑟琳·安妮·波特（Katherine Anne Porter）展开了比较研究，以一位美国本土之外的女性主义批评者的眼光，结合波伏娃的女性主义理论，从女性身体—主体（female body-subject）的角度，探讨了这两位美国南方女作家在女性人物塑造、女性身份认同等方面创作手法的异同，最后得出如下结论："在父权社会中，成为女性的过程（the process of becoming woman）几乎都需要经历异化、排挤、痛苦和对女性身体的否定。"[①]这篇博士论文不仅剖析了麦卡勒斯小说中的女强人、假小子等性别身份模糊的女性人物，而且还重新阐释了旧南方秩序中典型的南方淑女（the Southern lady / belle）形象，这在一定程度上深化了麦卡勒斯女性主义研究的主题。

由此可见，女性主义批评开拓了麦卡勒斯小说研究的视角，让学界开始关注作品中被南方父权社会边缘化的女性人物。但由于女性主义批评理论自身存在一定的缺陷，故与之相关的麦卡勒斯评论也存在一些漏洞。首先，这类研究只聚焦于女性人物，因而不可避免地忽视了麦卡勒斯作品中更为丰富、更为复杂的内涵与意义。其次，女性主义的某些观点略显激进。比如，不少女性主义批评家认为，麦卡勒斯塑造的"双性同体"或"一体双身"的女性人物是对父权社会话语的抗争与颠覆，由此消解了男女的二元性别对立。在笔者看来，这个观点还有待商榷，因为在一定程度上，此类研究试图以女性主义卫士的文本解读方式来论证女性主义理论的正确性，从而造成了作品与作者个人生活经历之间的隔离。事实上，作者通常会把个人对生活的感受、体验投射到自己塑造的人物身上，正如麦卡勒斯本人所言，"我是如此地沉浸在他们（小说人物）之中，因而他们的动机就是我自己的动机……我成了我笔下的人物"[②]。如此说来，麦卡勒斯女性主义研究容易陷入过度阐释的困境，对小说文本往往有误读之嫌。

四、20世纪90年代以来的同性恋研究

如前文所述，早在20世纪50年代，麦卡勒斯小说中的同性之爱的主题就已经开始受到关注，奥利弗·埃文斯认为："麦卡勒斯夫人是公开描写同性恋的第

---

① Ellen Motalok-Ziemann, *Tomboys, Belles, and Other Ladies: The Female Body-Subject in Selected Works by Katherine Anne Porter and Carson McCullers*, Uppsala : Uppsala Universitet, 2005, p.159.

② Carson McCullers, "The Flowering Dream: Notes on Writing", Margarita G. Smith (ed.), *The Mortgaged Heart*, Boston and New York: Houghton Mifflin Company, 2005, p. 277.

一位南方小说家。"① 但在当时的美国社会，同性恋情被视为禁忌之爱，这样的话题显得极为敏感，因此相关研究也未能全面展开。

20世纪90年代，酷儿理论在西方兴起，研究领域涉及社会学、历史学、文学等各个学科，"LGBT"② 是这一理论思潮的研究对象。顾名思义，"酷儿"一词本身就极具深意。它来自英文单词"queer"，原意为"古怪、奇特、异常"，后用来称呼同性恋者，暗含歧视、轻蔑之意。性别研究的激进派以该词作为同性恋理论的统称，这样的做法显然带有反讽的意味。③

酷儿理论的发展为研究麦卡勒斯提供了另一个全新的视角。一大批探讨麦卡勒斯作品中同性群体的专著、评论文集以及论文相继出版、发表。1997年，在布鲁姆编辑的论文集《女同性恋与双性恋的小说家》（*Lesbian and Bisexual Fiction Writers*，1997）一书中，众多的评论大家，如伊哈布·哈桑、路易丝·威斯特林、芭芭拉·A. 怀特（Barbara A. White）、桑德拉·吉尔伯特（Sandra Gilbert）和苏珊·古芭（Susan Gubar），集中讨论了麦卡勒斯小说里的男/女同性之爱，其中涉及哥特怪诞、青少年成长、身份认同、女性主义、性心理分析等热点问题。④ 此外，同性恋文化研究者洛丽·J.肯沙夫特（Lori J. Kenschaft）结合麦卡勒斯本人的双性恋倾向，分析了其作品中的同性恋情结，将她笔下的同性恋群体视为反叛与对抗的象征。肯沙夫特认为，麦卡勒斯"考虑到不仅这些人物也许经历了同性欲望的可能，而且这些欲望可能通过文本和其历史背景，与更为普遍的反叛联系起来，来对抗作为被文化编码的'女人'或'男人'的内涵"⑤。这一观点深化了麦卡勒斯小说中的同性恋主题，挖掘了作品对美国社会主流意识形态的颠覆意义。

---

① Oliver Evans, *Carson McCullers: Her Life and Work*, London: Peter Owen Limited, 1965, p. 60.

② 即英文单词"lesbian, gay, bisexual, transgender"首字母的缩写，意为"女同性恋者、男同性恋者、双性恋者和跨性别者"。

③ 详见黄华：《权力，身体与自我——福柯与女性主义文学批评》，北京：北京大学出版社，2005年，第174—175页。

④ 详见 Harold Bloom (ed.), *Lesbian and Bisexual Fiction Writers*, Philadelphia: Chelsea House Publishers, 1997, pp. 94-106.

⑤ Lori J. Kenschaft, "Homoerotics and Human Connections: Reading Carson McCullers 'As a Lesbian'", Beverly Lyon Clark and Melvin J. Friedman (eds.), *Critical Essays on Carson McCullers*, New York: G. K. Hall & Co., 1996, p. 231.

　　在进入新世纪之后，同性恋研究从更加宽泛的领域进一步探讨麦卡勒斯的小说内涵。格里森–怀特从"酷儿怪诞"（queer grotesques）的视角，评析了《心是孤独的猎手》和《金色眼睛的映像》这两部小说。与之前的酷儿理论研究者不同的是，格里森–怀特打破了同性恋与异性恋的二元对立，并指出"对麦卡勒斯来说，同性恋或异性恋都不是理想的或'正常'的……它们是怪诞的"①。依据她的观点，麦卡勒斯对同性恋情的描写是一种"创造性的方式，它营造了新的愉悦感，并建立了同他人和世界的新关系"②。在大众对同性恋文化日益包容的当下，格里森–怀特的解读赋予了麦卡勒斯小说新的时代意义。美国学者盖瑞·理查兹（Gary Richards）在专著《爱者与被爱者：南方小说中的性别他性，1936—1961》（*Lovers and Beloveds: Sexual Otherness in Southern Fiction, 1936-1961*, 2005）中，从美国南方文学的传统出发，对麦卡勒斯作品（包括长、中、短篇小说在内）里的同性恋主题进行了全面、深入的探讨，特别是许多通常被评论家们忽视的次要人物③也被纳入他的研究范畴。在前人研究的基础之上，理查兹分析了这些人物的易装癖、变性行为以及性别越界等问题。在整个美国南方文学传统的研究背景之下，他道明了麦卡勒斯小说创作的独到之处：与其他南方作家相比，"麦卡勒斯了解自己身上具有她的读者们通常所说的酷儿性（queerness）"④，因而她笔下的这些同性恋人物在一定程度上是自我的表征（self-representation）。理查兹的论述拓宽了麦卡勒斯小说同性恋研究的视野，特别是在酷儿理论的视阈下，他对南方种族政治、作者生平与小说创作之间的关系、麦卡勒斯对南方文学传统的传承与颠覆等问题的探讨极具启发性。

　　作为一门跨学科的新思潮，以酷儿理论为依据的同性恋研究已经涉及成长小说、女性主义、性别研究等多个领域，并在很大程度上颠覆了美国南方社会

①　Sarah Gleeson-White, *Strange Bodies: Gender and Identity in the Novels of Carson McCullers*, Alabama: The University of Alabama Press, 2003, p. 67.

②　Sarah Gleeson-White, *Strange Bodies: Gender and Identity in the Novels of Carson McCullers*, Alabama: The University of Alabama Press, 2003, p. 67.

③　这些次要人物包括《心是孤独的猎手》中的巴伯尔·凯利（Bubber Kelly）、《金色眼睛的映像》中的威恩切克中尉（Lieutenant Weincheck）和《婚礼的成员》中的约翰·亨利·韦斯特（John Henry West）等。

④　Gary Richards, *Lovers and Beloveds: Sexual Otherness in Southern Fiction, 1936-1961*, Baton Rouge: Louisianan State University Press, 2005, p. 7.

传统中的男权文化和异性恋的霸权模式，这为麦卡勒斯研究开辟了广阔的前景。但是，酷儿理论的出现才不过短短三十余年的时间，在学理上还存在诸多不足之处，尤其是从同性恋文化的视角去解读麦卡勒斯小说的颠覆内涵，这本身有预设结论之嫌；另外，尽管酷儿理论提供了一个跨学科、多维度的研究方法，但它并非"灵丹妙药"，无法囊括麦卡勒斯文学创作的全部内涵。

五、其他领域的研究

根据目前笔者收集的文献资料，有关麦卡勒斯生平的英语传记（不含其他语种）共有九部，其中的第一手资料当属麦卡勒斯未完成的自传《亮光与夜之光芒》(*Illumination and Night Glare*，1999)。这本自传直到她去世三十二年之后才得以出版，书中收集了麦卡勒斯未完稿的自传内容、二战期间她与丈夫利夫斯·麦卡勒斯（Reeves McCullers）的来往信件、她的长篇小说处女作《心是孤独的猎手》的创作手稿等。除此之外，另外八部传记分别是：奥利弗·埃文斯的《卡森·麦卡勒斯：其生平与作品》(*Carson McCullers: Her Life and Work*，1965)、劳伦斯·格拉弗的《卡森·麦卡勒斯》(*Carson McCullers*，1969)、理查德·库克的《卡森·麦卡勒斯》(*Carson McCullers*，1975)、弗吉尼亚·斯潘塞·卡尔（Virginia Spencer Carr）的《孤独的猎手：卡森·麦卡勒斯传》(*The Lonely Hunter: A Biography of Carson McCullers*，1975)、玛格丽特·麦克道尔的《卡森·麦卡勒斯》(*Carson McCullers*，1980)、约西安·萨芙格诺（Josyane Savigneau）的《卡森·麦卡勒斯：生平》(*Carson McCullers: A Life*，2001)[①]、谢里尔·蒂普斯（Sherill Tipps）的《二月屋》(*February House*，2005)以及詹·沙普兰（Jenn Shapland）的《我的卡森·麦卡勒斯自传》(*My Autobiography of Carson McCullers*，2020)。

在以上麦卡勒斯传记中，前六部追溯了她的整个生命历程，并对其作品进行了简要评述，而2005年出版的《二月屋》仅记录了她1940年的纽约生活。正是在这一年，麦卡勒斯迈入了纽约的文化圈，她与众多的知名人士——如诗人威斯坦·奥登、作曲家本杰明·布里顿（Benjamin Britten）、演员兼舞蹈家吉普

---

① 该传记原为法文，琼·E.霍华德（Joan E. Howard）将这本法文传记翻译成了英文，英文版于2001年由霍顿·米弗林（Houghton Mifflin）出版社出版。详见Josyane Savigneau, *Carson McCullers: A Life*, trans. Joan E. Howard, Boston and New York: Houghton Mifflin Company, 2001.

赛·罗斯·李（Gipsy Rose Lee）等——共同租住在纽约布鲁克林高地的米达大街7号（7 Middagh, Brooklyn Heights），这个小圈子被外界称为"奇异的大家庭"（a queer menage）①。此外，特别值得一提的是，2020年美国锡屋（Tin House）出版社出版了沙普兰的传记著作《我的卡森·麦卡勒斯自传》。随后，以出版女性文学和女性主义读物而知名的英国维拉戈出版社（Virago Press）购买了版权，2021年这本传记在英国面世，2022年又发行了平装本。与传统传记不同的是，作者沙普兰从"文学侦探"的第一人称视角，以非常独特的回忆录（memoir）形式，记录了卡森·麦卡勒斯生平中鲜为人知的档案材料，其中包括心理治疗记录、私人信件和个人情感交往史等，甚至还有沙普兰对麦卡勒斯个人衣物的归档、分类以及着装研究。在撰写传记的过程中，沙普兰时而把自己和麦卡勒斯融为一体，时而又与之保持距离。正如她所言："讲述自己的故事时，作者必须把她本人当作[笔下]人物。讲述别人的故事时，作者必须在某种程度上把别人看作她自己，必须找到能够栖居在她身上的途径。在作者和她的[写作]对象之间，在塑造自我的过程中，在各种排列转换中和字里行间，这本书保持了[与写作对象之间]流动不居的距离（the fluid distance）。"② 如此耳目一新的研究视角和细致入微的传记内容极大地拓展了麦卡勒斯研究领域，因此自出版以来，这本传记广受好评，并获得了2021年朗姆达文学奖（Lambda Literary Award）。在笔者看来，沙普兰所说的"流动不居的距离"与麦卡勒斯"南方旅居者"的文学身份不谋而合——她们都兼有入乎其内、出乎其外的双重观察视角。总之，这些传记记录了许多麦卡勒斯文学创作的幕后故事，它们互为补充，为相关研究提供了非常宝贵的一手、二手资料。

除了生平研究之外，心理分析研究也引起了麦卡勒斯研究者的兴趣。早在20世纪80年代，哈罗德·布鲁姆就指出，麦卡勒斯的小说人物时常陷入弗洛伊德所说的"情色幻想"（erotic illusion）的困境之中，她的作品带有英国作家D. H.劳伦斯（D. H. Lawrence）的风格："她的小说如她本人一样，处在永恒的爱欲（eros）

---

① 此处的英文单词"queer"一词具有双重含义：一为"奇异、奇特"之意，二为"同性恋"。详见 Virginia Spencer Carr, *The Lonely Hunter: A Biography of Carson McCullers*. Athens and London: The University of Georgia Press, 2003, p. 117.

② Jenn Shapland, *My Autobiography of Carson McCullers*, London: Virago Press, 2020, pp.3-4.

危机之中，而 D. H. 劳伦斯是爱欲的诗人，弗洛伊德是爱欲的理论家。"① 之后，多丽·福勒（Doreen Fowler）借用弗洛伊德和拉康心理分析理论中的术语"初始场景"（primal scene）一词，剖析了《伤心咖啡馆之歌》中的三角恋情以及复杂的人物关系。福勒认为，这部中篇小说是麦卡勒斯的寓言故事，它"表达了被压抑的永恒的欲望"②。这类评论文章深入地考察了麦卡勒斯小说中的心理动因与性冲动的本质。

近年来，随着流散文学的兴起，不少后殖民主义批评家开始重新审视麦卡勒斯作品中的少数族裔和边缘人群。20世纪70年代末80年代初，著名的后殖民主义评论家加亚特里·查克拉沃蒂·斯皮瓦克（Gayatri Chakravorty Spivak）率先在她的论文中呼吁，评论界应该从新的视角重读麦卡勒斯的作品。斯皮瓦克认为，继费德勒与哈桑所说的美国文学"从纯真向经验过渡"之后，评论界应将关注的焦点转移到麦卡勒斯作品中的种族、性取向和身份认同等问题上。依她所见，后殖民主义理论为解决这些问题提供了一个全新的视角和认知框架③。1992年，加拿大学者罗伯特·K. 马丁（Robert K. Martin）从身体和性别的角度，分析了麦卡勒斯笔下的小菲佣安纳克莱托的"双性同体"（androgyny）特征。马丁认为："在西方父权社会和以异性恋为主导的批评语境中，麦卡勒斯笔下的人物之一安纳克莱托代表了解放双性同体的潜在改变。"④

20世纪末叶，当代西方文化思想的范式（paradigm）发生了一系列的转换。其中，"空间转向"是当代学界的热点问题之一，随之兴起的"空间批评"（spatial criticism）开始进入评论家的视野。近来，不少评论家以空间意象为切入点，探讨了麦卡勒斯小说中文学空间的内涵。肯尼思·D. 查米里针对麦卡勒斯小说中多次出现的"咖啡馆"意象，探讨了以此为背景的空间场所对小说情

---

① Harold Bloom, "Introduction", Harold Bloom (ed.), *Carson McCullers* (Old Edition), New York: Chelsea House Publishers, 1986, p. 1.

② Doreen Fowler. "Carson McCullers's Primal Scenes: *The Ballad of Sad Café*", *Critique*, Vol. 43, No. 3 (Spring, 2002), p. 268.

③ Gayatri Chakravorty Spivak, "Three Feminist Readings: McCullers, Drabble, Habermas", *Union Seminary Quarterly Review*, Vol. 35 (Fall-Winter, 1979-80), pp. 15-34.

④ Robert K. Martin, "Gender, Race, and the Colonial Body: Carson McCullers's Filipino Boy, and David Henry Hwang's Chinese Woman", *Canadian Review of American Studies*, Vol. 23, No. 1 (Fall, 1992), p. 101.

节的发展以及小说人物的塑造所发挥的作用[1]。帕特丽夏·耶格（Patricia Yaeger）从《婚礼的成员》中的"厨房"场景入手，在20世纪40年代的美国南方文化语境中，剖析了这个最为常见的居家空间所蕴含的种族政治与超现实主义的历史。[2]"空间转向"让研究者们开始关注麦卡勒斯作品中的"空间叙事"（the spatial narrative），他们研究的对象多是小说中的微观空间意象，如咖啡馆、酒吧、厨房、街道、房间、角落等等。作为一种较新的研究途径和理论方法，麦卡勒斯的空间批评研究具有广阔的前景，但这类研究多聚焦于客观存在的真实物理空间，而往往忽视了主观想象的虚构心理空间，因而缺乏学理上的整体性和系统性。

综上所述，国外的麦卡勒斯研究充满了生机，研究方法和视角日趋多元化，研究者们发表不少学术论文，亦出版了一些研究专著。正如朱迪斯·吉布林·詹姆斯所言："文学潮流的功能就是混淆模糊（to obscure），或许一切有价值的艺术家们都具备这一变化多端的品质。"[3]尽管各个文学批评流派或多或少地存在不足和局限，但它们都致力于刻画各自眼中的麦卡勒斯，在这些不同文学理论流派的相互角力与互为补充中，麦卡勒斯的小说如同一件极具价值的艺术品，充满了永恒的文学魅力。

国内研究述评

国内学界对麦卡勒斯的译介与研究始于20世纪70年代末80年代初。相对于国外多元化、多视角的麦卡勒斯研究，国内的相关研究还处于发展阶段，尚有不少拓展空间。为了对国内四十余年来的麦卡勒斯研究现状作一个简单明了

---

① Kenneth D. Chamlee, "On the Function of the Café Setting in the Development of Character", Harold Bloom (ed.), *Carson McCullers' The Member of the Wedding*, Philadelphia: Chelsea House Publishers, 2005, pp. 85-89.

② 详见Patricia Yaeger, *Dirt and Desire: Reconstructing Southern Women's Writing, 1930-1990*, Chicago and London: The University of Chicago Press, 2000, pp. 150-185.

③ Judith Giblin James, *Wunderkind: The Reputation of Carson McCullers, 1940-1990*. Columbia: Camden House, 1995, p. 190.

的梳理，笔者依据研究内容的不同，大致将国内的麦卡勒斯评论分为以下三个类别。

一、本体论研究

中国的麦卡勒斯研究始于对其作品的译介。1979年，上海译文出版社出版了《美国当代短篇小说选》，李文俊先生翻译的《伤心咖啡馆之歌》被收录其中，这是中国读者第一次接触到麦卡勒斯的作品。在初版的中文序言中，译者李文俊强调："她（麦卡勒斯）是美国'南方文学'这一现代文学流派中有代表性的女作家，以擅长写孤独者的内心生活著称。"[1] 1987年，赵毅衡先生在《美国当代小说家论》一书中细致分析了麦卡勒斯小说的主题，他认为"她的作品贯穿着的主题是：人在社会中永远被禁锢于孤独状态，人不惜一切代价试图冲破这种孤独，但他的努力最终总是无济于事"[2]。这两位中国学者开启了中国麦卡勒斯研究的大门。

到了20世纪90年代，越来越多的中国学者开始关注麦卡勒斯的作品。1990年，杨济余发表了一篇题为《二重组合结构的范例——从"反讽—张力"诗学析〈伤心咖啡馆之歌〉》的论文。这篇论文显然受到20世纪40年代英美"新批评"派的影响，探讨了《伤心咖啡馆之歌》中的诗学特征。杨先生认为，通俗文学与哲理内容、现实主义与象征主义、喜剧性与悲剧性这三个二重组合形成了这部小说文本内部的张力，悖论式的二重组合彰显了作品的反讽风格。[3] 他的这一学术观点在当时颇具影响力。

追随英美"新批评"派的学术潮流，作品的本体论研究是当时中国麦卡勒斯评论的主流方向，研究的重点仍旧是小说的孤独主题与怪诞风格。孙筱珍指出："麦卡勒斯还经常塑造怪诞形象来表达作家本人和她笔下的人物的思想感情

---

① ［美］卡森·麦卡勒斯：《伤心咖啡馆之歌》，李文俊译，载《当代美国短篇小说集》，上海：上海译文出版社，1979年，第192页。

② 赵毅衡：《孤独者的悲歌——评卡尔森·麦克勒斯》，载钱满素编：《美国当代小说家论》，北京：中国社会科学出版社，1987年，第215页。

③ 详见杨济余：《二重组合结构的范例——从"反讽—张力"诗学析〈伤心咖啡馆之歌〉》，《外国文学评论》1990年第3期，第71—76页。

和变态心理。"①芮渝萍认为《伤心咖啡馆之歌》是一部典型的怪诞小说，"怪诞作为一个文学表现手法和文学趣旨，是美国南方文学的一个普遍现象，麦卡勒斯的这部作品就是其中典型的一例"②。蔡春露以"怪诞"为切入点，在社会历史批评视角下，分析了《伤心咖啡馆之歌》中的"爱的悖谬"主题与象征意义。③

由此可见，以本体论为核心的麦卡勒斯研究基本上沿袭了"新批评"派的传统，从文学作品本身出发，通过细读方式，注重文本内部的结构和肌理，这为日后的麦卡勒斯研究作了铺垫。

二、本土性研究

国内的麦卡勒斯本土性研究从美国南方的地方主义出发，多用怀旧的"南方神话"、南方文学的传统以及南方的历史情结来解读作品，麦卡勒斯也被不少中国学者视为南方地域女性作家的代表。

汪义群在评论另一位南方剧作家田纳西·威廉斯时，考察了美国南方文学的传统，他发现"人与外界的隔绝，人与人之间的缺乏沟通，以及在一个混乱的世界中如何孤独地寻求自身价值等问题"④是美国南方小说经常涉及的主题。因此，他认为田纳西·威廉斯"和威廉·福克纳、卡森·麦卡勒斯、托马斯·沃尔夫等南方作家的作品有着密切的血缘关系"⑤。朱振武、王岩在美国南方现代社会的背景下，分析了《心是孤独的猎手》的宗教主题⑥。金莉等学者也认为："麦卡勒斯毫无疑义地属于'区域作家'范畴，一个南方哥特式传统的女继承人。"⑦王晓雄在20世纪40年代美国南方的历史背景中，剖析了《金色眼睛的映像》中的畸人形象，他认为麦卡勒斯"在继承美国畸人传统的同时，深切

---

① 孙筱珍：《女性的自我确定——当代美国妇女文学简述》，《山东外语教学》1994年第3—4期，第150页。

② 芮渝萍：《现实的怪诞　怪诞的现实》，《名作欣赏》1998年第4期，第32页。

③ 详见蔡春露：《怪诞不怪，怪中寓真——评麦卡勒斯的小说〈伤心咖啡店之歌〉》，《外国文学研究》2002年第3期，第84—88页。

④ 汪义群：《试论田纳西·威廉斯笔下的南方女性》，《当代外国文学》1991年第3期，第151页。

⑤ 汪义群：《试论田纳西·威廉斯笔下的南方女性》，《当代外国文学》1991年第3期，第151页。

⑥ 详见朱振武、王岩：《信仰危机下的孤独——〈心是孤独的猎手〉的主题解读》，《英美文学研究论丛》2009年第1期，第201—211页。

⑦ 金莉等：《20世纪美国女性小说研究》，北京：北京大学出版社，2010年，第156页。

地融入了自身在性别身份上的挣扎和抗争"。[①]

另外，李杨、平坦、张鹏三位学者在各自的博士学位论文《后现代时期美国南方文学对"南方神话"的解构》《"南方女性神话"的现代解构——以韦尔蒂、麦卡勒斯、奥康纳为例的现代南方女性作家创作研究》《在传统与现代之间徘徊——卡森·麦卡勒斯小说的内在矛盾》中，将麦卡勒斯的小说研究置于美国南方的历史、地域和文化语境中。李杨从"南方神话"的视角，考察了麦卡勒斯的文学创作在美国南方文学后现代时期的嬗变；平坦通过比较三位同时代的南方女性作家——韦尔蒂、麦卡勒斯、奥康纳，解读了她们作品中"南方神话"光环下的女性人物，探讨了南方女性自我身份的认同；而张鹏在麦卡勒斯身处现代工业文明冲击之下美国南方传统文化的动荡格局中，剖析了其小说作品在情节模式、人物形象和主题意蕴等方面的内在复杂性。[②]

总体说来，麦卡勒斯的本土性研究视域较开阔，文本分析往往结合了美国南方地域独有的历史与文化，因此在很大程度上拓展了国内麦卡勒斯研究的深度和广度。

三、文化批评研究

2005—2022年，上海三联书店、人民文学、湖南文艺、华东师范大学、上海译文、江苏凤凰文艺等国内知名出版社相继出版了中译本的麦卡勒斯作品系列（包括所有长篇小说、部分短篇小说、随笔集和自传），以及传记作家弗吉尼亚·斯潘塞·卡尔撰写的《孤独的猎手：卡森·麦卡勒斯传》。这些读物大大地促进了麦卡勒斯在中国的接受与传播，在国内掀起了一股"麦卡勒斯"热。在这股热潮的推动下，大量的麦卡勒斯研究论文纷纷见诸国内各类学术期刊，其中学者林斌的著述引人注目。

在国内外相关研究的基础上，林斌突破了本体论研究和本土性研究的局限，

---

① 王晓雄：《论麦卡勒斯〈金色眼睛的映像〉中的"畸人"形象》，《外文研究》2017年第4期，第47页。

② 详见李杨：《后现代时期美国南方文学对"南方神话"的解构》，济南：山东大学，2004年；平坦：《"南方女性神话"的现代解构——以韦尔蒂、麦卡勒斯、奥康纳为例的现代南方女性作家创作研究》，长春：吉林大学，2010年；张鹏：《在传统与现代之间徘徊——卡森·麦卡勒斯小说的内在矛盾》，南京：南京师范大学，2015年。

将研究领域定位在"文化批评"的视野之中。在十余年（2003—2019）的时间里，林斌撰写的麦卡勒斯小说研究系列论文结合了大量的史料、文献，对麦卡勒斯短、中、长篇小说中的性别、宗教、种族、怪诞、南方历史意识、文化飞地和边缘视角等议题进行了全方位的考察，研究方法涉及巴赫金的狂欢诗学、女性主义批评、生态女性批评、后现代文化理论和空间批评等，并对麦卡勒斯的反南方主流文化的创作立场进行了反思。① 此外，她的学术专著《精神隔绝与文本越界：卡森·麦卡勒斯四十年代小说哥特主题之后女性主义研究》聚焦麦卡勒斯20世纪40年代创作巅峰时期的四部小说《心是孤独猎手》《金色眼睛的映像》《伤心咖啡馆之歌》《婚礼的成员》，从社会身份建构和多元化女性主义的视角，分析了作品中"隔绝/越界"（isolation/transgression）的模式，从而揭示了"精神隔绝"这一典型哥特主题的内涵。②

同样，学者荆兴梅的专著《卡森·麦卡勒斯作品的政治意识形态研究》也非常有启发性。该专著在特里·伊格尔顿（Terry Eagleton）美学意识形态的框架下，旁征博引了马克思、阿德勒、弗洛伊德、海德格尔、福柯等大师的理论观点，结合20世纪中下叶的美国重大历史事件（如麦卡锡主义、菲律宾殖民扩张、底比斯圣军、第二次世界大战、冷战等），全面探讨了麦卡勒斯小说中的政治意识形态问题。此专著研究视角新颖，理论深厚，具有极强的现实意义，特别是作者对"技术异化"和"战争观"等议题的思考，为当今全球化语境下中国的

---

① 详见林斌：《〈伤心咖啡馆之歌〉的"二元性别观"透视》，《外国文学评论》2003年第4期；《〈伤心咖啡馆之歌〉中"狂欢节乌托邦"的诞生与灭亡》，《解放军外国语学院学报》2004年第1期；《文本"过度阐释"及其历史语境分析——从〈伤心咖啡馆之歌〉的"反犹倾向"谈起》，《四川外语学院学报》2004年第4期；《卡森·麦卡勒斯20世纪四十年代小说研究述评》，《外国文学研究》2005年第2期；《权力关系的性别隐喻——麦卡勒斯〈金色眼睛的映像〉中哥特意象的后现代解读》，《国外文学》2008年第4期；《寓言、身体与时间——〈没有指针的钟〉解析》，《外国文学评论》2009年第4期；《"精神隔绝"的宗教内涵：〈心是孤独的猎手〉中的基督形象塑造与宗教反讽特征》，《外国文学研究》2011年第6期；《"自然之镜"中的文明映像——〈金色眼睛的映像〉的女性生态视角》，《外国文学研究》2013年第6期；《"精神隔绝"的多维空间：麦卡勒斯短篇小说的边缘视角探析》，《外国文学》2018年第3期；《美国南方小镇上的"文化飞地"：麦卡勒斯小说的咖啡馆空间》，《外国文学评论》2019年第2期。

② 详见林斌：《精神隔绝与文本越界：卡森·麦卡勒斯四十年代小说哥特主题之后女性主义研究》，天津：天津人民出版社，2006年。

发展走向提供了建设性的参考意见，从中彰显了中国学者的人文关怀立场。[1]

另外，尚玉翠的《东方主义视域下的卡森·麦卡勒斯小说研究》一书从东方主义出发，剖析了麦卡勒斯笔下的少数族裔形象，探讨了"他者"想象背后隐藏的深层动机，并指出："她（麦卡勒斯）的作品不单单是一部部寓言小说，更是一部部极具社会历史感的力作，紧扣着美国发展的步伐，展现着美国普通民众的生活面貌和精神图谱。"[2]可以说，东方主义的视角为麦卡勒斯研究提供了另一种解读的可能。

近年来，在"麦卡勒斯热"的推动下，越来越多的国内学者投入相关的文学研究中。他们为国内学界麦卡勒斯研究体系的建构付出了非常艰辛的努力，这势必推动中国的麦卡勒斯研究呈多维度、多方位的纵深发展。

---

[1] 详见荆兴梅：《卡森·麦卡勒斯作品的政治意识形态研究》，北京：中国社会科学出版社，2015年。

[2] 尚玉翠：《东方主义视域下的卡森·麦卡勒斯小说研究》，北京：九州出版社，2021年，第179页。

附录二

新世纪以来国外卡森·麦卡勒斯研究的流变与走向

卡森·麦卡勒斯（Carson McCullers，1917—1967）是美国"南方文艺复兴"[①]时期的重要女性作家。进入21世纪后，麦卡勒斯的文学声誉一再高涨。2000年，美国女剧作家萨拉·舒尔曼（Sarah Schulman）在犹他州的圣丹斯剧场实验室（Sundance Theatre Lab）开始酝酿传记体剧本《卡森·麦卡勒斯：不确切的史实》（*Carson McCullers: Historically Inaccurate*）。2002年初，该剧本在纽约百老汇上演近半个月之久，2006年，剧本正式出版发行。这一标志性事件表明，新世纪以来的麦卡勒斯研究非但没有降温，反而持续发展，她的作品再度引发热议。

在新世纪的各种文学思潮中，国外的麦卡勒斯研究势头强劲。笔者利用赴英国剑桥大学访学之机，通过搜索大学图书馆的相关数据库，得到以下数据：从2000年至今（时间截止到2022年5月31日），Jstor数据库显示，国外学界发表英文麦卡勒斯研究论文277篇、书评138篇；ProQuest数据库显示，国外高校的麦卡勒斯研究博士学位论文（英语）有652篇；笔者通过查询国家图书馆和亚马逊网站，发现21世纪以来出版（含再版）的麦卡勒斯传记有6部（其中包括1部德语传记和1部法语传记的英译本），相关研究专著、论文集近60本。这些新的麦卡勒斯研究成果在秉承文学批评传统的同时，又新意层出，并与当下的时代

[①] "南方文艺复兴"特指美国南方"大约从20世纪20年代至40年代末这一时期的文学"。参见 Robert H. Brinkmeyer, Jr., "The Southern Literary Renaissance", Richard Gray and Owen Robinson (eds.), *A Companion to the Literature and Culture of the American South*, Malden: Blackwell Publishing, 2004, pp.148-165.

语境密切关联，呈现出多元化、多维度的发展势态。①

　　有鉴于此，笔者将从研究范式的转变、空间转向、"酷儿"研究和跨学科研究这四个方面，对新世纪以来麦卡勒斯研究的流变与走向进行全面评述，试图勾勒出一幅该领域的文学批评新导图。

一、研究范式的转变：内与外的结合

　　国外的麦卡勒斯研究起步于其创作巅峰期——20世纪40年代，这是英美"新批评"（New Criticism）大行其道的时期，而美国"新批评"派的中坚力量恰是一批来自南方的批评家和作家。因此，美国"新批评"派与麦卡勒斯研究的共生关系可谓应了天时、地利、人和，这为之后的相关研究定下了基调。尽管在20世纪50年代末，"新批评"受到了"结构主义"的强烈冲击，逐渐走向衰落，但时至今日，它的影响力仍不可小觑。

　　20世纪90年代末，麦卡勒斯研究的范式发生了明显转变。在《神童：卡森·麦卡勒斯的名声，1940—1990》一书中，朱迪斯·吉布林·詹姆斯发表了如下观点："新批评的影响激发了麦卡勒斯研究中的几种形成趋势"②，即"本体论批评"、"诗性特征"研究和"南方文学种类"研究③。具体说来，"本体论批评"和"诗性特征"是文本内部研究，而"南方文学种类"问题则是文本外部研究。在詹姆斯看来，研究范式发生转变的原因在于：冷战时期的美国在文化上"需要寻找一位重要的美国民族主义作家"④，加之美国"新批评"派的主力军

---

① 目前，国外学界最详实的麦卡勒斯研究综述当属朱迪斯·吉布林·詹姆斯（Judith Giblin James）于1995年出版的专著《神童：卡森·麦卡勒斯的名声，1940—1990》（*Wunderkind: The Reputation of Carson McCullers, 1940-1990*），该书对20世纪40年代至90年代的西方麦卡勒斯研究现状进行了全面评述。在国内学界，中国学者林斌于2005年发表的论文《卡森·麦卡勒斯20世纪四十年代小说研究述评》颇具一定的影响力，但该论文仅梳理了麦卡勒斯20世纪40年代创作巅峰时期的小说研究文献。可见，新世纪以来，国内外学界似乎还没有出现类似的研究述评。相关文献参见Judith Giblin James, *Wunderkind: The Reputation of Carson McCullers, 1940-1990*, Columbia: Camden House, 1995; 林斌：《卡森·麦卡勒斯20世纪四十年代小说研究述评》，《外国文学研究》2005年第2期，第158—164页。

② Judith Giblin James, *Wunderkind: The Reputation of Carson McCullers, 1940-1990*, Columbia: Camden House, 1995, p. 7.

③ Judith Giblin James, *Wunderkind: The Reputation of Carson McCullers, 1940-1990*, Columbia: Camden House, 1995, pp. 7-8.

④ Judith Giblin James, *Wunderkind: The Reputation of Carson McCullers, 1940-1990*, Columbia: Camden House, 1995, p. 8.

大都来自南方，在这种情形下，麦卡勒斯研究便与南方地域、社会、文化等外部因素结合起来。

　　新世纪伊始，国外的麦卡勒斯研究基本上延续了詹姆斯所说的这一趋势：一方面，近年来国外学界发表的相关论文大都涉及作品的内部肌理、形式美学等问题，如反讽艺术、文本张力、怪诞等主题；另一方面，与20世纪40年代"新批评"派的研究相比，这些论文突破了内部研究的局限，将研究触角从文本之内延伸到文本之外，在美国南方地域文学的视域中来解读作品，从而在研究范式上做到了内外结合。其中，具有代表性的是刊登在《南方文学杂志》（*The Southern Literary Journal*）上的两篇文章：萨拉·格里森–怀特（Sarah Gleeson-White）的论文《重访南方怪诞：米哈伊尔·巴赫金和卡森·麦卡勒斯个案研究　》（"Revisiting the Southern Grotesque: Mikhail Bakhtin and the Case of Carson McCullers"，2001）和拉里·赫逊（Larry Hershon）的论文《张力与超越：麦卡勒斯小说中的"犹太人"》（"Tension and Transcendence: 'The Jew' in the Fiction of Carson McCullers"，2008）。

　　格里森–怀特从美国南方文学的哥特传统出发，结合巴赫金的怪诞理论，分析了麦卡勒斯小说中的"畸零人物"（freakish characters），如巨人、侏儒、哑巴、双性人等。在麦卡勒斯"新批评"派研究中，关于"怪诞"主题的论文不计其数，但这篇论文的独到之处在于：格里森–怀特不再囿于文本内部的意象、隐喻和象征意义来阐释"怪诞"主题，而是将南北战争之后的"新南方"作为外部研究的重要参照，在历史语境中考察了麦卡勒斯小说的时代特征。她认为，畸零人的"狂欢怪诞是一种抵抗策略"[①]，特别是随着女性地位的变化，小说中身体畸形的女性人物是对"南方淑女"（the Southern lady/belle）形象的拒斥。同样，赫逊也关注麦卡勒斯作品中的南方地域特色，并"结合她（麦卡勒斯）所处的时代和地域中特定的社会历史情境"[②]来解读文本。赫逊的研究视角令人耳目一新，他并未从以"黑白"对立为核心的种族矛盾出发，而是另辟蹊径，将

---

① Sarah Gleeson-White, "Revisiting the Southern Grotesque: Mikhail Bakhtin and the Case of Carson McCullers", *The Southern Literary Journal*, Vol.33, No.2 (Spring, 2001), p.110.

② Larry Hershon, "Tension and Transcendence: 'The Jew' in the Fiction of Carson McCullers", *The Southern Literary Journal*, Vol. 41, No. 1 (Fall, 2008), p.53.

小说中的犹太人作为研究对象，探讨了犹太特性的历史内涵。赫逊的论文让人联想到美国"新批评"派代表人物艾伦·泰特（Allen Tate）提出的"张力说"（tension），但两者的研究范式却有所不同。泰特主张从诗歌内部结构的"张力"中寻找诗歌的意义，而赫逊在20世纪30—40年代的法西斯主义和反犹太主义的政治语境中，通过剖析麦卡勒斯笔下充满了张力感的犹太人，挖掘了小说的历史意义。赫逊认为，麦卡勒斯借助象征手法（symbolic power），"超越了司空见惯的犹太人刻板印象"[①]，这正是她区别于同时代南方作家的独特之处。

在麦卡勒斯研究的范式转变中，"内"与"外"被巧妙地结合起来。在这样的学术语境下，国外的麦卡勒斯传记研究应运而生，这是当下研究与20世纪40年代"新批评"派研究最大的不同。众所周知，"新批评"派为了捍卫文学的纯洁性，十分排斥各种非文学的观点，他们对"传记研究法"通常持反对态度。然而，新世纪以来的麦卡勒斯研究越来越重视作家的书信、日记、手稿、自传、传记等亚文本材料在文学研究中发挥的作用。

1999年，麦卡勒斯未完成的自传《亮光与夜之光芒》（*Illumination and Night Glare*，1999）出版，开启了新世纪传记研究的前奏。根据笔者收集的文献资料，2000年以来在国外学界出版（含再版）的麦卡勒斯生平传记共有5部（包括1部德语传记和1部法语传记的英译本）。[②]其中，4部传记追溯了麦卡勒斯的整个生命历程，并对她的作品进行了扼要评述。谢里尔·蒂普斯（Sherill Tipps）的《二月屋》（*February House*，2005）是一个例外，它仅记录了麦卡勒斯1940年的纽约生活，因为这一年对麦卡勒斯至关重要，是她文学事业的转折点。在这些传记中，学界普遍认为最具权威性的当属弗吉尼亚·斯潘塞·卡尔（Virginia Spencer Carr）撰写的《孤独的猎手：卡森·麦卡勒斯传》（*The Lonely*

---

① Larry Hershon, "Tension and Transcendence: 'The Jew' in the Fiction of Carson McCullers", *The Southern Literary Journal*, Vol. 41, No. 1 (Fall, 2008), p.59.

② 这5部麦卡勒斯传记分别是：Josyane Savigneau, *Carson McCullers: A Life*, trans. Joan E. Howard, Boston and New York: Houghton Mifflin Company, 2001; Virginia Spencer Carr, *The Lonely Biography of Carson McCullers*, Athens and London: The University of Georgia Press, 2003; Sherill Tipps, *February House*, New York: Houghton Mifflin Company, 2005; Alexandra Lavizzari, *Fast eine Liebe: Annemarie Schwarzenbach und Carson McCullers*, Berlin: Edition Ebersbach, 2008; Jenn Shapland, *My Autobiography of Carson McCullers*, London: Virago Press, 2020.

Hunter: A Biography of Carson McCullers，2003）。2005年，卡尔又出版了另一本专著《理解卡森·麦卡勒斯》（Understanding Carson McCullers，2005）。在这本书中，她结合作家生平，按照作品发表的历时次序，重在剖析麦卡勒斯的小说、戏剧作品与社会意识形态、权力政治的关联。另外，美国帕尔格雷夫·麦克米伦（Palgrave Macmillan）新近出版了《卡森·麦卡勒斯在21世纪》（Carson McCullers in the Twenty-First Century，2016）。这本书实际上是传记与评论的合集，其中收集了不少鲜为人知的资料，包括麦卡勒斯本人的录音谈话以及她在1958年身患抑郁症时的治疗记录等。此外，特别值得一提的是詹·沙普兰（Jenn Shapland）撰写的最新传记《我的卡森·麦卡勒斯自传》（My Autobiography of Carson McCullers，2020）。该书于2020年由美国锡屋（Tin House）出版社出版，随后英国维拉戈出版社（Virago Press）购买了版权，传记于2021年在英国面世，2022年该出版社又发行了英国版本的平装本。这本传记的独特之处在于：作者沙普兰以文学回忆录的方式，从第一人称视角记录了麦卡勒斯生平中十分珍贵的文献资料，其中包括她的心理治疗记录、私人信件、情感交往史、私人衣物档案及其着装研究等。独树一帜的写作风格让这本传记好评如潮，并获得了2021年朗姆达文学奖（Lambda Literary Award）。

综上所述，在传记研究中，丰富的亚文本材料在方法论上十分接近新历史主义：通过大量的文献资料、实地考证和访谈记录，新世纪以来国外的麦卡勒斯研究不再局限于"本体论"，而是将研究视野投射到广阔的社会、历史语境中。一言以蔽之，在内外结合的研究范式中，国外学者们既关注作品本身，也注重作品承载的历史意义，强调地域环境以及各种亚文本在文本阐释中发挥的重大作用，并试图挖掘文学作品对社会意识形态、权力机制的抵制策略。

二、空间转向：走出南方

自20世纪末叶开始，"空间转向"（the spatial turn）成为当代学界的热点问题之一，"空间批评"（spatial criticism）随之进入文学评论家们的视野。如前文所述，在新世纪之初，当研究范式发生转变时，麦卡勒斯研究者们从文本内外来探讨"南方文学种类"问题，作家本人也被贴上了"南方地域作家"的标签。然而，在空间批评的视域中，美国南方的地域特征不仅反映了物质的地理地貌，而且还展现了社会矛盾与文化冲突。换言之，"南方"不仅是一个地域空间名词，而且是一个富含文化深意的综合概念。尽管它与空间、地域密切相关，却并不受制于地方主义和地志学意义的束缚，因此"'南方'是一个综合概念，它既包括地理和政治因素，更强调历史的、文化的和经济的渊源"①。在空间转向中，麦卡勒斯研究不再囿于南方地域文学的研究范畴，而是从空间诗学、文化地理学的宽广视角来探讨文化身份、权力机制、社会关系在各类文学空间建构中的互动关系。

通过梳理新世纪以来的空间批评文献，笔者发现国外学者的研究对象大致可以归纳为三类：虚构想象空间、日常生活空间和城镇社会空间。虚构想象空间研究多从乌托邦小说、童话、寓言的角度，强调麦卡勒斯作品中文学空间的非真实性。加拿大学者达伦·米拉尔（Darren Millar）的博士论文《小说与情感：20世纪中期美国小说及乌托邦语境研究》（"Fiction and Affect: Studies in the Mid-twentieth Century American Novel and Its Utopian Contexts"，2006）从二战之后的政治话语出发，揭示了麦卡勒斯小说中空间场所的乌托邦本质；詹妮弗·莫莉（Jennifer Murray）则从"虚构空间"的角度来讨论小说《心是孤独的猎手》（The Heart Is a Lonely Hunter，1940）中"童话故事的特征"②。这类研究普遍认为，麦卡勒斯小说中的虚构想象空间带有历史隐喻的特征，具有政治话语的象征意义。

近年来，不少研究者发现麦卡勒斯的作品具有空间意义上的"一种场所感"③。他们从文本中真实存在的物理空间入手，如咖啡馆、游乐场、小酒吧、卧室、小旅馆等，旨在挖掘日常生活空间中的权力机制和社会关系。其中，在国外学界反响最大的是帕特丽夏·耶格（Patricia Yaeger）的专著《污垢与欲望：重构南方女性书写，1930—1990年》（Dirt and Desire: Reconstructing Southern Women's Writing, 1930—1990，2000）。在这本书中，耶格以小说《婚礼的成员》（The Member of the Wedding，1946）中的"厨房场景"为切入点，论述了这一

---

① 虞建华等：《美国文学的第二次繁荣：20世纪二三十年代的美国文化思潮和文学表达》，上海：上海外语教育出版社，2004年，第461页。

② Jennifer Murray, "Approaching Community in Carson McCullers's *The Heart Is a Lonely Hunter*", *Southern Quarterly*, Vol. 42, No. 4 (Summer, 2004), p. 108.

③ Jan Whitt, "The Exiled Heir: An introduction to Carson McCullers and Her Work", Jan Whitt (ed.), *Reflections in a Critical Eye: Essays on Carson McCullers*, Lanham: University Press of America, 2008, p. xiv.

居家空间所蕴含的种族政治与超现实主义的历史。在耶格看来，小说中的厨房
"提供了一个空间，以此来探寻20世纪40年代的政治分区"①。这本专著得到了国
外学界的一致认可，相关章节被收录到由简·惠特（Jan Whitt）主编的《批评
眼睛的映像：卡森·麦卡勒斯评论文集》（*Reflections in a Critical Eye: Essays on
Carson McCullers*，2008）一书中。

此外，咖啡馆在麦卡勒斯的作品中出现的频率极高，她的多部小说《心
是孤独的猎手》、《伤心咖啡馆之歌》（*The Ballad of Sad Café*, 1943）和《婚礼
的成员》都与之密切相关。菲利普斯（Robert S. Phillips）、查米里（Kenneth D.
Chamlee）、卡尔和福勒（Doreen Fowler）等知名评论者对文本中反复出现的"咖
啡馆"进行了评析，但侧重点各有不同。菲利普斯关注的是"咖啡馆"空间里
的哥特要素，查米里考察了"咖啡馆"场景对小说情节发展的推动作用，卡尔
将"咖啡馆"与文本中的其他空间意象进行了类比研究，福勒则从拉康的术语
"初始场景"（primal scene）来解读"咖啡馆"的社会内涵。这几篇论文具有相
当大的影响力，它们被哈罗德·布鲁姆（Harold Bloom）分别收录到《布鲁姆导
读：卡森·麦卡勒斯的〈婚礼的成员〉》（*Bloom's Guides: Carson McCullers' The
Member of the Wedding*，2005）和新版《布鲁姆现代批评观：卡森·麦卡勒斯》
（*Bloom's Modern Critical Views: Carson McCullers*，2009）这两本论文集中。

麦卡勒斯的小说多以无名南方小镇为背景，围绕小镇这一大型社会空间
展开讨论是空间批评的另一个热点。李·安妮·杜克（Leigh Anne Duck）将南
方、现代性和民族性结合，从更加宽泛的国家空间和全球空间层面（national and
global spaces）来考察麦卡勒斯作品中的南方小镇。杜克认为，作为美国南方进
步作家之一的麦卡勒斯"表述并推动了南方的世界性"②。另一位美国南方文学研
究专家罗伯特·H. 布林克迈尔（Robert H. Brinkmeyer）将空间诗学与欧洲法西斯
主义的历史研究相结合，探讨了麦卡勒斯作品中城镇社会空间的意识形态因子
和权力运作机制。依据布林克迈尔的观点，在美国南方文学作品中，欧洲法西

---

①　Patricia Yaeger, *Dirt and Desire: Reconstructing Southern Women's Writing, 1930-1990*, Chicago and
London: The University of Chicago Press, 2000, p.152.

②　Leigh Anne Duck. *The Nation's Region: Southern Modernism, Segregation, and U.S. Nationalism*,
Athens and London: The University of Georgia Press, 2006, p.178

斯主义是继黑人妇女、弃儿和黑奶妈之后的"第四个幽灵"，麦卡勒斯笔下的城镇空间"正遭受类似极权政治的独裁主义的倾轧"①。

正如文化地理学家迈克·克朗（Mike Crang）所言："地理学与文学同是关于场所与空间的写作，二者都意义重大。"②可见，文学与地理、空间息息相关。总体说来，在空间转向中，麦卡勒斯研究者们关注的是作品中的空间叙事，在从虚构到真实，从心理到物理，从微观到宏观的层面上全方位考察了各类空间场所的内涵：文学作品中的空间场所是彰显民族特性、权力机制、身份认同、社会关系的重要媒介。空间诗学为当下的麦卡勒斯研究提供了全新的理论方法和思路，它没有局限于"南方地域文学"的狭隘视角，而是"走出南方"，呈现出"去地域化"（de-regionalization）的趋势，从而具有广阔的研究前景。

三、"酷儿"研究：对主流文化的反思

奥利弗·埃文斯（Oliver Evans）指出："麦卡勒斯夫人是公开描写同性恋的第一位南方小说家。"③在空间转向中，研究者们致力于撕掉麦卡勒斯身为"南方地域作家"的标签，却忽视了作品中的性别身份问题。20世纪90年代，"酷儿理论"（queer theory）的兴起弥补了这一缺憾。其实，早在20世纪50年代，麦卡勒斯小说中的"同性之爱"已受到一定程度的关注。但在当时的美国社会，同性恋情被视为禁忌之爱，它自然是极为敏感的话题，相关研究未能得以全面展开。进入新世纪以后，"谈同色变"的状况终于有了较大改观。

酷儿理论的研究对象是"LGBT"④群体，研究领域涉及社会学、历史学、文学等各个学科。在以异性恋为主流文化的当下，"LGBT"群体用"酷儿"（queer）一词来"描述他们相对于主流文化和少数族裔文化而言所独有的边缘感"⑤。1997年，布鲁姆编辑了论文集《女同性恋与双性恋的小说家》（*Lesbian*

---

① Robert H. Brinkmeyer, Jr., *The Fourth Ghost: White Southern Writers and European Fascism, 1930-1950*, Baton Rouge: Louisiana State University Press, 2009, p.243.

② Mike Crang, *Cultural Geography*, London and New York: Routledge, 1998, p.44.

③ Oliver Evans, *Carson McCullers: Her Life and Work*, London: Peter Owen Limited, 1965, p.60.

④ 即英文单词"lesbian, gay, bisexual, transgender"首写字母的缩写，意为"女同性恋者、男同性恋者、双性恋者和跨性别者"。

⑤ Raman Selden, Peter Widdowson and Peter Brooker (eds.), *A Reader's Guide to Contemporary Literary Theory* (Fifth Edition), Harlow: Pearson Education Limited, 2005, p.252.

and Bisexual Fiction Writers，1997），书中收集了不少评论大家撰写的麦卡勒斯研究论文，这为新世纪的麦卡勒斯"酷儿"研究打下了坚实基础。进入新世纪后，涉及酷儿理论的麦卡勒斯研究专著、博士学位论文和相关论文更是不计其数。在众多的出版物中，我们不难分辨出三大研究主题：精神隔绝、成长与怪诞。这三大主题与酷儿理论相结合，极大地拓展了新世纪麦卡勒斯研究的深度和广度。

"精神隔绝"是"酷儿"研究的关键词之一，因为麦卡勒斯曾在散文《开花的梦：写作札记》（"The Flowering Dream: Notes on Writing"，1959）中写道："精神隔绝是我大多数作品主题的基础。我的第一部作品与之相关，几乎全部有关，并且此后我的所有作品都以这样或那样的方式有所涉及。"[1]蕾切尔·亚当斯（Rachel Adams）借用酷儿理论，以"畸零人"为研究对象，从身体、种族、性别的层面，阐释了《婚礼的成员》和《没有指针的钟》（*Clock Without Hands*，1961）这两部小说的"精神隔绝"主题。亚当斯认为，"畸零人"身体上的怪异为这两部小说营造了孤独、疏离的氛围，而"畸零人"的同性之爱（即"酷儿"情结）则"抵抗了性别与种族的二元逻辑论"[2]。日本学者美穗松井（Miho Matsui）的论文以中篇小说《伤心咖啡馆之歌》中反复出现的"queer"一词为切入点，从异装癖、跨性别和跨种族三个方面来挖掘作品中"精神隔绝"的内涵。在松井看来，小说主人公爱密利亚小姐性格孤僻，举止怪异，她"偏离了合乎规范的行为准则"[3]，其模糊的性别身份和种族身份"试图解构社会的男权符码"[4]。可以说，在孤独、疏离、异化等文学母题之外，酷儿理论赋予了"精神隔绝"主题新的意义，并极大地挑战了以男/女二元性别论和黑/白二元种族论为主导

---

[1]　Carson McCullers, "The Flowering Dream: Notes on Writing", Margarita G. Smith (ed.), *The Mortgaged Heart*, Boston: Houghton Mifflin, 2005, p. 274.

[2]　Rachel Adams, " 'A Mixture of Delicious and Freak' : The Queer Fiction of Carson McCullers", Harold Bloom (ed.), *Carson McCullers* (New Edition), New York: Infobase Publishing, 2009, p.38.

[3]　Miho Matsui, "Queer Eyes: Cross-Gendering, Cross-Dressing, and Cross-Racing Miss Amelia", Alison Graham-Bertolini and Casey Kayser (eds.), *Carson McCullers in the Twenty-First Century*, Cham: Palgrave Macmillan, 2016, p. 165.

[4]　Miho Matsui, "Queer Eyes: Cross-Gendering, Cross-Dressing, and Cross-Racing Miss Amelia", Alison Graham-Bertolini and Casey Kayser (eds.), *Carson McCullers in the Twenty-First Century*, Cham: Palgrave Macmillan, 2016, p.171.

的美国南方主流社会。

　　除此之外，不少研究者将酷儿理论与成长主题相结合，重新评介了麦卡勒斯成长小说中常见的"假小子"（tomboy）和"阴柔少年"（sissy）形象。克里斯滕·普罗尔（Kristen Proehl）结合作家生平，从具有双性恋倾向的麦卡勒斯与同性恋南方剧作家威廉斯的友谊入手，探讨了其成长小说中的"同性友情"（queer friendship）。普罗尔认为："麦卡勒斯借助同性友情，来表述孩童时期性别错位与成人阶段同性恋之间的关联。"[①] 瑞士学者莫塔洛克–吉曼（Ellen Motalok–Ziemann）以波伏娃的女性主义为理论框架，从女性身体—主体（female body-subject）的角度，分析了麦卡勒斯笔下"假小子"的性别含混，旨在揭示这些人物最终"成为女性的历程"[②]。米歇尔·安·阿巴特（Michelle Ann Abate）将战争要素（二战和冷战）纳入文学研究的范畴，兼顾低俗小说（pulp fiction）和新酷儿电影（New Queer Cinema）的影响力，从文学、历史、文化的多重维度，挖掘了小说《婚礼的成员》中"假小子"的内涵："由于社会对性别错位难以宽容，因此主流社会的视觉媒体与印刷媒体对强悍、越界女性人物的描述也不被接受，这些形象潜入地下，越来越具有颠覆性。"[③] 阿巴特的研究方法体现了明显的跨学科特征，这为日后的麦卡勒斯研究指明了方向。

　　近几年，很多"酷儿"研究者围绕"怪诞"一词，试图从美国南方的社会语境中来解读麦卡勒斯作品中的同性之爱。格里森–怀特是先行者之一，她在《怪异的身体：卡森·麦卡勒斯小说中的性别与身份》（*Strange Bodies: Gender and Identity in the Novels of Carson McCullers*，2003）一书中提出了一个新术语："酷儿怪诞"（queer grotesques）。在她看来，麦卡勒斯的小说打破了同性恋与异性恋的二元对立，因为"对麦卡勒斯来说，同性恋或异性恋都不是理想的或

---

① 　Kristen Proehl, "Coming of Age in the Queer South: Friendship and Social Difference in *The Heart Is a Lonely Hunter*", Alison Graham-Bertolini and Casey Kayser (eds.), *Carson McCullers in the Twenty-First Century*, Cham: Palgrave Macmillan, 2016, p.145.

② 　Ellen Motalok-Ziemann, *Tomboys, Belles, and Other Ladies: The Female Body-Subject in Selected Works by Katherine Anne Porter and Carson McCullers*, Uppsala: Uppsala Universitet, 2005, p.164.

③ 　Michelle Ann Abate, *Tomboys: A Literature and Cultural History*, Philadelphia: Temple University Press, 2008, p.170.

'正常'的……它们是怪诞的"①。在《爱者与被爱者：南方小说中的性别他性，1936—1961年》（*Lovers and Beloveds: Sexual Otherness in Southern Fiction, 1936-1961*，2005）一书中，盖瑞・理查兹（Gary Richards）采用了类似的研究方法，全面挖掘了麦卡勒斯长、中、短篇小说中的男／女同性恋主题。理查兹结合20世纪中叶美国南方社会矩阵（Southern social matrix）中的历史、地域等因素，提出了另一个新术语"性别他性"（sexual otherness）。它特指南方文学作品所指涉的易装癖、性别错位、性别越界等行为，并且"完全取决于生理性别、心理性别、种族和阶级"②。依笔者之见，这些学术新词的产生表明"酷儿"研究者们试图为"LGBT"群体发声，并在对同性恋文化日益包容的当下为麦卡勒斯小说的"怪诞"文风作新解。

　　作为一股跨学科的新思潮，"酷儿"研究在文学批评的应用中涉及成长小说、女性主义、性别研究等多个话题。在很大程度上，此类研究反思并挑战了美国主流社会传统中的男权文化和异性恋的霸权模式。这不仅为重读麦卡勒斯的小说提供了全新的视角，而且这一理论体系的跨学科特征为现今的文学研究指明了一条可行之路：如果说文学研究是一个学术"共同体"，那么它赖以生存的根基不是"同一性"（sameness），而是"异质性"（heterogeneity）。因此，新世纪的麦卡勒斯研究势必呈多维度、多视角的跨学科走向。

四、跨学科研究：走向文化诗学

　　1963年，美国著名剧作家爱德华・阿尔比（Edward Albee）改编了中篇小说《伤心咖啡馆之歌》，并将它搬上舞台。在《延展我的思想》（*Stretching My Mind*，2005）一书中，阿尔比称麦卡勒斯是"一位奇特的魔术师"③。阿尔比的观点激发了国外学界对麦卡勒斯电影、戏剧改编作品的研究兴趣。1951年，由麦卡勒斯本人根据自己的同名小说执笔改编的剧本《婚礼的成员》（*The Member of the Wedding*，1949）在百老汇连续演出501场，取得了巨大成功。斯塔福

---

① 　Sarah Gleeson-White, *Strange Bodies: Gender and Identity in the Novels of Carson McCullers*, Alabama: The University of Alabama Press, 2003, p. 67.

② 　Gary Richards, *Lovers and Beloveds: Sexual Otherness in Southern Fiction, 1936-1961*. Baton Rouge: Louisianan State Universrity Press, 2005, p.2.

③ 　Edward Albee, *Stretching My Mind*, New York: Carroll & Graf Publishers, 2005, p.23.

德（Tony J. Stafford）从视觉艺术的角度，对该剧中各种"看"的方式（如stare, gaze, watch, look, glance, glimpse等）逐一进行了细读。在论文中，斯塔福德以"视觉母题"（the sight motif）为主线，剖析了这部戏剧作品的"异化感"①。凯塞（Casey Kayser）全面考察了麦卡勒斯的所有改编作品（包括本文开篇提到的由舒尔曼撰写的麦卡勒斯生平传记剧本），结合传播学和传记考据等研究方法，旨在帮助"读者发现或重新发现麦卡勒斯及她的作品"②。这些改编作品的研究成果鲜明地体现了麦卡勒斯研究在方法论上的多样性和跨学科性，并逐渐走向文化诗学之路。

麦卡勒斯小说中的"音乐性"（musicality）研究是一个非常新颖的跨学科视角。麦卡勒斯自幼练习钢琴，她曾在自传中坦言音乐对其小说创作影响巨大。美国学者丹尼尔·帕特里克·巴洛（Daniel Patrick Barlow）、卡门·特拉梅尔·斯卡格斯（Carmen Trammell Skaggs）、日本学者马笼清子（Kiyoko Magome）借用了民谣（ballad）、赋格（fugue）、四重奏（quartet）、对位结构（contrapuntal structure）和复调（polyphony）等音乐术语，剖析了麦卡勒斯小说中的各类音乐元素。尽管视角各有不同，但研究者们达成了如下共识："麦卡勒斯用音乐来讲述故事，正如她用故事来讲述音乐。"③在文学"音乐性"研究中，研究者们尝试用乐理来解读麦卡勒斯作品中精妙的文本结构和独特的叙事模式。文学与音乐这两门艺术的合体充分显示了新世纪麦卡勒斯研究的跨学科特征。

1990年，"美国残疾人法案"（Americans with Disabilities Act，简称ADA）在全美得以实施，美国政府以立法的形式禁止歧视残障人士。这样的时代语境催生了一门新学科——"残障学研究"（disability studies）。它始于新旧世纪之交，经过近二十年的发展，队伍逐渐壮大。与改编研究、文学"音乐性"研究相比，"残障学研究"涉猎更广，它涵盖了包括文学、社会学、人类学、伦理学、心理

---

① Tony J. Stafford, "'Gray Eyes Is Glass': Image and Theme in *The Member of the Wedding*", Harold Bloom (ed.), *Carson McCullers* (New Edition), New York: Infobase Publishing, 2009, p.14.

② Casey Kayser, "From Adaptation to Influence: Carson McCullers on the Stage", Alison Graham-Bertolini and Casey Kayser (eds.), *Carson McCullers in the Twenty-First Century*, Cham: Palgrave Macmillan, 2016, p.17.

③ Daniel Patrick Barlow, "'And Every Day There Is Music': Folksong Roots and the Highway Chain Gang in *The Ballad of the Sad Café*", *The Southern Literary Journal*, Vol. XLIV, No. 1 (Fall, 2011), p. 84.

学和医学在内的诸多人文科学与自然科学的领域。顾名思义，"残障学研究"的学科对象是残障人士，以"残障问题将会且必须引起公众的关注"[①]为宗旨。其理论体系的核心是将"残障"视为社会建构的一种方式，特别关注种族、阶级、性别等热门话题。麦卡勒斯塑造了不少"畸零人"形象，她的作品理所当然地成为"残障学研究"的热门读物。

在专著方面，蕾切尔·亚当斯和南茜·邦巴奇（Nancy Bombaci）的贡献最大。她们各自撰写的论著《美国杂耍：畸零人与美国文化想象》（*Sideshow U.S.A.:Freaks and the American Cultural Imagination*，2001）和《晚期现代主义美国文化中的畸零人》（*Freaks in Late Modernist American Culture*，2006）围绕麦卡勒斯小说中"畸零人"残缺的身体，探讨了"残障人士"的生活状态，以及这些边缘人群对美国现代文化的影响。在论文方面，劳拉·法拉斯卡（Laura Falasca）、埃伦·塞缪尔斯（Ellen Samuels）、格里森–怀特、查德·朱厄特（Chad Jewett）和艾莉森·斯珀林（Alison Sperling）等研究者付出了艰辛的努力。在"残障学研究"的视域下，他们的论文《畸零人形象中的南方意象：电影〈伤心咖啡馆之歌〉》（"Images of the South through the Image of Freaks: A Movie from *The Ballad of Sad Café* "，2000）、《关键的分歧：朱迪斯·巴特勒的身体理论与残障问题》（"Critical Divides: Judith Butler's Body Theory and the Question of Disability"，2002）、《丑陋的独特南方形式：尤多拉·韦尔蒂、卡森·麦卡勒斯和弗兰纳里·奥康纳》（"A Peculiarly Southern Form of Ugliness: Eudora Welty, Carson McCullers, and Flannery O'Connor"，2003）、《"被限定"：麦卡勒斯〈婚礼的成员〉中的种族与延缓的性特征》（"'Somehow Caught': Race and Deferred Sexuality in McCullers's *The Member of the Wedding*"，2012）和《畸零时间：卡森·麦卡勒斯小说中的女性青春期》（"Freak Temporality: Female Adolescence in the Novels of Carson McCullers"，2016）结合身体理论、后殖民理论等批评方法，剖析了麦卡勒斯作品中与身体残缺相关的性别、种族、阶级、身份等学术热点问题。总而言之，在"残障学研究"方面取得的丰硕成果展现了跨学科研究的优势，"走向

---

① 　Paul K. Longmore and Lauri Umansky, "Introduction" , Paul K. Longmore and Lauri Umansky (eds.), *The New Disability History: American Perspectives*, New York and London: New York University Press, 2001, p.2.

文化诗学"的趋势必将极大地推动21世纪的麦卡勒斯研究朝着更深、更广的方向发展。

五、结语

正如舒尔曼所言：麦卡勒斯的作品"具有建构与解构之力"[①]，这意味着麦卡勒斯研究是一个可持续性的学术工程。研究范式的转变、批评转向、社会意识形态以及历史事件均会引发文学思潮的变化。在这些变化中，新世纪以来的麦卡勒斯研究受到了西方文论诸多流派的影响，如新批评、地域文学研究、传记研究、新历史主义、文化地理学、空间诗学、酷儿理论、性别研究、后殖民理论、成长小说、视觉与音乐艺术、残障学研究、文化批评等。细心的读者会发现，个别成果丰硕的国外学者同时运用了不同的文学理论和批评方法来解读麦卡勒斯的作品。这就足以说明，批评思潮的变化并非一蹴而就，而是循序渐进的；学术流派的发展并非泾渭分明，而是彼此交错的。在纷繁复杂的文学思潮中，笔者力图呈现国外学界最新研究动向的概貌，并兼顾对当下热点问题的探讨，以期为国内的麦卡勒斯研究提供一定的参考。国内学者可以借此把握国外麦卡勒斯研究的动态，结合中国的时代语境，在吸收与借鉴国外最新成果的同时，实现与国外学者的平等对话，发出属于中国本土学者的声音。

[①]　Sarah Schulman, "McCullers: Canon Fodder?" *The Nation* (June 26, 2000), p. 39.

附录三

卡森·麦卡勒斯主要作品编年[①]

一、长篇小说

1940 《心是孤独的猎手》(*The Heart Is a Lonely Hunter*)，波士顿：霍顿·米弗林出版社

1941 《金色眼睛的映像》(*Reflections in a Golden Eye*)，波士顿：霍顿·米弗林出版社

1946 《婚礼的成员》(*The Member of the Wedding*)，波士顿：霍顿·米弗林出版社

1961 《没有指针的钟》(*Clock Without Hands*)，波士顿：霍顿·米弗林出版社

二、戏剧

1949 《婚礼的成员》(*The Member of the Wedding*)，纽约：新方向出版社

1958 《美妙的平方根》(*The Square Root of Wonderful*)，纽约：霍顿·米弗林出版社

三、自传及杂文集

1971 《抵押出去的心》(*The Mortgaged Heart*)，波士顿：霍顿·米弗林出版社

1999 《亮光与夜之光芒》(*Illumination and Night Glare*)(未完成)，麦迪逊：威斯康辛大学出版社

---

① 本附录根据麦卡勒斯传记作家弗吉尼亚·斯潘塞·卡尔撰写的《孤独的猎手：卡森·麦卡勒斯传》中的部分内容整理而成。详见 Virginia Spencer Carr, *The Lonely Hunter: A Biography of Carson McCullers*, Athens and London: The University of Georgia Press, 2003, pp.580-583.

四、中短篇小说

1936《神童》（"Wunderkind"），《故事》

1941《赛马师》（"The Jockey"），《纽约客》

1941《茨伦斯基夫人和芬兰国王》（"Madame Zilensky and the King of Finland"），《纽约客》

1942《通信》（"Correspondence"），《纽约客》

1942《树·岩石·云》（"A Tree, A Rock, A Cloud"），《哈泼时尚》

1943《伤心咖啡馆之歌》（"The Ballad of Sad Café"），《哈泼时尚》

1949《艺术和马洪尼先生》（"Art and Mr. Mahoney"），《女士》

1950《旅居者》（"The Sojourner"），《女士》

1951《家庭困境》（"Domestic Dilemma"），《纽约邮报》

1955《鬼上身的男孩》（"The Haunted Boy"），《女士》

1956《谁见过风》（"Who Has Seen the Wind?"），《女士》

1963《傻瓜》（"Sucker"），《星期六夜邮》

五、诗歌

1941《扭曲的三位一体》（"The Twisted Trinity"），《抉择》

1948《被抵押的心》（"The Mortgaged Heart"），《新方向》

1952 组诗《双重天使：关于起源和选择的冥想》（"The Dual Angel: A Meditation on Origin and Choice"），《女士》和《博特奥斯克》

　　包括：《对撒旦的诅咒》（"Incantation to Lucifer"）

　　《许门，啊许门》（"Hymen, O Hymen"）

　　《爱与时间之壳》（"Love and the Rind of Time"）

　　《双面天使》（"The Dual Angel"）

　　《天父，我们赖以繁衍的映像》（"Father, upon Thy Image We Are Spanned"）

1952《当我们迷失时》（"When We Are Lost"），《声音》（1948年，发表在《新方向》上的另一个版本略有不同）

1957《石非石》（"Stone Is Not Stone"），《女士》

1964《甜如泡菜净如猪》（"Sweet as a Pickle and Clean as a Pig"），《红皮书》

六、随笔

1940《美国人，望故乡》（"Look Homeward, Americans"），《时尚》

1941《布鲁克林是我的街坊》（"Brooklyn is My Neighborhood"），《时尚》

1941《俄罗斯现实主义作家和南方文学》（"The Russian Realists and Southern Literature"），《抉择》

1941《我们举起我们的旗帜——我们也是和平主义者》（"We Carried Our Banners—We Were Pacifists, Too"），《时尚》

1943《爱不受时间的愚弄》（"Love's Not Time's Fool"），《女士》

1943《伊萨克·丹森：冬天的故事》（"Isak Dinesen: Winter's Tales"），《新共和》

1945《低下我们的头》（"Our Heads Are Bowed"），《女士》

1948《我如何开始写作》（"How I Began to Write"），《女士》

1949《圣诞之家》（"Home for Christmas"），《女士》

1949《孤独，一种美国病》（"Loneliness ... an American Malady"），《纽约先驱导报》

1950《共享的想象力》（"The Vision Shared"），《戏剧艺术》

1953《圣诞节的发现》（"The Discovery of Christmas"），《女士》

1959《开花的梦：写作札记》（"The Flowering Dream: Notes on Writing"），《先生》

1963《爱德华·阿尔比的黑色才华》（"The Dark Brilliance of Edward Albee"），《哈泼时尚》

1963《伊萨克·丹森：活力颂歌》（"Isak Dinesen: In the Praise of Radiance"），《星期六评论》

1967《医院的平安夜》（"A Hospital Christmas Eve"），《麦克考斯》

索 引

A

阿巴特（Abate, Michelle Ann）192

阿尔比（Albee, Edward）193

阿斯维尔（Aswell , Mary Lou）127

埃文斯（Evans, Oliver）108, 165, 171, 174, 190

艾布拉姆斯（Abrams, M. H.）129, 130

艾伦（Allen, Walter）5

爱森斯坦（Eisenstein, Sergei）59

奥登（Auden, Wystan Hugh）146, 174

奥康纳（O'Connor, Flannery）4, 53, 89, 170, 180, 195

B

巴别塔（the Tower of Babel）65

巴赫金（Bahktin, M. M.）20, 57, 66, 122, 123, 181, 185

巴洛（Barlow, Daniel Patrick）194

巴什拉（Bachelard, Gaston）23, 33, 38

白兰度（Brando, Marlon）79

白人至上论（white supremacy）104, 109, 113, 119, 125, 136, 138

拜尔曼（Byerman , Keith E.）168

邦巴奇（Bombaci, Nancy）195

鲍曼（Bauman, Zygmunt）5

悲喜剧（tragicomedy）122

悖论 11, 12, 33, 38, 39, 61, 63, 65, 67, 83, 85, 111, 114, 130, 131, 138, 142, 143, 144, 178

本体论批评（ontological criticism）165, 184

扁平人物（a flat character）128

表征空间（representational spaces）67

波德莱尔（Baudelaire, Charles）132

波伏娃（Beauvoir, Simone de）21, 22, 24, 77, 169, 171, 192

波拉科夫（Polakov, Lester）33

波特（Porter, Katherine Anne）171

博尔赫斯（Borges, Jorge Luis）37

不确定性（indeterminacy）21, 61, 84, 85

布莱克（Blake, William）38

布兰特利（Brantley, Will）8, 45, 50

布朗（Brown, Simone）92, 99

布朗诉托皮卡教育委员会案（Brown v. Board of Education of Topeka）120

布朗肖（Blanchot, Maurice）53, 62

布林克利（Brinkley, Alan）135

布林克迈尔（Brinkmeyer, Robert H.）136, 189

布鲁克斯（Brooks, Cleanth）164

布鲁姆（Bloom, Harold）5, 10, 29, 36, 39, 90, 165, 172, 175, 189, 190

布罗茨基（Brodsky, Joseph）36

C

残障学研究（disability studies）194, 195, 196

查米里（Chamlee, Kenneth D.）29, 32, 33, 42, 47, 63, 176, 189

场所感（a sense of place）54, 188

场域（field）59, 69, 72

成长小说 13, 18, 19, 49, 53, 142, 167, 168, 169, 170, 173, 192, 193, 196

重建时期（Reconstruction）77, 78, 93

初始场景（primal scene）176, 189

纯粹时间（pure time）57, 59, 64, 72

错位（displacement）108, 111, 192, 193

D

戴维斯（Davis, Thadious M.）104

丹杰菲尔德（Dangerfield, George）30, 39, 168

但丁 103, 109, 111

《抵押出去的心》（*The Mortgaged Heart*）49

地理景观 9, 67, 68, 69

地图 64, 67, 70, 71, 133

《第二性》（*The Second Sex*）21, 169

蒂普斯（Tipps, Sherill）174, 186

杜克（Duck, Leigh Anne）189

对位结构（contrapuntal structure）194

E

二元性别观 86, 92, 95

F

法拉斯卡（Falasca, Laura）195

反讽（irony）24, 112, 127, 129, 130, 131, 134, 135, 165, 172, 178, 185

反犹太（anti-Semitism）90, 126, 127, 136, 137, 186

范式（paradigm）9, 14, 56, 145, 146, 176, 184, 185, 186, 187, 196

非虚构性散文 50

菲利普斯（Phillips, Robert S.）31, 189

菲律宾 79, 120, 124, 181

费德勒（Fiedler, Leslie）18, 167, 168, 176

弗兰克（Frank, Joseph）57

福柯（Foucault, Michel）33, 34, 35, 42, 57, 58, 61, 65, 66 ,67 ,68, 82, 84, 96 ,181

福克纳（Faulkner, William）4, 5, 79, 85, 86, 179

福克斯－杰诺韦塞（Fox-Genovese, Elizabeth）86

福勒（Fowler, Doreen）176, 189

复调（polyphony）194

赋格（fugue）194

G

格拉弗（Graver, Lawrence）165, 174

格雷（Gray, Richard）77, 141

格里森－怀特（Gleeson−White, Sarah）24, 27, 63, 80, 81, 89, 170, 173, 185, 192, 195

公共空间 64, 67, 72, 73, 119, 143

共同体 32, 193

《孤独的猎手：卡森·麦卡勒斯传》（*The Lonely Hunter: A Biography of Carson McCullers*）174, 180, 186

古芭（Gubar, Susan）172

古根海姆奖（Guggenheim Fellowship）4

怪诞（grotesque）7, 19, 45, 63, 79, 80, 85, 88, 89, 90, 91, 92, 95, 107, 165, 170, 172, 173, 178, 179, 181, 185, 191, 192, 193

过渡 21, 22, 27, 45, 46, 47, 48, 58, 167, 176

H

哈彭（Harpham, Geoffrey Galt）129, 130

《哈泼时尚》（*Harper's Bazaar*）126, 127

哈桑（Hassan, Ihab）5, 18, 85, 167, 172, 176

海明威（Hemingway, Ernest）8

赫逊（Hershon, Larry）135, 185, 186

宏大叙事 83, 85, 96

后现代 84, 85, 180, 181

后殖民 108, 176, 195, 196

互文性（intertextuality）44

怀特（White, Barbara A.）172

黄哲伦（Hwang, David Henry）121

惠特（Whitt, Jan）11, 54, 141, 189

惠特曼 141

《婚礼的成员》（*The Member of the Wedding*）4, 18, 27, 28, 29, 30, 32, 33, 38, 39, 42, 43, 44, 46, 47, 49, 105, 167, 168, 169, 177, 181, 188, 189, 191, 192, 193

混杂性（hybridity）65, 104

霍尔（Hall, Stuart）6

J

畸零人（freak）10, 185, 191, 195

吉尔伯特（Gilbert, Sandra）172

吉姆·克劳法（Jim Crow Laws）104

佳格翰（Gaghan, Jerry）40

家园感（a sense of home）71, 134, 145

杰内普（Gennep, Arnold van）45, 48

金（King, Richard H.）78

《金色眼睛的映像》（*Reflections in a Golden Eye*）4, 9, 64, 79, 80, 81, 82, 85, 87, 88, 89, 93, 96, 105, 120, 122, 123, 173, 179,181

精神隔绝（spiritual isolation）90, 106, 107, 108, 165, 181, 191

镜像阶段（the mirror stage）115, 117, 119

《军营》（*Army Post*）81, 121

K

卡波特（Capote, Truman）4, 146

卡尔，弗吉尼亚·斯潘塞（Carr, Virginia Spencer）5, 12, 26, 31, 80, 100, 120, 137, 146, 174, 180, 186, 187, 189

卡尔，弗雷德里克（Karl, Frederick R.）29, 30, 38

卡尔维诺（Calvino, Italo）64

卡瓦拉罗（Cavallaro, Dani）134

《开端：意图与方法》（*Beginnings: Intention and Method*）17

凯塞（Kayser, Casey）194

科尔布鲁克（Colebrook, Claire）135

科莫（Cuomo, Amy）86

克拉尔曼（Clurman, Harold）41

肯沙夫特（Kenschaft, Lori J.）114, 172

空间表征（representation of space）70, 71, 72

空间化（to be spatialized）55, 57, 62, 64, 72, 142

空间批评（spatial criticism）12, 56, 176, 177,181, 187, 188, 189

空间诗学 55, 188, 189, 190, 196

空间实践（spatial practice）68, 69, 70

空间叙事（the spatial narrative）13, 55, 56, 59, 60, 62, 64, 72, 142, 143, 177, 190

空间转向（the spatial turn）56, 170, 176, 177, 184, 187, 188, 190

库克（Cook, Richard M.）28, 29, 165, 174

酷儿怪诞（queer grotesques）173, 192

酷儿理论（queer theory）80, 106, 172, 173, 174, 190, 191, 192, 196

狂欢诗学 12, 122, 181

L

拉伯雷（Rabelais, Francois）122

拉康（Lacan, Jacques）108, 111, 112, 115, 116, 117, 118, 119, 176, 189

赖特（Wright, Richard）73, 146

兰色姆（Ransom, John Crowe）164

朗姆达文学奖（Lambda Literary Award）175, 187

劳伦斯（Lawrence, D. H.）175, 176

里蒙（Limon, John）45

理查兹（Richards, Gary）173, 193

理想自我（ideal ego）111, 115, 116, 117, 119

《亮光与夜之光芒》（*Illumination and Night Glare*）174, 186

列斐伏尔（Lefebvre, Henri）67, 68, 71

林勃（limbo）14, 109, 111, 138, 143

另类空间（other spaces）65, 67, 72, 73, 142

柳伯斯（Lubbers, Klaus）108, 118, 165

鲁宾（Rubin, Louis D., Jr.）3

《旅居者》（*The Sojourner*）8, 11

洛根，莉莎（Logan, Lisa）7

洛根，乔舒亚（Logan, Joshua）42

洛奇（Lodge, David）56, 85

M

马丁（Martin, Robert K.）120, 121, 176

马笼清子（Kiyoko Magome）194

麦卡勒斯，利夫斯（McCullers, Reeves）174

麦克道尔（McDowell, Margaret）5, 107, 119, 168, 174

漫游者（flâneur）23, 125, 132, 133, 134, 137, 138

《没有指针的钟》（*Clock Without Hands*）9, 18, 64, 105, 106, 107, 108, 112, 114, 115, 117, 118, 119, 126, 164, 167, 191

梅森—狄克逊线（Mason−Dixon line）73, 103

美国残疾人法案（Americans with Disabilities Act）194

美国梦（American Dream）97, 98, 99

美穗松井（Miho Matsui）191

门坎时空体（chronotope theory）20

门肯（Mencken, H. L.）3

蒙太奇 59, 60

米拉尔（Millar, Darren）188

米利查普（Millichap, Joseph R.）97

米利特（Millet, Kate）84

民谣（ballad）194

莫尔，查尔斯（Moore, Charles W.）103

莫尔，杰克（Moore, Jack）9, 64

莫莉（Murray, Jennifer）65, 188

莫塔洛克−吉曼（Motalok−Ziemann, Ellen）170, 192

默多克（Murdock, Henry）40

N

那喀索斯（Narcissus）115, 116, 117, 118

男性气质（masculinity）21, 83, 95, 98

南北战争（the Civil War）77, 78, 86, 93, 103, 104, 135, 185

南方地域文学 12, 144, 185, 188, 190

南方哥特流派（the Gothic school of Southern writing）7, 8, 63

南方哥特小说 80, 92, 106

南方家庭罗曼司（the Southern family romance）78, 79, 81, 82, 83, 84, 85, 87, 88, 93, 94, 96, 98, 99, 143

南方情结 8, 9, 141

南方绅士（the Southern gentleman）13, 77, 78, 79, 81, 83, 84, 88, 143

南方神话（the Southern myth）13, 43, 77, 78, 79, 81, 82, 83, 85, 87, 88, 93, 94, 96, 98, 99, 143, 164, 167, 179, 180

南方淑女（the Southern lady/belle）13, 24−25, 77, 78, 79, 81, 83, 85, 86, 87, 88, 95, 96, 97, 98, 99, 143, 171, 185

南方文学种类 184, 187

南方文艺复兴（the Southern Renascence/Renaissance）3−4, 7, 79, 81, 85, 86, 97, 164, 183

南方性（Southernness）8, 12, 13, 143, 144

内部景观（inner landscape）73

内封闭 29, 38

内向性 28, 29, 30, 38

凝视（gaze）17, 116, 117, 119

纽约 4, 9, 17, 19, 25, 26, 64, 146, 174, 175, 183, 186

奴隶制 77, 78, 103, 136

女强人（amazon）10, 13, 89, 95, 96, 97, 98, 99, 126, 143, 170, 171

女性气质（feminity）24, 83, 84, 121, 124

女性主义 92, 93, 98, 99, 168, 169, 170, 171, 172, 173, 175, 181, 192, 193

P

帕慕克（Pamuk, Orhan）26, 54

《飘》（*Gone with the Wind*）86

普雷斯利（Presley, Delma Eugene）72

普里彻特（Pritchett, V. S.）5

普罗尔（Proehl, Kristen）192

Q

乔伊斯（Joyce, James）17

情感结构（structure of feeling）78

去地域化（de-regionalization）7, 190

权力机制 18, 19, 49, 54, 64, 73, 96, 142, 143, 169, 187, 188, 190

S

萨顿（Sarton, May）62

萨芙格诺（Savigneau, Josyane）174

萨义德（Said, Edward）17, 47, 107, 119

塞缪尔斯（Samuels, Ellen）195

沙普兰（Shapland, Jenn）174, 175, 187

莎士比亚 53

《伤心咖啡馆之歌》（*The Ballad of Sad Café*）4, 31, 89, 90, 91, 92, 93, 94, 95, 98, 99,
      105, 125, 126, 176, 178, 179, 181, 189, 191, 193

少数族裔 10, 14, 103, 104, 105, 120, 121, 125, 136, 137, 138, 143, 176, 182, 190

社会关系 54, 63, 68, 69, 70, 72, 73, 130, 131, 188, 190

社会空间 54, 67, 69, 70, 71, 72, 73, 142, 143, 188, 189

社会身份（social identity）6, 61, 64, 66, 108, 143, 169, 181

身份认同（identity）6, 13, 49, 60, 62, 71, 73, 111, 119, 142, 145, 170, 171, 172, 176, 190

身份危机（identity crisis）110

诗性特征 32, 38, 166, 184

史密斯（Smith, Margarita）49

舒尔曼（Schulman, Sarah）145, 183, 194, 196

述行语（performative utterance）66

双重流放者（the double exile）105, 111, 114, 119

双性同体（androgyny）60, 79, 83, 84, 85, 99, 100, 121, 143, 171, 176

私密空间（the private space）22, 64, 73, 143

斯卡夫（Scarfe, Francis）31, 32

斯卡格斯（Skaggs, Carmen Trammell）194

斯皮瓦克（Spivak, Gayatri Chakravorty）176

斯珀林（Sperling, Alison）195

斯塔福德（Stafford, Tony J.）193–194

四重奏（quartet）194

苏贾（Soja, Edward）38

索普（Thorp, Willard）3

T

他恋欲望（anaclitic desires）111, 112, 113, 114

他者（the Other）9, 10, 34, 62, 77, 86, 87, 111, 112, 113, 115, 116, 117, 118, 119, 121, 134, 146, 182

泰勒（Taylor, Elizabeth）79

泰特（Tate, Allen）164, 186

特纳（Turner, Victor）48, 60

《天真的和感伤的小说家》（*The Naïve and the Sentimental Novelist*）54

通过仪式（rite of passage）20, 24, 45, 48, 142

同一性（sameness）6, 193

W

威廉斯（Williams, Tennessee）5, 40, 48, 88, 89, 146, 147, 165, 179, 192

威斯特林（Westling, Louise）63, 99, 170, 172

韦尔蒂（Welty, Eudora）4, 53, 170, 180, 195

维达尔（Vidal, Gore）5, 119, 165

文化地理学 12, 54, 71, 188, 190, 196

文化批评 168, 180, 181, 196

文化身份（cultural identity）6, 54, 66, 73, 188

文化诗学 12, 193, 194, 196

文化移入（acculturation）109

文学身份（literary identity）5, 6, 7, 8, 9, 10, 11, 12, 13, 14, 138, 142, 143, 144, 145, 146, 175

沃尔夫（Wolfe, Thomas）103, 179

沃伦（Warren, Robert Penn）165

沃特林（Whatling, Clare）90

沃特斯（Waters, Ethel）42

乌托邦（utopia）34, 35, 36, 38, 56, 57, 66, 67, 188

无根性（rootlessness）108

无意识 112, 115, 146

吴尔夫（Woolf, Virginia）20, 77, 97, 98, 99, 170

伍德（Wood, James）133

物理空间 9, 22, 23, 59, 170, 177, 188

误置（dislocation）108, 111

X

现世性（the worldliness）107, 108, 111, 114, 118, 119, 138, 144

线性时间 57, 59, 61, 62, 142

《献给爱米丽的一朵玫瑰花》（*A Rose for Emily*）86

想象界（the imaginary order）115

象征表演（symbolic performance）124

象征界（the symbolic order）115

肖沃尔特（Showalter, Elaine）99, 100

《小说机杼》（*How Fiction Works*）133

心理分析 12, 108, 172, 175, 176

心理空间 22, 23, 170, 177

《心是孤独的猎手》（*The Heart Is a Lonely Hunter*）4, 9, 11, 18, 19, 25, 26, 27, 49, 55, 56, 57, 62, 63, 64, 65, 68, 71, 72, 73, 79, 105, 125, 127, 128, 130, 135, 136, 167, 173, 174, 179, 188, 189

新批评（New Criticism）106, 107, 164, 165, 166, 167, 168, 170, 178, 179, 184, 185, 186, 196

性别规约（gender conventions）86, 96, 99, 143

性别身份（gender identity）19, 21, 27, 60, 79, 83, 85, 95, 96, 99,100, 143, 171, 180, 190, 191

性别他性（sexual otherness）173, 193

性别研究（gender studies）12, 79, 84, 103, 172, 173, 193, 196

性倒错（pervert）84, 96

《性经验史》82

《性政治》（*Sexual Politics*）84

叙述者（narrator）72, 94, 95, 128, 129

Y

《哑巴》（*The Mute*）19, 26, 71, 130

雅努斯（Janus）144

亚当斯（Adams, Rachel）191, 195

厌女症（misogyny）83, 95

扬（Young, Marguerite）32, 165

耶格（Yaeger, Patricia）177, 188, 189

伊格尔顿（Eagleton, Terry）107, 181

《一间自己的房间》（*A Room of One's Own*）20, 170

一体双身（two bodies in one）60, 83, 171

异化 88, 107, 117, 124, 136, 165,171,181, 191, 194

异托邦（heterotopia）57, 58, 67

异乡人（the alien）147

异质性（heterogeneity）193

意识形态 11, 13, 25, 55, 64, 65, 67, 71, 72, 77, 78, 79, 104, 106, 107, 119, 122, 134, 143, 172, 181, 187, 189, 196

音乐性（musicality）194

欲望主体 108, 111, 112, 115, 116, 117, 118

阈限（liminality）13, 19, 21, 22, 24, 25, 26, 27, 45, 46, 47, 48, 56, 58, 59, 60, 61, 62, 65, 72, 73, 142, 143

约克纳帕塔法世系（Yoknapatawpha）79

越界空间（a space of transgression）67

越界行为（transgression）10, 18, 124, 142, 145, 169

Z

泽林斯基（Zelinsky, Mark）86

詹金斯（Jenkins, Mckay）43

詹姆斯，朱迪斯·吉布林（James, Judith Giblin）28, 29, 31, 39, 165, 166, 177, 184, 185

张力 8, 11, 12, 48, 49, 61, 67, 72, 83, 134, 135, 138, 143, 165, 178, 185, 186

症候式阅读（the symptomatic reading）56

中间地带（the middle space）22, 38, 46, 111

种族隔离 34, 69, 103, 105

种族身份 66, 128, 138, 191

种族政治 14, 105, 106, 111, 115, 118, 125, 136, 138, 144, 173, 177, 189

种植园传奇（plantation legend）78

种植园小说（plantation fiction）86, 88

朱厄特（Jewett, Chad）195

传记研究 12, 186, 187, 196

自反性（reflexivity）13, 15, 19, 50, 142, 146

自恋欲望（narcissistic desires）111, 112, 113, 114

自然空间（the natural space）71

自我认知（self-knowledg）9, 13, 100, 141

佐治亚州 4, 7, 8, 27, 68, 146

后　记

　　这本书是在我博士论文的基础上增补、修改、整理而成的。思绪回到几年前，同样也是这样的初夏时节，我开始了在浙江大学人文学院比较文学与世界文学研究所博士阶段的学习生涯。人到中年，重返校园求学，这对我来说既是机会，也是挑战。幸而一路走来，遇到了很多良师益友，帮助我顺利地完成了这个并不算轻松的历程。

　　感谢我的博士研究生导师张德明教授。初入师门时，张老师送了我一个"勇"字。我深深懂得这个字背后的含义，它是期许，亦是勉励。张老师自称"散人"，将师门取名为"卖布丁"（Mind Building），这个通俗幽默的名字有"建构观念，重塑心灵"之意。他用自己的一言一行告诫我，要"以出世之心，做入世之事"。在整个博士求学阶段，张老师传授给我的不仅是严谨的治学态度和方法，还有他对人生的体悟和感受，这将让我受益终身。

　　感谢我的硕士研究生导师殷企平教授。他是我学术道路上的启蒙者，为我打开了一扇门，门外是美好又复杂的文学世界。然而，通往门外世界的路途并非畅通无阻，每当我遇到困难和挫折时，他总是鼓励我坚持走下去。当殷老师参加我的博士答辩时，我既高兴又紧张。在肯定我博士论文选题的同时，他也对整体框架和论述细节给出了非常中肯的意见。从殷老师身上，我看到了学者的坚韧执着和谦逊儒雅，这给予了我无穷的勇气和力量。

　　我的博士论文在整个酝酿、打磨、成型的过程中离不开浙江大学人文学院比较文学与世界文学研究所其他老师的教导。吴笛教授学识渊博，他的课堂启发了我对诗歌空间议题的思考，并将之运用到相关章节的论述中。许志强教授博学敏锐，他提醒我要关注自福克纳以来的美国南方文学传统，以免观点偏颇，这一提点让我受益匪浅。李小林老师细心体贴，她的"女性主义批评"课程拓展了我的写作思路，书稿中有关"成长论"的论述都得益于她的课堂。

感谢美国得克萨斯州立大学的罗伯特·塔利（Robert Tally Jr.）教授。塔利教授是美国文学空间研究的杰出学者，2019年11月他受邀来中国进行了短暂的学术交流和访问。在与他交谈时，他向我推荐了美国地理批评和空间研究的最新理论书目，这激发了我进一步探索地理空间的研究兴趣。感谢方英教授，她对学术的热情和坚持一直让我非常感动。本书阶段性成果的英文版有幸被收入到方英教授与塔利教授合作编著的英文专著《文学空间研究在中国》（*Spatial Literary Studies in China*，2022）一书中。他们的鼓励和支持是我不断前行的动力。

感谢钱兆明教授对我的勉励和鞭策。他常年居住在美国，和国内有时差。但每当我有学术问题向他请教时，他总会很快回复我，并一再告诫我应尽量拓宽学术视野，这样才能写出有深度的好文章。

感谢杭州师范大学外国语学院的周敏教授、欧荣教授、陈礼珍教授、管南异教授、何畅教授、应璎教授、金佳博士、陈敏博士和石松博士，他们给予了我各种帮助，让我更加专注地投入书稿的修订工作。

在撰写书稿的过程中，我也得到了来自"卖布丁"师门的无私帮助。张陟学术功底扎实，他每次通读书稿时，都会给出建设性的修改意见；王晓雄思维缜密，一起讨论麦卡勒斯时，我总会从中获得不少灵感；艾则孜、沈逸是与我同年入门的博士生同学，我们在学业上相互鼓励、支持，一起度过了难忘的求学时光。此外，还要感谢许淑芳、罗诗旻、胡敏琦、杨薇、王荣、王玮、慈丽妍、施薇、赖丹琪等，她们对待学业和生活总是抱以积极向上的乐观态度，这无形中感染了我，让我体会到一路同行的温暖和快乐。

感谢国家留学基金委员会的资助，让我有幸获得国家公派出国留学资格，赴剑桥大学英语系访学一年。剑桥大学图书馆除了拥有世界首屈一指的馆藏之外，数据库资源也十分丰富，这完全解决了我在完善书稿过程中国外文献资料匮乏的难题。在整理和研读这些最新的一手、二手资料时，我把国外麦卡勒斯的最新研究动态和走向逐一增补到其中。

感谢剑桥大学英语系。受英国疫情影响，访问学者的名额十分有限，但英语系仍向我发出了邀请函，保证我能够如期访学。在这一年里，我参加了不少外国文学研究的讲座、学术会议和相关课程，从中受益良多。这些经历让我对书稿中的相关章节有了新的理解和认识，尤其对"酷儿理论"的论述进行了修改。如果没有这一年自由又珍贵的访学时光，我绝不会顺利地完成书稿的修订工作。

感谢我在剑桥大学访学期间的室友们。机缘巧合，我们都是来自杭州几所高校的教师。在英国疫情肆虐的时候，我们在生活上彼此照应，让身在异国他乡的日子不再孤单、焦虑，也让这次英伦之行变得格外美好。

感谢我亲爱的家人，无论我做任何决定，他们总是一如既往地给予理解和支持，在背后默默付出，以解除我的后顾之忧。在我出国访学的时间里，我的先生独自承担起家庭的重任，年迈的父母帮我照顾女儿的生活起居，其中的艰辛可想而知。特别感谢熠熠，在青春期最需要陪伴的时候，我这个不够称职的妈妈却任性地"自我放飞"了一年。每次隔着屏幕与她视频通话时，她天真烂漫的笑容足以驱赶我心头所有的阴霾。

本书的阶段性成果曾发表在《外国文学》《国外文学》《当代外国文学》《外语研究》和《复旦外国语言文学论丛》等期刊上。感谢这些学术期刊的评审专家和编辑老师反馈的修改意见，使本书在学理逻辑和学术思辨性方面得到进一步完善。

感谢浙江大学出版社，特别感谢闻晓虹编辑，她反复仔细地校对书稿，耐心地对书中诸多细节逐一进行确认，并提出了大量的专业意见。

本书的出版经费得到浙江省哲学社会科学规划后期资助课题、杭州师范大学文艺批评研究院、杭州师范大学一流学科建设项目的资助，在此一一表示诚挚的谢意。

正如张德明教授在本书的"序"中所言，"写书是遗憾的艺术"。每每下笔时，我深感自己学识有限，书中各章节的论述多有不足之处，还需日臻完善。此时此刻，当我坐在书桌前写完"后记"时，适逢芒种，恰是耕种的好时节。窗外正下着大雨，雨水打在屋檐上，淅沥的雨声让英格兰短暂的夏夜似乎也变长了，让人难以入眠。学术之路不易，我希望自己能够像我钟爱的作家麦卡勒斯一样，一直行走在路上。

田颖

2022 年 6 月 6 日于英国剑桥

图书在版编目（CIP）数据

南方"旅居者"：卡森·麦卡勒斯小说研究 / 田颖
著. — 杭州：浙江大学出版社，2022.11
ISBN 978-7-308-23118-3

Ⅰ．①南… Ⅱ．①田… Ⅲ．①麦卡勒斯—小说研究
Ⅳ．①I712.074

中国版本图书馆CIP数据核字(2022)第185728号

南方"旅居者"：卡森·麦卡勒斯小说研究
NANFANG "LÜJUZHE": KASEN·MAIKALESI XIAOSHUO YANJIU
田　颖　著

责任编辑	闻晓虹
责任校对	张培洁
封面设计	周　灵
出版发行	浙江大学出版社
	（杭州市天目山路148号　　邮政编码　310007）
	（网址：http://www.zjupress.com）
排　　版	杭州林智广告有限公司
印　　刷	杭州高腾印务有限公司
开　　本	710mm×1000mm　1/16
印　　张	14
插　　页	1
字　　数	225
版 印 次	2022年11月第1版　2022年11月第1次印刷
书　　号	ISBN 978-7-308-23118-3
定　　价	56.00元